应当如此说，朦胧里胎孕着一个如花的幻笑，和朦胧又互相混融着的；因它本来是淡极了，淡极了这么一个。

漫题那些纷烦的话，船儿已将泊在灯火的丛中去了。对岸有盏跳动的汽油灯，佩弦便硬说它远不如微黄的灯火。我简直没法和他分证那是非。

时有小小的艇子急忙忙打桨，向灯影的密流里横冲直撞。冷静孤独的油灯映见黯淡久的画船（？）头上，秦淮河姑娘们的靓妆。茉莉的香，白兰花的香，脂粉的香，纱衣裳的香……微波泛滥出甜的暗香，随着她们那些船儿荡，随着我们这船儿荡，随着大大小小一切的船儿荡。有的互相笑语，有的默然不响，有的衬着胡琴亮着嗓子唱。一个，三两个，五六七个，比肩坐在船头的两旁，也无非多添些淡薄的影儿葬在我们的心上——太过火了，不至于罢，早消失在我们的眼皮上。谁都是这样急忙忙地打着桨，谁都是这样向灯影的密流里冲着撞；又何况久沉沦的她们，又何况漂泊惯的我们俩。当时浅浅的醉，今朝空空的惆怅；老实说，咱们萍泛的绮思不过如此而已，至多也不过如此而已。你且别讲，你且别想！这无非是梦中的电光，这无非是无明的幻象，这无非是以零星的火种微炎在大欲的根苗上。扮戏的咱们，散了场一个样，然而，上场锣，下场锣，天天忙，人人忙。看！吓！载送女郎的艇子才过去，货郎担的小船不是又来了？一盏小煤油灯，一舱的什物，他也忙得来像手里的摇铃，这样丁冬而郎当。

杨枝绿影下有条华灯璀璨的彩舫在那边停泊。我们那船不禁也依傍短柳的腰肢，欹侧地歇了。游客们的大船，歌女们的艇子，靠着。唱的拉着嗓子；听的歪着头，斜着眼，有的甚至于跳过她们的船头。如那时有严重些的声音，必然说："这哪里是什么旖旎风光！"咱们真是不知道，只模糊地觉着在秦淮河船上板起方正的脸是怪不好意思的。咱们本是在旅馆里，为什么不早早入睡，掭着牙儿，领略那"卧后清宵细细长"；而偏这样急急忙忙跑到河上来无聊浪荡？

还说那时的话，从杨柳枝的乱鬓里所得的境界，照规矩，外带三分风华的。况且今宵此地，动荡着有灯火的明姿。况且今宵此地，又是圆月欲缺未缺，欲上未上的黄昏时候。叮当的小锣，伊轧的胡琴，沉填的大鼓……弦吹声腾沸遍了三里的秦淮河。喳喳嚷嚷的一片，分不出谁是谁，分不出哪儿是哪儿，只有整个的繁喧来把我们包填。仿佛都抢着说笑，这儿夜夜尽是如此的，不过初上城的乡下佬是第一次呢。真是乡下人，真是第一次。

穿花蝴蝶样的小艇子多到不和我们相干。货郎担式的船，曾以一瓶汽水之故而拢近来，这是真的。至于她们呢，即使偶然灯影相傎而切掠过去，也无非瞧见我们微红的脸罢了，不见得有什么别的。可是，夸口早哩！——来了，竟向我们来了！不但是近，且拢着了。船头傍着，船尾也傍着；这不但是拢着，且并着了。厮并着倒还不很要紧，且有人扑冬地跨上我们的船头了。这岂不大吃一惊！幸而来的不是姑娘们，还好。（她们正冷冰冰地在那船头上。）来人年纪并不大，神气倒怪狡猾，把一扣破烂的手折，摊在我们眼前，让细瞧那些戏目，好好儿点个唱。他说："先生，这是小意思。"诸君，读者，怎么办？

好，自命为超然派的来看榜样！两船挨着，灯光愈皎，见佩弦的脸又红起来了。那时的我是否也这样？这当转问他。（我希望我的镜子不要过于给我下不去。）老是红着脸终究不能打发人家走路的，所以想个法子在当时是很必要。说来也好笑，我的老调是一味的默，或干脆说个"不",或者摇摇头,摆摆手表示"决不"。如今都已使尽了。佩弦便进了一步,他嫌我的方术太冷漠了,又未必中用,摆脱纠缠的正当道路唯有辩解。好吗!听他说:"你不知道?这事我们是不能做的。"这是诸辩解中最简洁,最漂亮的一个。可惜他所说的"不知道?"来人倒真有些"不知道!"辜负了这二十分聪明的反语。他想得有理由,你们为什么不能做这事呢?因这"为什么?"佩弦又有进一层的曲解。哪知道更坏事,竟只博得那些船上人的一哂而去。他们平常虽不以聪明名家,但今晚却又怪聪明,如洞彻我们的肺肝一样的。这故事即我情愿讲给诸君听,怕有人未必愿意哩。"算了罢,就是这样算了罢";恕我不再写下了,以外的让他自己说。

叙述只是如此,其实那时连翩而来的,我记得至少也有三五次。我们把它们一个一个地打发走路。但走的是走了,来的还正来。我们可以使它们走,我们不能禁止它们来。我们虽不轻被摇撼,但已有一点杌陧了。况且小艇上总载去一半的失望和一半的轻蔑,在桨声里仿佛狠狠地说,"都是呆子,都是吝啬鬼!"还有我们的船家(姑娘们卖个唱,他可以赚几个子的佣金。)

眼看她们一个一个地去远了，呆呆地蹲踞着，怪无聊赖似的。碰着了这种外缘，无怒亦无哀，唯有一种情意的紧张，使我们从颓弛中体会出挣扎来。这味道倒许很真切的，只恐怕不易为倦鸦似的人们所喜。

曾游过秦淮河的到底乖些。佩弦告船家："我们多给你酒钱，把船摇开，别让他们来啰嗦。"自此以后，桨声复响，还我以平静了，我们俩又渐渐无拘无束舒服起来，又滔滔不断地来谈谈方才的经过。今儿是算怎么一回事？我们齐声说，欲的胎动无可疑的。正如水见波痕轻婉已极，与未波时究不相类。微醉的我们，洪醉的他们，深浅虽不同，却同为一醉。接着来了第二问，既自认有欲的微炎，为什么艇子来时又羞涩地躲了呢？在这儿，答语参差着。佩弦说他的是一种暗昧的道德意味，我说是一种似较深沉的眷爱。我只背诵岂君的几句诗给佩弦听，望他曲喻我的心胸。可恨他今天似乎有些发钝，反而追着问我。

前面已是复成桥。青溪之东，暗碧的树梢上面微耀着一桁的清光。我们的船就缚在枯柳桩边待月。其时河心里晃荡着的，河岸头歇泊着的各式灯船，望去，少说点也有十廿来只。惟不觉繁喧，只添我们以幽甜。

虽同是灯船，虽同是秦淮，虽同是我们；却是灯影淡了，河水静了，我们倦了，——况且月儿将上了。灯影里的昏黄，和月下灯影里的昏黄原是不相似的，又何况入倦的眼中所见的昏黄呢。灯光所以映她的秋姿，月华所以洗她的秀骨，以蓬腾的心焰跳舞她的盛年，以饧涩的眼波供养她的迟暮。必如此，才会有圆足的醉，圆足的恋，圆足的颓弛，成熟了我们的心田。

犹未下弦，一丸鹅蛋似的月，被纤柔的云丝们簇拥上了一碧的遥天。冉冉地行来，冷冷地照着秦淮。我们已打桨而徐归了。归途的感念，这一个黄昏里，心和境的交萦互染，其繁密殊超我们的言说。主心主物的哲思，依我外行人看，实在把事情说得太嫌简单，太嫌容易，太嫌分明了。实有的只是浑然之感。就论这一次秦淮夜泛罢，从来处来，从去处去，分析其间的成因自然亦是可能；不过求得圆满足尽的解析，使片段的因子们合拢来代替刹那间所体验的实有，这个我觉得有点不可能，至少于现在的我们是如此的。凡上所叙，请读者们只看作我归来后，回忆中所偶然留下的千百分之一二，微薄的残影，若所谓"当时之感"，我决不敢望诸君能在此中窥得。即我自己虽正在这儿执笔构思，实在也无从重新体验出那时的情景。说老实话，我所有的只是忆。我告诸君的只是忆中的秦淮夜泛。至于说到那"当时之感"，这应当去请教当时的我。而他久飞升了，……无所存在。

凉月凉风之下，我们背着秦淮河走去，悄默是当然的事了。如回头，河中的繁灯想定是依然。我们却早已走得远，灯火未阑人散；佩弦，诸君，我记得这就是在南京四日的酣嬉，将分手时的前夜。

一九二三年八月二十二日北京。

陶然亭的雪

小 引

悄然的北风，黯然的同云，炉火不温了，灯还没有上呢。这又是一年的冬天。在海滨草草营巢，暂止飘零的我，似乎不必再学黄叶们故意沙沙地作成那繁响了。老实说，近来时序的迁流，无非逼我换了几回衣裳；把夹衣叠起，把棉衣抖开，这就是秋尽冬来的唯一大事。至于秋之为秋，冬之为冬，我之为我，一切之为一切，固依然自若，并非可叹可悲可怜可喜的意味，而且连那些意味的残痕也觉无从觅哩。千条万派活跃的流泉似全然消释于无何有之乡土，剩下"漠然"这么一味来相伴了。看看窗外酿雪的同云，倒活画出我那潦倒的影儿一个。像这样喑哑无声的蠢然一物，除血脉呼吸的轻颤以外，安息在冬天的晚上，真真再好没有了。有人说，这不是静止——静止是没有的——是均衡的动，如两匹马以同速同向去跑着，即不异于比肩站着的石马。但这些问题虽另有人耐烦去想，而我则岂其人呢。所以于我顶顶合式，莫如学那冬晚的停云。（你听见它说过话吗？）无如编辑《星海》的朋友们逼我饶舌。我将怎样呢？——有了！在"悄然的北风，黯然的同云，炉火不温了，灯还没有上呢"这个光景下，令我追忆昔年北京陶然亭之雪。

我虽生长于江南，而自曾北去以后，对于第二故乡的北京也真不能无所恋恋了。尤其是在那样一个冬晚，有银花纸糊裱的顶棚和新衣裳一样淬缭的纸窗，一半已烬一半还红着，可以照人须眉的泥炉火，还有墙外边三两声的担子吆喝。因房这样矮而洁，窗这样低而明，越显出天上的同云格外的沉凝欲堕，酿雪的意思格外浓鲜而成熟了。我房中照例上灯独迟些，对面或侧面的火光常浅浅耀在我的窗纸上，似比月色还多了些静穆，还多了些凄清。当我听见廊落的院子里有脚步声，一会儿必要跟着"砰"关风门了，或者"矻搭"下帘子了。我便料到必有寒紧的风在走道的人颈傍拂着，所以他要那样匆匆地走。如此，类乎此的黯淡的寒姿，在我忆中至少可以匹敌江南春与秋的姝丽了，至少也可以使惯住江南的朋友们了解一点名说苦寒的北方，也有足以系人思念的冬之黄昏啊。有人说，"这岂不将钩惹我们的迟暮之感？"真的！——可是，咱们谁又是专喝蜜水的人呢。

总是冬天罢，（谁要你说？）年月日是忘怀了。读者们想决不屑介意于此琐琐的，所以忘怀倒也没要紧。那天是雪后的下午。我其时住在东华门侧一条曲折的小胡同里，而G君所居更偏东些。我们雇了两辆"胶皮"，向着陶然亭去，但车只雇到前门外大外郎营（从东城至陶然亭路很远，冒雪雇车很不便）。车轮咯咯吱吱地切碾着白雪，留下凹纹的平行线，我们遂由南池子而天安门东，渐逼近车马纷填，兀然在目的前门了。街衢上已是一半儿泥泞，一半儿雪了。幸而北风还时时吹下一阵雪珠，蒙络那一切，正如疏朗冥蒙的银雾。亦幸而雪在北京，似乎是白面捏的，又似乎是白泥塑的（往往到初春时，人家庭院里还堆着与土同色的雪，结果是成筐的挑了出去完事）。若移在江南，檐漏的滴答，不终朝而消尽了。

言归正传。我们下了车，踏着雪，穿粉房琉璃街而南，炫眼的雪光愈白，栉比的人家渐寥落了。不久就远远望见清旷莹明的原野，这正是在城圈里耽腻了的我们所期待的。累累的荒冢，白着头的，地名叫作窑台。我不禁连想那"会向瑶台月下逢"（唐李白《清平调》中语）的所谓瑶台。这本是比拟不伦，但我总不住地那么想。

那时江亭之北似尚未有通衢。我们踯躅于白氅衣广覆着的田野之间，望望这里，望望那里，都很像江亭似的。商量着，偏西南方较高大的屋，或者就是了。但为什么不见一个亭子呢？藏在里边罢？

到拾级而登时，已确信所测不误了。然踏穿了内外竟不见有什么亭子。幸而上面挂着的一方匾；否则那天到的是不是陶然亭，若至今还是疑问，岂非是个笑话。江亭无亭，这样的名实乖违，总使我们怅然若失。我来时是这样预期的，一座四望极目的危亭，无碍无遮，在雪海中沐浴而嬉，宛如回旋的灯塔在银涛万沸之中，浅礁之上，亭亭矗立一般。而今竟只见拙钝的几间老屋，为城圈之中所习见而不一见的，则已往的名流觞咏，想起来真不免黯然寡色了。

　　然其时雪又纷纷扬扬而下来，跳舞在灰空里的雪羽，任意地飞集到我们的粗呢氅衣上。趁它们未及融为明珠的时候，我即用手那么一拍，大半掉在地上，小半已渗进衣襟去。"下马先寻题壁字"（宋周邦彦《清真集》中《浣溪沙》句），来来回回地循墙而走，咱们也大有古人之风呢。看看咱们能拾得什么？至少也当有如"白丁香折玉亭亭"（我父亲从前在陶然亭见的雪珊女史的题壁诗："柳色在山上鬖青，白丁香折玉亭亭。天涯写遍题墙字，只怕流莺不解听。"——作者原注）一样的句子被传诵着罢。然而竟终于不见！可证"一蟹不如一蟹"这句老话真是有一点意思的。后来幸而觅得略可解嘲的断句，所谓"卅年戎马尽秋尘"者，从此就在咱们嘴里咕噜着了。

　　在曲折廓落的游廊间，当北风卷雪渺无片响的时分，忽近处递来琅琅的书声。谛听，分明得很，是小孩子的。它对于我们十分亲密，因为和从前我们在书房里所唱出的正是一个样子的。这尽可以使我重温热久未曾尝的儿时的甜酒，使我俯拾眠歌声里的温馨梦痕，并可以减轻北风的尖冷，抚慰素雪的飘零。换一句干脆点的话，就是在清冷双绝的况味中，它恰好给喝了一点热热酽酽的东西，使一切已凝的，一切凝着的，一切将凝的，都软洋洋掸着腰肢不自支持了。

书声还正琅琅然呢。我们寻诗的闲趣被窥人的热念给岔开了。从回廊下趸过去，两明一暗的三间屋，玻璃窗上帷子亦未下。天色其时尚未近黄昏；唯云天密吻，酿雪意的浓酣，阡陌明胸，积雪痕的寒皎，似乎全与迟暮合缘；催着黄昏快些来罢。至屋内的陈设，人物的须眉，已尽随年月日时的迁移，送进茫茫昧昧的乡土，在此也只好从缺。几个较鲜明的印象，尚可片片掇拾以告诸君的，是厚的棉门帘一个；肥短的旱烟袋一支；老黄色的《孟子》一册，上有银朱圈点，正翻到《离娄》篇首；照例还有白灰泥炉一个，高高的火苗蹿着；以外……"算了罢，你不要在这儿写账哟！"

游览必终之以大嚼，是我们的惯例，这里边好像有鬼催着似的。我曾和我姊姊说过："咱们以后不用说逛什么地方，老实说吃什么地方好了。"她虽付之一笑，却不斥我为胡闹，可见中非无故了。我且曾以之问过吾师。吾师说得尤妙，"好吃是文人的天性"，这更令我不便追问下去。因为既曰天性，已是第一因了。还要求它的因，似乎不很知趣。如理化学家说到电子，心

陶然亭的雪

理学家说到本能,生机哲学者说到什么"隐得而希"……

闲言少表。天性既不许有例外,谈到白雪,自然会归到一条条的白面上去。不过这种说法是很辱没胜地的,且有点文不对题。所以在江亭中吃的素面,只好割爱不谈。我只记得青汪汪的一炉火,温煦最先散在人的双颊上。那户外的尖风呜呜的独自去响,倚着北窗,恰好鸟瞰那南郊的旷莽积雪。玻璃上偶沾了几片鹅毛碎雪,更显得它的莹明不滓。雪固白得可爱,但它干净得尤好。酿雪的云,融雪的泥,各有各的意思;但总不如一半留着的雪痕,一半飘着的雪花,上上下下,迷眩难分的尤为美满。脚步声听不到,门帘也不动,屋里没有第三个人。我们手都插在衣袋里,悄对着那排向北的窗。窗外的几方妙绝的素雪装成的册页。累累的坟,弯弯的路,枝枝丫丫的树,高高低低的屋顶,都秃着白头,耸着白肩膀,危立在卷雪的北风之中。上边不见一只鸟儿展着翅,下边不见一条虫儿蠢然地动(或者要归功于我的近视眼),不用提路上的行人,更不用提马足车尘了。唯有背后已热的瓶笙吱吱地响,是为静之独一异品;然依昔人所谓"蝉噪林逾静"(北齐《颜氏家训》引梁王籍《入若耶溪》诗:"蝉噪林逾

静,鸟鸣山更幽。"又宋辛弃疾《稼轩词》中《祝英台近》
序中也有这一段故事。——作者原注）的静这种诠释，
它虽努力思与岑寂绝缘终究是失败的哟。死样的寂每
每促生胎动的潜能，唯万寂之中留下一分两分的喧哗，
使就烬的赤灰不致以内炎而重生烟焰；故未全枯寂的
外缘正能孕育着止水一泓似的心境。这也无烦高谈妙
谛，只当咱们清眠不熟的时光便可以稍稍体验这番悬
谈了。闲闲的意想，乍生乍灭，如行云流水一般的不
关痛痒，比强制吾心，一念不着的滋味如何？这想必
有人能辨别的。

　　炉火使我们的颊热，素面使我们的胃饱，飘零的暮
雪使我们的心越过越黯淡。我们到底不得不出去一走，到
底不得不面迎着雪，脚踹着雪，齐向北快快地走。离亭数
十步外有一土坡，上开着一家油厂；厂右有小小的断坟并
立。从坟头的小碣，知道一个葬的是鹦鹉；一个名为香
冢，想又是美人黄土那类把戏了。只是一件，油厂有狗，
喜拦门乱吠。G君是怕狗的；因怕它咬，并怕那未必就吠
的狗。而我又是怯登土坡的，雪覆着的坡子滑滑的难走，
更有点望之生畏。故我们商量商量，还是别去为妙。

　　我们绕坡北去时，G君抬头而望（我记得其时狗

没有吠）对我说，来年春归时，种些红杜鹃花在上面。我点点头。路上还商量着买杜鹃花的价钱。……现在呢，然而现在呢？我惆怅着夙愿的虚设。区区的愿原不妨辜负；然区区的愿亦未免辜负，则以外的岂不又可知了。——北京冬间早又见了三两寸的雪，而上海至今只是黯然的同云，说是酿雪，说是酿雪，而终于不来。这令我由不得追忆那年江亭玩雪的故事。

一九二四年一月十二日。

重印《浮生六记》序

　　重印《浮生六记》的因缘，容我略说。幼年在苏州，曾读过此书，当时只觉得可爱而已。自移家北去后，不但诵读时的残趣久荡为云烟，即书的名字也难省忆。去秋在上海，与颉刚、伯祥两君结邻，偶然读起此书，我始茫茫然若有所领会。颉刚的《雁来红丛报》本，伯祥的《独悟庵丛钞》本，都被我借来了。既有这么一段前因，自然重读时更有滋味。且这书确也有炫人的力，我们想把这喜悦遍及于读者诸君，于是便把它校点重印。

　　书共六篇，故名"六记"，今只存《闺房记乐》以下四篇，其五六两篇已佚。此书虽不全，而今所存者似即其精英。《中山记历》当是记漫游琉球之事，或系日记体。《养生记道》，恐亦多道家修持妄说。就其存

75

者言之，因不失为简洁生动的自传文字。

作者沈复字三白，苏州人，生于清乾隆二十八年，卒年无考，当在嘉庆十二年以后。可注意的，他是个习幕经商的人，不是什么斯文举子。偶然写几句诗文，也无所存心，上不为名山之业，下不为富贵的敲门砖，意兴所到，便濡毫伸纸，不必妆点，不知避忌。统观全书，无酸语，赘语，道学语，殆以此乎？

文章事业的圆成本有一个通例，就是"求之不必得，不求可自得"。这个通例，于小品文字的创作尤为显明。我们莫妙于学行云流水，莫妙于学春鸟秋虫，固不是有所为，却也未必就是无所为。这两种说法同伤于武断。古人论文每每标一"机"字，概念的诠表虽病含混，我却赏其谈言微中。陆机《文赋》说："故徒抚空怀而自惋，吾未识夫开塞之所由。"这是绝妙的文思描写。我们与一切外物相遇，不可著意，著意则滞，不可绝缘，绝缘则离。记得宋周美成的《玉楼春》里，有两句最好，"人如风后入江云，情似雨余黏地絮"，这种况味正在不离不著之间。文心之妙亦复如是。

即如这书，说它是信笔写出的固然不像；说它是精心结撰的又何以见得。这总是一半儿做着，一半儿写着的，虽有雕琢一样的完美，却不见一点斧凿痕。犹之佳山佳水，明明是天开的图画，然仿佛处处吻合人工的意匠。当此种境界，我们的分析推寻的技巧，原不免有穷时。此《记》所录所载，妙肖不足奇，奇在全不着力而得妙肖；韶秀不足异，异在韶秀以外竟似无物。俨如一块纯美的水晶，只见明莹，不见衬露明莹的颜色；只见精微，不见制作精微的痕迹。这所以不和寻常的日记相同，而有重行付印，令其传播得更久更远的价值。

　　我岂不知这是小顽章儿，不值当作溢美的说法，然而我自信这种说法不至于是溢美。想读这书的，必有能辨别的罢。

　　　　一九二四年二月二十七日杭州城头巷。

与白采书

白采先生：

我在此得有机缘评读尊作，不得不引为真的荣幸。初读此篇，即已讶其琼枝照眼，宝气辉然，愈读则愈爱。三月间游甬带给佩弦看。于柠檬黄的菜花初开时，我们在驿亭与宁波间之三等车中畅读之。佩弦说，这作品的意境章节俱臻独造，人物的个性颇带尼采式。

现在述我的读后所得印象。我敢说，这诗是近来诗坛中杰作之一。必内蕴既深，方能奔放得这般浩瀚，这般苍莽。去年在沪时，某君告我，他不赞成把诗故意地拉长截短，他喜欢不长不短恰当好处的诗。这固然不错，无论长也罢，短也罢，若非自然，出于做作，便觉讨厌了。此作虽有六千言而绝不病冗长，正缘一气舒卷之故。我认此为真的长诗，绝非拉长的充数伪品。

在风格方面大略有几点特色：1.不雕而朴，直写不描，故气象雄大。2.有现代语言的自然音节，顿挫抑扬并妙。3.诗中主人个性明活，显然自述其襟怀。思路之深刻，语意之沉痛，语气之坚决，正可作现代青年颓弛的药石。"高张生绝弦，声急由调起"，于此见之。以外更有一点，我所深佩的，是全诗四节章法重叠，而娓娓言之遂令人忘其复。这因为气机流利畅遂，而思想径路又本是回旋往复的，所以写来恰好。若中无所有，支支节节，描头画面，一字一句地堆垛起来，以成长篇，则颠仆殆事理之当然。总之，对于此诗之技术我无闲言；但可贵的毕竟还是内容。灵感之深美既如此，则技术之佳妙反似不足论矣。前来书云，"愿痛删改"，我以"删改"犹可，"痛删改"则决不可。当时实感之遗痕，必须尊重爱惜之。以事后畸零地追摹之迹易其本来面目，私意以为未然。仅就字句间略饰即可矣。

真的文艺是一个完整，故不能枝节地多说什么，述其概要之感念如此耳。得睹名篇，如逢佳丽，钦迟之情，迥绝言喻。让我以一味沉默，颂歌《赢疾者的爱》和它的尊贵的作者吧。

　　　　一九二四年四月十二日，自西湖俞楼寄。

甲子年游宁波日记

——朱佩弦兄遗念

　　一九二四年三月七日，由杭州城头巷寓所启程赴沪。车上人多而暖，昏昏然。于下午七时抵沪，寓法界爱多亚路七二一号许宅。接佩弦自春晖来信，遂决作甬游。至亚东访汪孟邹，适去芜湖，未晤。取了二十元。以《西还》诗集版权印花三千枚付店。在竹生居晚饭，饱甚。至孟渊及振新旅馆，打听船。归作家书，十二时睡。

　　八日，九时起，在南来理发，定新江天舱位，打电话给佩弦，嘱来接。访圣陶、伯祥，以时间局促略谈即别。在复兴园午食，甚昂。返寓取行李上船。发杭州一片，亚东图书馆一信。四时许开船。所占舱位颇小，人声嘈杂。同舱者二人，予得下铺，付船钱一元。甲板上全以油布围之以搭客，故作海行而未得观海。阅《水浒后传》，和衣昏昏而卧，睡不甚佳。晚饭时由茶房吆喝去吃饭，草草而已。

九日，曙色朦胧中舟抵镇海，暂停复行。不及六时抵宁波，天阴雨甚。给茶房酒资一元。雇人力车至沪杭甬车站，费二角，路远而价贵，敲竹杠也。佩来信云，"在百官车站见面"，遂打票赴百官。我以为离甬必不远，孰知二等票须一元四角许，始大讶。雨中登车，久待至八时始开。二等车中客亦殊不少。沿途景色可观。近五夫站时绕壮山湖，甚阔大。过驿亭而抵百官，下车。地殊荒陋，且有小山，觅佩弦不得，不解其故。欲雇轿子到春晖中学，而居人对以不知。后问询一剃头者，始知在驿亭附近。到百官已多走了一站。后来雇得轿子，价一元八角。

途中遇雨，幸未沾湿。走了许久始回抵驿亭站，跨过铁轨，南面有一牌大书曰"春晖中学校"，始知不误。又里许望见校舍，入校辗转询问，始由校中职员导行，得佩弦之居，启门而入，果得晤焉。付轿钱二元。急询以究竟何谓百官车站。他说，宁波人管沪杭甬车站为百官车站。他信上的意思，在宁波的百官车站会面，而我初不知有此称谓，解释为百官的车站。其实他和我同车来的。我大约先到站，在车上久待之顷，已经错过了。我亦不知今晨他将由甬赴春晖也。

略谈后，他去上课，是日为星期，春晖例不休息，我旁听了一堂。学生颇有自动的意味，胜第一师范及上海大学也。未进午食，枵腹奔走，后得豆腐花油条食之。

下午夏丏尊君来，邀至他家晚饭。去时斜风细雨，衣服为湿。他屋颇洁雅素朴，盆栽花草有逸致。约明日在校讲演，辞之不获。饭后偕佩笼烛而归。傍水行，长风引波，微辉耀之，踯躅并行，油纸伞上沙沙作繁响，此趣至隽，唯稍苦冷与湿耳。畅谈至夜午始睡。是日寄家书及京信。

十日，寄沪许寓守者信，告返期。佩弦上下午各有课二小时，我拟讲稿。下午同在郊野散步。春晖地名白马湖，校址殊佳，四山拥翠，曲水环之。菜花弥望皆黄，间有红墙隐约。村户稀少，只数十家。校中不砌垣墙，亦无盗贼，大有盛世遗风。学生多朴实，理解力亦好。是日雨未止，出行路泞沾足。归续写讲稿。晚饭后在校讲演，议论病空泛，人文犹可，说话似迫促，勉强对付而已。仍与佩弦夜谈，睡较昨早。

十一日，今将去此，在沪给佩之电报终未送达，可怪也。整治行李。丐尊过谈，以讲稿付春晖刊出，从夏嘱也。他送我信纸一匣，丰子恺所绘。午后匆匆而行，行装已由校役挑送驿亭站。途中仍有小雨，到站略待，火车始来。三等座中尚不甚挤。佩弦在车中取吾箧中稿《鬼劫》及白采的诗读，均赏之。于下午三时余抵宁波。车中茶房已识我，为我携行李，殆以百官之行花了冤钱之故欤。雇人力车赴湖西第四中学师范部。

宁波道路全以石板铺之，车行颠欹，尤甚于杭州。抵四中校暂息，佩约在李荣昌夜饮，品宁酒及绍酒。绍自胜于宁，但宁酒初尝耳。此店佐酒有野味多种，如竹鸡鹌鹑水鸭等品，均甚美，亦畴昔所未经。共喝了两斤酒，稍剩了一点，不殊昔年碧梧轩之洗昧也。（碧梧轩，杭州酒店名，在旗营。）又吃了炒年糕，扶薄醉而归。杜君来久坐，始去。三年级学生数人来，约我讲演。他们前曾向佩说，他径代我辞去。今又当面来说，我不得已允之。游玩杂以讲演，心殊畏之。佩弦小眠，我为他看诗稿。备删订用，旋即就寝。

十二日，七时起，整行李，八时赴三年级教室讲

《中国小说之概要》约一时而毕。返室，杜君及郑尊村君来。郑还邀我作一公开讲演，力辞之。佩弦下课后，卢君及经子渊君来。佩抽空写信，及为我写字一张。午，郑君邀至李荣昌。今日食单与昨相仿，唯添食麂肉，我则以面代年糕耳。返寓雇轿，佩送至码头，轿钱也是他付的。得三十九号舱下铺，上午预定也。佩小坐始别去，凭舷送之，仍不免惘惘之色。四时余船开，在上层甲板上闲眺，稍领略此行海景。抵镇海后进舱，同舱亦二人。来时新江天，返时亦新江天也。午饭太饱，晚饭吃不下，又船上餐亦不佳，后买油豆腐食之。在铺上略翻阅《断鸿零雁记》，觉文笔殊欠自然。因表在白马湖时坏了，不知道时刻，睡醒了又睡，如是者终宵。十三日，天未明而船停，起看灯火粲然，已抵上海金利源码头矣。

湖楼小撷

一　春　晨

　　这是我们初入居湖楼后的第一个春晨。昨儿乍来，便整整下了半宵潺湲的雨。今儿醒后，从疏疏朗朗的白罗帐里，窥见山上绛桃花的繁蕊，斗然的明艳欲流。因她尽迷离于醒睡之间，我只得独自地抽身而起。

　　今朝待醒的时光，耳际再不闻沉厉的厂笛和慌忙的校钟，唯有聒碎妙闲的鸟声一片，密接着恋枕依衾的甜梦。人说"鸟啼惊梦"；其实这样说，梦未免太不坚牢，而鸟语也未免太响亮些了。我只以为梦的惺忪破后，始则耳有所闻，继则目有所见。这倒是较真确的呢。

　　记得我们来时，桃枝上犹满缀以绛紫色的小蕊，不料夜来过了一场雨，便有半株绯赤的繁英了。"小楼一夜听春雨，深巷明朝卖杏花。"可见自来春光虽半是冉冉而来，却也尽有翩翩而集的。来时且不免如此的匆匆；设想它的去时，即使万幸不再添几分的局促，也总是一例的了。此何必待委地沾泥，方始怅惜绯红的妖冶尽成虚掷了呢。谁都得感怅惘与珍重之两无是处。只是山后桃花似乎没有觉得，冒着肥雨欣然半开了。我独瞅着这一树绯桃，在方椽内彷徨着。即如此，度过湖楼小住的第一个春晨。

一九二四年四月一日。

二　绯桃花下的轻阴

轻阴和绯桃直是湖上春来时的双美。桃花仿佛茜红色的嫁衣裳，轻阴仿佛碾珠作尘的柔幂。它们固各有可独立之美，但是合拢来却另见一种新生的韶秀。桃花的粉霞妆被薄阴梳拢上了，无论浓也罢，淡也罢，总像无有不恰好的。姿媚横溢全在离合之间，这不但耐看而已，简直是腻人去想。但亦自知这种迷眩的神情，终久不会在我笔下舌端留馀其万一的。反正今天，桃花犹开着，春阴也未消散，不妨自去领略它们悄默中的言说。再说一句，即使今年春尽，还有来年哩。"青山不改，绿水长流。"湖上春光来时的双美，将永远和"孩子们"追嬉觅笑。尊贵的先生们，请千万不要厌弃这个称呼哟！虽说有限的酣恣，亦是有限的酸辛；但酸辛滋味毕竟要长哩。正在春阴里的，正在桃花下的孩子们，你们自珍重，你们自爱惜！否则春阴中恐不免要夹着飘洒萧疏的泪雨，而桃树下将有成阵的残红了。你们如真不信，你们且觑着罢。春归一度，已少了一度。明年春阴挽着桃花姊妹们的赭红的手重来湖上，你们可不是今年的你们了，它们自然也不是今年的它们了。一切全都是新的。唯我的心一味地怯怯无归，垂垂地待老了。

四月七日。

三　楼头一瞬

住杭州近五年了，与西湖已不算新交。我也不自知为什么老是这样"惜墨如金"。在往年曾有一首《孤山听雨》，以后便又好像哑子。即在那时，也一半看着雨的面子方才写的。原来西湖是久享盛名的湖山，在南宋曾被号为"销金锅"，又是白居易、苏东坡、林和靖他们的钓游旧地，岂稀罕渺如尘芥的我之一言呢？像我这样开头就抱了一阵狂欢，未免夸诞得好笑。湖山有灵，能勿齿冷？所以我的装哑，倒不消辩解的，一辩解可是真糟。说是由于才尽，已算谦退到十二分；但我本未尝有才，又何尽之有？岂非仍是变相的浮夸？一匹锦，一枝彩笔，在我梦中么也没有见，只是昏沉地睡。睡醒了起来，到晚上还依旧这么睡啊。

　　迁入湖楼的第一个早晨，心想今儿应当早早地起来，不要再学往常那么傻睡了。我住楼上，其上之重楼旁有小台。我就登临一望。啊！这一望呀……

我们的湖山，姿容变幻：

春之花，秋之月，

朝生晖，暮留霭；

水上拖一件惨绿的年少裙衫，

山前横一抹浓青的婵娟秀黛。

游人们齐说："去来，去来。"

我也道："去来，去来。"

双桨打呀打的，

打不破这弱浅漪澜；

划儿动啊动的，

支不住这销魂重载。

仪态万方的春光晨光，

备具于一瞬眼的楼头望。

只有和谐，

只有变换，

只有饱满。

创世者精灵的团凝，

又何用咱们的赞叹。

  赞颂不当，继之以描摹；描摹不出，又回头赞颂一番：这正是黠鼠技穷的实况。强自解嘲地说，以湖山别无超感觉外之本相，故你我他所见的俱是本相，亦俱非本相。它因一切所感所受的殊异而幻现其色相，至于亿万千千无穷的蕃变。它可又不像《西游记》上孙猴子的金箍棒，"以一化千千化万"的叫声"变"，回头还是一根。如捏着本体这意念，则它非一非多，将无所在；如解释得圆融些，它即一即多，无所不在。

佛陀的经典上每每说，"作如是观"，实在是句顶聪明的话语。你不当问我及他，"我将看见什么？"你应当问你自己，"我要怎样看法？"你一得了这个方便，从污泥中可以挺莲花，从猪圈里可以见净土；（自然，我没有劝你闭着眼去否认事实，千万不可缠夹了。）何况以西湖的清嘉，时留稠叠的娇茜影子在你我他的心眼里的呢？

从右看去，葛岭兀然南向。点翠的底子渲染上丹紫黑黄的异彩，俨如一块织锦屏风。楼阁数重停峙山半。绝顶上停停当当立着一座怪俏皮，怪玲珑，怪端正的初阳台，仿佛是件小摆设，只消一个小指头就可以挑得起来的。岭麓西迤于西冷。迤西及北，门巷人家繁密整齐。桥上卧着黄绛色的坦平驰道。道旁有几丛芳草，芊绵地绿。走着的，踱着的，徘徊着的，笑语着的，成群搭淘的烧香客人。身上穿的大半是青莲毛蓝的布衫，项下挂的大半是深红老黄的布袋。桥堍以外，见苏堤六桥之第六名曰跨虹，作双曲线的弧拱。第五桥亦可望见。这儿更偏南了，上也有行人，只是远了，只见成为一桁，蚁似的往来。桑芽未生呢，所以望去也还了了。不栽桃柳只栽桑的六条桥，总伤于过朴过黯。

但借着堤旁的绿的草黄的菜花，看它横陈在碧波心窝里，真是不多不少，一条一头宽一头窄，黄绿蒙茸的腰带。新绿片段地挽接着，以堤尽而亦尽，已极我目了。草色入目，越远便越清新，越娇俏，越耐看的。从前人曾说什么"芳草天涯"，到身历此境，方信这绝非浪饰浮词，恰好能写出他在当年所感。"更行更远还生"，满眼的春光尽数寄在凭阑人的一望了。

从粗疏的轮廓固可窥见美人的容姿，但美人的美毕竟还全在丰神；丰神自无离容姿而独在之理，但包皮外相毕竟算不得骨子。泥胎，木刻，石琢的像即使完全无缺，超越世上一切所有的美，却总归不是肉的，人间的，我们的。它美极了，却和我有什么相干呢？故论西湖的美，单说湖山，不如说湖光山色，更不如说寒暄阴晴中的湖光山色，尤不如说你我他在寒暄阴晴中所感的湖光山色。湖的深广，山的远近，堤的宽窄，屋的多少，……快则百十年，迟则千万年而一变。变迁之后，尚有记载可以稽考，有图画可以追寻。这是西湖在人人心目中的所谓"大同"。或早或晚，或阴或晴，或春夏，或秋冬，或见欢愉，或映酸辛；因是光的明晦，色有浓淡，情感的紧弛，形成亿万重叠的差别相，竟没有同时同地同感这么一回事。这是西湖在人人心目中的所谓"小异"。"同"究竟是不是大，"异"究竟是不是小，我也一概不知。我只知道，同中求异是描摹一切形相者的本等。真实如果指的是不重现而言;那么，作者一旦逼近了片段的真实的时候（即使程度极其些微），自能够使他的作品光景常新，自能够使光景常新的作品确成为他的而非你我所能劫夺。

景光在一瞬中是何等的饱满，何等的谐整。现在却畸零地东岔一言，西凑一句，以追挽它已去的影。这不知有多傻! 若说新生一境绝非重现，岂不将与造化同功? 此可行于天才，万不可施之我辈的。只是文章通例，未完待续。我只得大着胆再往下写。

曹魏时的子建写"洛灵感焉"的姿致，用了"神光离合，乍阴乍阳"这样八个字。即此一端，才思恐决不止八斗。但我若一字不易地以移赠西湖，则连一厘一毫的才思也未必有人相许的。同是一句话，初说是新闻，再说是赘语了。（从前报登科的，二报三报，不嫌其多，这何等的有趣；可惜鬼子们进来以后，此法久已失传了。）我之所以拿定主见，非硬抄他不可，实因西湖那种神情，除此以外实难于形容。你先记住，我遇它时是在春晨，是在雨后的春晨，是在宿云未散，朝雾犹浓，微阳耀着的春晨。阴阳晴雨的异态在某一瞬间弥漫地动，在某一点上断续地变；因此湖上所具诸形相的光辉黯淡，明画朦胧，也是一息一息在全心目中跳荡无休。在这种对象之下，你逼我作静物描写，这不是要我作文，简直是要我的命。敝帚尚且有千金之享，我也不致如此的轻生。

但是一刹那，一地方的写生，我不好意思说不会。就是我好意思说，您也未必肯信的。只望你老别顶真，对付瞧着就得。湖光眩媚极了，绝非一味平铺的绿。（一见勾勒着的水，便拿大绿往上一抹，这总是不很高明的画法。）西湖的绿已被云收去了，已被雾笼住了，已被朝阳蒸散了。近处的水，暗蓝杂黄，如有片段。中央青汪汪白漫漫的，缏射云日的银光；远处乱皴着老紫的条纹。山色恰与湖相称，近山带紫，杂染黄红，远则渐青，太远则现俏蓝了。处处更萦拂以银乳的朝云，为山灵添妆。面前连山作障，腰间共同搭着一绺素练的云光，下披及水面，蒙蒙与朝雾相融。顶上亦有云气盘旋，时开时合，峰尖随之而隐显。南峰独高，坳里横一团鱼状的白云。峰顶庙墙（前年曾登过的），豁

湖楼小撷

然不遮。远山亭亭，在近山缺处，孤峭而小，俏蓝中杂粉，想远在钱塘江边了。

云雾正密搂着，朝阳忽然在其间半露它娇黄的脸，自然要被它们狠狠地瞪着眼。这个情急已欲出，它两个死赖还不走，而轻清的风便是拨乱其间的小丑。阴晴本是风的意思，但今儿它老人家一点主意也没有，一点力气也没有，好像它特地为着送给我以庭院中的鸡啼，树林中的鸟语，大路上的些许担子声音而来的；又好像故意爱惜船夫的血汗使大船儿小划子在湖心里，只见挪移而不见动荡。它毫不着力的自吹。春风的心力已软媚到入骨三分，无怪云雾朝阳都是这般妖娆弄姿，亦无怪乍醒的人凭到栏杆，便痴然小立了。

四月九日。

四　日本樱花

记得往年到东京，挥汗游上野公园，只见樱树的嫩绿，不见樱花的娇绯。这追想起来，自有来迟之恨。但当时在樱树林下，亦未尝留一撮的徘徊，如往昔诗人的样子。于此见回忆竟是冤人的，又见因袭的癖趣必与外缘和会方才猖獗的。每当曼吟低叹时，我咒诅以往诗娼文丐的潮热潜沸在我待冷的血脉中。

回忆每有很鹘突的，而这次却是例外。今天，很早的早晨，在孤山的顶上，西泠印社中，文泉的南侧，朝阳的明辉里，清切拜见一树少壮的，正开着的樱花；遂涉想到昔年海外相逢，已伤迟暮的它的成年眷属来。我在湖上看樱花，此非初次；但独独这一次心上留痕。想是它的靓妆，我的恣醉，都已有"十分光"了。

柔条之与老干，含苞之与落英，未始不姿态万千，各成馨逸；可是如日方中的，如月方圆的，如春水方漪沦着的所谓"盛年"，毕竟最可贵哩！毕竟最可爱哩！婴儿和迟暮，在人间所钩惹的情怀，无非第一味是珍惜，第二味是惆怅罢了，终究算不得抵不得真正的爱和贵。恕我譬喻得这样俗陋，浅绯深绛即妖冶极了，堂皇富丽总归要让还大红的。肯定一，否定一切，我又何敢。只是今晨所见，春山之顶，清泉之傍，朝阳光影中这一株日本绯樱，树正在盛年，花正在盛年；我虽不知所以赞叹，我亦唯有赞叹了。我于此体验到完全的美，爱和贵重是个什么样子的；顿然全身俯仰都不自如起来，一心瑟瑟地颤着，微微地欹着，轻轻地踯躅着，在洞彻圆明，娇繁盛满的绯赤光气之中央。

其时文泉之侧，除一树樱花一个我以外，只见有园丁在花下扫着疏落的残红，既不低眉凝注，也不昂首痴瞻，俯仰自如，心眼手足无不闲适；可证他才真是伴花爱花的人，像我这般竟无殊于强暴了。我蓦地如有所惊觉，在低徊中怅然自去。

也还有一桩要供诉的事。同在泉旁，距樱花西五七尺许，有一株倚水的野桃，已零落了；褪红的小瓣，紫色的繁须，前几天曾卖弄过一番的，今朝竟遮不住老丑了。我瞟了它一眼，绝不爱惜它。盛年之可贵如此！至少在强暴者的世界中心目中，盛年之可贵有如此！

四月十三日。

五　西泠桥上卖甘蔗

《儒林外史》上杜慎卿说："菜佣酒保都有六朝烟水气。"这每令我悠然神往于负着历史重载的石头城。虽然，南京也去过三两次，所谓烟花金粉的本地风光已大半消沉于无何有了。幸而后湖的新荷，台城的芜绿，秦淮的桨声灯影以及其余的，尚可仿佛怏怏地仰寻六代的流风遗韵。繁华虽随着年光云散烟消了，但它的薄痕倩影和与它曾相映发的湖山之美，毕竟留得几分，以新来游屐的因缘，而隐跃跃悄沉沉地一页一页地重现了。至于说到人物的风流，我敢明证杜十七先生的话真是冤我们的——至少，今非昔比。他们的狡诈贪庸差不多和其他都市里的人合用过一个模子的，一点看不出什么叫作"六朝烟水气"。从煤渣里掏换出钻石，世间即有人会干；但决不是我。我失望了！

倒是这一次西泠桥上所见虽说不上什么"六代风流"，但总使人觉得身在江南。这天是四月三日的午前，天气很晴朗，我们携着姑苏，从我们那座小楼向岳坟走去。紫沙铺平的路上，鞋底擦擦地碎响着。略行几十步便转了一个弯，身上微觉燥热起来。坦坦平平的桥陂迤逦向北偏西，这是西泠了。桥顶，西石栏旁放着一担甘蔗，有剥了皮切成段的，也有未去青皮留整枝的，还有一只水碗，一把帚是备洒水用的。最惹目的，担子旁不见挑担的人，仅有一条小板凳，一个稚嫩的小女孩坐着。——卖甘蔗？

看她光景不过五六岁，脸皮黄黄儿的，脸盘圆圆儿的,蓬松细发结垂着小辫。春深了,但她穿得"厚裹啰哆"的,一点没有衣架子,倒活像个老员外。淡蓝条子的布袄,青莲条子的坎肩,半新旧且很有些儿脏。下边还系着开裆裤呢。她端端正正地坐着。右手捏一节蔗根放在嘴边使劲地咬,咬下了一块仍然捏着——淋漓的蔗汁在手上想是怪黏的。左手执一枝尺许高,醉杨妃色的野桃,花开得有十分了。因为左手没得空,右手更不得劲,而蔗根的咀嚼把持愈觉其费力了。

你曾见野桃花吗?(想你没有不看见过的。)它虽不是群芳中的华贵,但当芳年,也是一时之秀。花瓣如晕脂的靥,绿叶如插鬓的翠钗,绛须又如钗上的流苏坠子。可笑它一到小小的小女孩手中,便规规矩矩的,倒学会一种娇憨了。

至她并执桃蔗,得何意境?蔗根可嚼,桃花何用呢?何处相逢?何时抛弃?……这些是我们所能揣知的吗?你只看她那蒻水双瞳,不离不着,乍注即释,痴慧躁静了无所见,即证此感邻于浑然,断断容不得多少回旋奔放的。你我且安分些罢。

我们想走过去买根甘蔗,看她怎样做买卖。后一转念,这是心理学者在试验室中对付猴鼠的态度,岂是我们应当对她的吗？我们也分明携抱着个小孩呢。所以尽管姑苏的眼睛，巴巴地直盯着这一担甘蔗，我们到底哄了他，走下了桥。

在岳坟溜达了一趟，有半点来钟。时已近午，我们循原路回走，从西塄上桥，只见道旁有被抛掷的桃枝和一些零零星星的蔗屑。那个小女孩已过西泠南塄，傍孤山之阴，蹒跚地独自摸回家去。背影越远越小，我痴望着。……

走过一个八九岁的男孩——她的哥？——轻轻把被掷的桃花又捡起来，耍了一回，带笑地喊："要不要？要不要？"其时作障的群青，成罗的一绿，都不言语了。他见没有应声，便随手一扬。一枝轻盈婀娜刚开到十分的桃花顿然飞堕于石阑干外。

我似醒了。正午骄阳下，悄峙着葱碧的孤山。妻和小孩早都已回家了，我也懒懒地自走回去。一路闲闲地听自己鞋底擦沙的声响，又闲闲地想："卖甘蔗的老吃甘蔗，一定要折本！孩子……孩子……"

四月十四日。

风化的伤痕等于零

　　自从读了佩弦君的《航船中的文明》（见他的集子《踪迹》，亚东出版）以后，觉得在我们这种礼仪之邦，嘉范懿行，俯拾即是——尤其在一阴一阳，一男一女之间，风化所关之地。我们即使谦退到了万分，不以此傲彼鬼子，然而总可以掀髯自喜了。别人不敢知，至少当今贞下起元的甲子年头，我是决不敢立异的。原来敝国在向来的列祖列宗的统治之下，男皆正人，女皆洁妇，既言语之不通，又授受之不亲；（鬼子诬为 tabu，恨恨！）所以轩辕氏四万万的子孙，个个都含有正统的气息的。现在自然是江河日下了！幸而遗风余韵犹有存者。如佩弦君在航船中所见所闻只不过是沧海的一粟罢。——然而毕竟有可以令人肃然的地方。

一　什刹海

我别北京有一年了。重来之日，忙忙如丧家之犬，想寻觅些什么。匆匆过了半个多月，竟毫无所得。偶然有一晚，当满街荷花灯点着的时候，我和 K、P、W、C 四君在什刹海闲步。这里有垂垂拂地的杨枝，有出水田田的荷叶，在风尘匝地的京城里，到此总未免令人有江南之思。每于夏日，由警厅特许，辟为临时营业场。于是夹道的柳荫下，鳞次栉比的茶棚，森然植立，如行军的帐幕一般了。水面枝头的自然音乐，当然敌不过嗷郁的市声了。是不是煞风景？因我非雅兴的诗人，无意作此解答。我觉得坐在茶棚底下喝喝茶，未必不比呆呆地立着，悄对着杨柳荷花好个一点。"俗不可医哉！"

茶棚的第一特色，自然是男女分座了。礼仪之邦的首善之区，有了这种大防，真是恰当好处。我第一次到京，入国问禁，就知道有这醇美之俗，惊喜不能自休。无奈其他游玩场所——如中央公园城南游艺园等等——

陆续都被那些狗男女给弄坏了。只剩城北一犄角的干净土，来慰怀古者的渴想。这固然寂寞极了。只聊胜于无耳。

今天，惊诧极了！W君告我，茶棚也开放了；居然也可以男女合座了。他是和他夫人同来的，所以正以得逢开禁为乐。但我呢，多少有点顽固癖——尤其当这甲子年头——不免愕然，继而怅然了。询其根由，原来只是一部分的开放，茶棚之禁令仍是依然，我听了这个，心头些微一松。

"茶"之一字似乎本身就含有维持风化的属性，我敢说地道的解释确是如此的。譬如在茶园中听戏，多少规则上要和到真光看电影不同；这是人人都有的经验。茶棚呢，亦复如此，毫无例外。喝茶总应当喝得规规矩矩，清清白白，若喝得浑淘淘哩，还像什么话！有人说："八大胡同的茶室呢，岂非例外？"我正色道："不然，不然！这正是风流事，自古已有之，与风化何干？"做文章总得看清了题目，若一味东扯西拉，还成什么"逻辑"呢！

伤害风化的第一刀，实在不和茶相干呀。茶就是风化，如何许有反风化？这是至平常的道理。所以这一次什刹海的茶棚开禁，严格说来，简直是没有这么一回事。——您知道吗？风化等于茶了，反风化又等于什么呢？您说不出吗？笨啊！自然是咖啡呀！咖啡馆虽是茶棚的变相，但既名曰咖啡馆，则却也不能再以茶例相绳了。譬如蝴蝶是蛹变的，但到蝴蝶飞过粉墙时，还算是蛹的本领吗？自然不算数！以此推彼，名曰类推。

然而毕竟可恶啊！轻轻用了"咖啡馆"三个大字，便把数千年的国粹砍了一刀。鬼子何其可恶呢！像 W 君的夫妇同品咖啡，虽然已经不大高明，却也还情有可原。若另有什么 X,Y，非夫妇也者而男女杂坐着，这真是"尚复成何事体"了。我不懂，禁止发行《爱的成年》《爱美的戏剧》的北京政府，竟坐视不救，未免有溺职之诮罢。

有人说，饮了咖啡，心就迷糊了，已是大中华民国化外之民了，（依泰戈尔喝英国人的牛肉茶之例推得）敝政府只好不管。这话却也持之有故，言之成理。而且照这说法，这种咖啡馆如长久存在着，便是一个绝好的中华民国人口问题的解决所在。社会学者固然不必杞忧了，而节制生育者的妄论，除了出乖露丑以外，更将无其他的依据了。——但我替 W 君夫妇着想，如他们万一都是爱国主义者，这一荡什刹海之游，却得不偿失哩。

二　津浦道中

过了两个礼拜，我搭乘津浦车南归，又发见了一桩似乎有伤风化的事。向来津浦车中，只有头二等睡车。头等车的风纪如何，我不能悬揣，不敢论列。至二等车中，除非一家子包一房间，则向来取男妇分列法的。本来，这是至情至理，同座喝茶且不能，何况同房睡觉。这本是天经地义、绝无考量之余地的。无奈近两年来，睡觉的需要竟扩充到了三等客人身上。（从前三等没有睡车，似乎是暗示三等客人原不必睡觉——或者是不配睡觉。）这不能不说是一件大怪事。可是，在这里就发生问题了。就是男女们还分不分呢？依我看，本来不成问题。二等客人要顾廉耻，难道做了三等客，便是贱骨头，应当寡廉鲜耻的吗？但是铁路人员，大概都是阶级主义的信徒，所以别有会心，毅然主张"不分"。于是——三等客人的脸皮就"岌岌乎其殆哉"了。

我自正阳门站登车后，房间差不多已占满了。只有一间，仅有男女两客——大约是夫妇——我便被茶房排入了。我无力抵抗这运命。因为我已花了一块大洋，买了一张绿色的睡票，自然不甘心牺牲。而且，从前有客车时，是不许睡；现在有睡车了，就非睡不可。（例如有一客从浦口到徐州，只要一下午便到，兀然的坐着；但他明明执着一张睡票，上写着"享用床位一夜"。我觉得有点异样。）加之我腹疾才好，本有求酣睡的需要。所以礼仪廉耻且靠后一点。我便毅然入室，准备对着绿色的票子，高卧一宵了。

那两位同路的客人，骤见生客的来临，自然有点讨厌。但是，应当有六客的房间，他们俩便想占住，觉得力量本不够，所以也就退让了。双方些微的交谈了两句，（自然是对着那男人说话，千万不可误会！）他们脸上憎厌的气息渐渐消散了。接着，又来了一个男客，也得受同一的待遇。依我默察，他们心理中似乎以四客一室为极大限度，决不再容第五客人进来。于是实行闭关主义。

到了天津东站，客又拥上了。其中有一个客人找不到铺位，非进来不可。门虽关着，但他硬把它拉开。

茶房伴着他，把他塞进来。（依《春秋》笔法，当用纳字。）那两位客人有点愤怒了。（我和那一位，既非易损品，又非易损品之保护者，固然也很希望室内人少些，但却不开口。）男的开口拒绝他。理由是这样的：一房六客固然不错。但我们四人已买了四张睡票，把高低两层都占住了。如若再有第五客来，高低两层都没有他的地位，只有请到最高坐着的一法。在事实上，最高可是太高，巍巍然高哉，晚上高卧则可；若白天坐着，则头动辄要碰着天花板，发生蓬蓬的巨响；而脚又得悬着，荡来荡去，如檐前铁马，风里秋千。想起来决不得味。

这个诡辩足以战胜茶房而有余。（其实是错误的，票上明写着享床位一夜，则未及夜当然不能占有一个全床位。）无奈这位福建客人，热心于睡觉，热心于最高，和某三爷不相上下，竟把行李，连人一起搬进来了。其时那位有妇之夫，不免喃喃口出怨言，总是说，我有家眷！我有家眷！于是茶房不得不给他一点教训，说三等车中向不分男女的。自从抹了这一鼻子灰，他们脸上方有些恍然若失的样子，而安心做一双寡廉鲜耻的人。我其时深深地长叹，欲凄然泪下了。（居最高的那一位先生，后来始终挨着我们坐了，并未尝低头摔脚如上边所说的样子。）

这一桩事情很不容易得到一个圆满的解释。说礼教是中国人所独有，洋鬼子不能分享。但坐三等车的却未必都是"二毛子"。若以坐航船骡车的为中国人，坐火车轮船的为洋鬼子，则二三等的津浦车客同列于洋奴，何分彼此？若说有钱的人多思淫欲，所以要加防闲；则岂非穷人爬到富人头上去了。通乎不通？说来说去，还是上边的解释最为妥当：就是富人要脸，穷人不要脸；即使他偶然想要，也不许！从前三等客人都不要睡觉的，现在却已要睡了（从有睡车推知之），可见是一大进步。将来礼教昌明，一旦三等客人骤然发明了"脸"，并且急迫地需要它。那时津浦路局自然会因情制礼，给他们一个脸面，而定出一个男女的大防来。古人说："衣食足而知礼仪。"现在当改说，"睡觉足而知廉耻"了。三等客人发明睡觉，拢共不过两年多，就望他们并知廉耻，这本来太嫌早计了。反正，只要吃得饱饱的，喝得足足的，睡得甜甜的，脸皮之为物即使终朝彻夜在那边摇撼着，又何妨乎？又何妨乎！至少鄙人不大介意这个的。若如我同车的一双佳偶，一个默默地说：

"我是女人！我是女人！"一个喃喃地念："我有家眷！我有家眷！"这种大傻瓜即吃个眼前亏，也算不了什么。总之，千句并一句，有钱始有脸，无钱则无脸。若没有钱而想要脸面，则是全然不可能的事情。或可在未来的乌托邦中去找，而我们大中华民国决非其地，一九二四年决非其时，断断乎是无可疑的。

从上记的两件琐事，读者们可以放下一百二十四个心，风化绝无受伤的危险。佩弦君所记的航船中的文明诚哉十分卓越。而我所言却也并不推扳（推扳，南言"不及"之意。——作者原注）因为第一个例，是洋奴不知有风化；第二个例，是穷人不配有风化。以我所下的界说"风化是中华民国嫡系贵人的私有品"而言，则伤痕之为物殆等于零，而国粹的完整优越，全然没有例外了。记得同游什刹海的那一晚，P君发明了一种zero theory，这或者也可备一个例证吗？P君以为如何？

一九二四年七月二十八日西湖。

芝田留梦记

湖上的华时显然消减了。"洞庭波兮木叶下。"何必洞庭，即清浅如西子湖也不免被渐劲的北风唤起那一种雄厉悲凉的气魄。这亦复不恶，但游人们毕竟只爱的是"华年"，大半望望然去了。我们呢，家于湖上的，非强作解人不可。即使有几个黄昏，遥见新市场的繁灯明灭，动了"归欤"之念，也只在堤头凝望而已。

在杭州小住，便忽忽六年矣。城市的喧阗，湖山的清丽，或可以说尽情领略过了。其间也有无数的悲欢离合，如微尘一般的跳跃着。在这一意义上，可以称我为杭州人了。最后的一年，索性移家湖上，也看六七度的圆月。至于朝晖暮霭，日日相逢，却不可数计。这种清趣自然也有值得羡慕之处。——然而，啖甘蔗的越吃到根便越甜，我们却越吃下去越不是味儿了。这种倒啖甘蔗的生活法，说起来令人悒悒，却不是此地所要说的。

湖居的一年中，前半段是清闲极了，后半段是凄恻极了。凉秋九月转瞬去尽，冬又来了。白天看见太阳，只是这么淡淡的。脚尖蹴着堤上的碎沙，眼睛盯着树下成堆的黄叶。偶然有三三两两乡下人走过去，再不然便是邻居，过后又寂然了。回去，家中人也惨怛无欢，谈话不出感伤的范围，相对神气索然。到图书馆去，无非查检些关于雷峰塔故实的书，出来一望，则青黛的南屏前，平添了块然的黄垡，千岁的醉翁颓然尽矣！

这还是碰着晴天呢，若下雨那更加了不得。江南的寒雨说有特具的丰神，如您久住江南的必将许我为知言。它的好处，一言蔽之，是能彻心彻骨的洗涤您。不但使你感着冷，且使它的冷从你骨髓里透泄出来。所剩下几微的烦冤热痛都一丝一缕地蒸腾尽了，唯有一味是清，二味是冷，与你同在。你感着悲哀了。原来我们的悲哀，名说而已，大半夹杂了许多烦恼。只有经过江南兼旬的寒雨洗濯后的心身，方才能体验得一种发浅碧色，纯净如水晶的悲哀。这是在北方睡热炕，喝白干，吃爆羊肉的人所难得了解的，他们将哂为南蛮子的癖气。

我宁耐着心情，不厌百回读似的细听江南的雨，尤其是洒落在枯叶上的寒雨，尤其是在夜分或平旦乍醒的时光，听那雨声的间歇和突发。

也是阴沉沉的天色，仿佛在吴苑西桥旁的旧居里，积雨初收，万象是十分的恬静，只浓酣的白云凝滞不飞，催着新雨来哩。萧寥而明瑟，明瑟而兼荒寒的一片场圃中，有菜畦，晚菘是怎样漂亮的；又有花径，秋菊是怎样憔悴的。环圃曲墙上的蛎粉大半剥落了。离墙四五尺多，离离地植着黄褐的梧桐，紫的柏，丹的枫，及其他的杂树。有几株已光光的打着颤，其余的也摇摇欲堕了。戛截说，那旧家的荒圃，被笼络在秋风秋雨间了。

江南之子哟，你应当认识，并应当 appreciate 那江南。秋风来时，苍凉悲劲中，终含蓄着一种入骨的袅娜。你侧着耳，听落叶的嘶叫确是这般的微婉而凄抑，就领会到西风渡江后的情致了。一样的摇落，在北方是干脆，在我们那里是缠绵呢。这区别是何等的有趣，又是何等的重要。北方的朋友们如以此斥我们为软媚，则我是当仁不让的。

说起雨来，江南入夏的雨，每叫人起腻。所谓"梅子黄时雨"，若被所谓解人也者领略了去，或者又是诱惑之一。但我们这些住家人，却十中有九是讨厌它的。冬日的寒雨，趣味也是特殊的，如上所说。唯当春秋佳日，微妙的尖风携着清莹的酥雨，洒洒剌剌的悠然来时，不论名花野草，紫蝶黄蜂同被着轻松松的沐浴，以后或得微云一罨，或得迟日一烘，缊缊出一种醺醉的杂薰；这种眩媚真是仪态万方，名言不尽的。想来想去，"照眼欲流"，倒是一种恰当的写法。若还不恍然，再三去审度它的神趣，那就嫌其唐突了。

今天，满城风雨的清秋节，似乎荒圃中有什么盛会，所以"冠裳云集"了。来的总是某先生某太太小姐之徒，谁耐烦替他们去唱名——虽然有当日的号簿可证。我只记一桩值得记的 romance。

我将怎样告诉你呢？老老实实，规规矩矩的直言拜上，还是兜个圈子，跑趟野马呢？真令我两为难！说得老实了，恐怕你用更老实的耳朵去听，以致缠夹；目下老实人既这般众多，我不能无戒心。说得俏皮一点，固然不错，万一你又胡思乱想，横生误会，又怎样办呢？目今的"误会"两字又这样的时髦！这便如何是好？

不说不行，只有乱说。所谓"说到哪里是哪里"，"船到弯头自会直"。这种行文的秘诀，你的修辞学讲义上怕还未必有。

在圆朗的明月中，碧玉的天上漾着几缕银云，在横空一鹤，素翅盘旋，依依欲下；忽然风转雪移，斗发一声长唳，冲天去了。那时的我们凭栏凝望，见它行踪的飘泊，揣它心绪的迟徊，是何等的痛惜，是何等的渴想呢。你如有过这种感触，那么，下边的话于你是多余的——虽然也不妨再往下看。

遥遥地望见后，便深深地疑讶了。这不是 C 君吗？七八年前，在北京时，她曾颠倒过我的梦魂。只是那种闲情，以经历年时之久而渐归黯淡。这七八年中，我不知干了些什么，生把前尘前梦都付渺茫了。无奈此日重逢，一切往事都活跃起来，历历又在心头作奇热了。"正是江南好风景，落花时节又逢君"；不过是两个老头儿对唱个肥喏罢了，尚且肉麻到如此。何况所逢的是住丽，更当冷清清的时节呢。

昔日的靓妆，今朝偏换了缟素衣裳；昔日的憨笑丰肌，今朝又何其掩抑消瘦，若有所思呢？可见年光是不曾饶过谁的，可见芳华水逝是终究没有例外的，可见"如何对摇落，况乃久风尘"这种哀感是万古不易磨灭的。幸而凭着蒨蒨秋水的一双眸子，乍迎乍送，欲敛未回，如珠走盘，如星丽天，以证她的芳年虽已在路上，尚然逡巡着呢。这是当年她留给我的唯一的眩惑哟！

她来在我先，挽着一个十三四岁的女婢坐在前列。我远远地在后排椅上坐了。不知她看见我没有，我只引领凝视着。

当乐声的乍歇，她已翩然而举，婉转而歌了。一时笑语的喧哗顿归于全寂，唯闻沉着悲凉的调子，迸落自丹唇皓齿间，屡掷屡起，百折千回地绵延着。我屏息而听，觉得胸膈里的泥土气，渐渐跟着缥缈的音声袅荡为薄烟，为轻云了。心中既洞然无物，几忘了自己坐在哪里，更不知坐得有多么久。不知怎的霍然一惊，早已到了曲终人杳的时分，看见她扶着雏婢，傍着圃的西墙缓缓归去。

我也惘惘然走了吧！信步行去，出圃的东门，到了轿厅前。其时暂歇的秋雨，由萧疏而紧密，渐潺湲地倾注于承檐外，且泛滥于厅和门道间的院落里。雨丝穿落石隙，花花的作小圆的旋涡，那积潦之深可见了。

在此还邀得一瞬的逢迎，真是临歧的惠思啊。我看

114

她似乎不便径跨过这积水的大院，问她要借油屐去吗。她点点头，笑了笑。我返身东行，向桐阴书舍里，匆匆地取了一双屐，一把油纸伞。再回到厅前，她已远在大门外（想已等得不耐烦）。我想追及她。

唯见三五乘已下油碧帷的车子，素衣玄鬓的背影依依地隐没了。轮毂们老是溜溜地想打磨陀，又何其匆忙而讨厌呢。——我毕竟追及她。

左手搴着车帷，右手紧握她的手，幽抑地并坚决地说："又要再见啦！"以下的话语被暗滋的泪给哽咽住了。泪何以不浪浪然流呢？想它又被什么给挡回去了。只有一味的凄黯，迎着秋风，冒着秋雨，十分的健在。

冰雪聪明的，每以苦笑掩她的悲恻。她垂着眼，嗫嚅着："何必如此呢，以后还可以相见的。"我明知道她当我小孩子般看，调哄我呢；但是我不禁要重重地吻她的素手。

车骨碌，格辚辚地转动了，我目送她的渐远。

才过了几家门面，有一辆车打回头，其余的也都站住。又发生什么意外呢？我等着。

"您要的蜜渍木瓜，明儿我们那边人不得空，您派人来取罢。"一个从者扳着车帷这样说。

　　"这么办也好。你们门牌几号？"

　　他掏出一张黯旧的名片，我瞟了一眼，是"□街五十一号康□□铺"，以外忘了，且全忘了。

　　无厌无疲的夜雨在窗外枯桐的枝叶上又潇潇了。高楼的枕上有人乍反侧着，重衾薄如一张纸。

　　　　一九二四年十一月二十日在杭州湖上成梦，

　　　　　　一九二五年二月二十日在北京记此。

《江南二月》跋语

　　十一年游美洲，归自纽约，于旧历重九前一日黎明北入英属坎拿大之蒙屈利而，薄游倾暑，敝车羸马行枯树浅坡间。于时云物凄清，野烧薰烈，蹄声得得，路转峰回，视名都繁会如隔世矣。西绝落机山脉，雪峦鹘突，云气之表，其跌复障以松翠，数十百里弥望不穷；更有浅滩，珠倾玉折，映带左右，车窗凝眺，竟日忘疲，年来所见雪景此为第一。至温古华，游诗丹丽园，近瞻则松翠枫黄，远瞩则山银海靛，车行园径中，落叶于轮下飞旋，觯缘可听。此间傍海，热流经之，殊不苦寒，嫩凉侵袖而已。遂登"俄后"船，横渡太平洋，风涛迅烈，起伏类小山。舟居奇寂，云海以外无敌人，而江南之人物山川时来梦寐间。将近横滨，十一月十二日中夜迷离间得句颇多，醒来只忆其二，即此篇首两句是也，枕上遂足成之。吟讽低徊，哑然自笑，其人其事，岂将寻之渺渺之昔梦，抑将逢之昧昧之他生乎？未可知也，未可知也。会心不远，庶无惑焉。

一九二五年一月记于北京。

怪异的印象（残稿）

儿时，只要一想起所谓"皇帝"，马上浮现出一个怪印象：一个穿黄的，而且是穿纯黄的人直挺挺地坐着，另外有几个人匍伏着。不管夜半还是黎明，他总是这般坐着。至于所谓"皇帝"也者，何以永不站起，永不躺倒，那是从未去想过的。

这个印象是颇怪异，却又何等的平常呢。生长于江南，未尝"瞻云就日"的我，何以能有此发见，真是可骄矜的奇迹。

最近寄人篱下的皇帝溥仪，尚有遗老天天去碰响头，足证儿时所见非梦非幻也。而我们京兆呢……

（中间一节不知怎的遗失了，暂缺。自注。）

以后，我想起"上头"来，永久是坐着大汽车，在许多军警夹卫中狂奔着，而大的小的，男的女的，村的俏的，——我当然在内，不用提。——老是这般恭恭敬敬地伺候着他老人家，无论是在黑夜或者白天。我这神气总够瞧的吧，您瞧。

一九二五年三月。

西湖的六月十八夜

我写我的"中夏夜梦"吧。有些踪迹是事后追寻，恍如梦寐，这是习见不鲜的；有些，简直当前就是不多不少的一个梦，那更不用提什么忆了。这儿所写的正是佳例之一。

在杭州住着的，都该记得阴历六月十八这一个节日罢。它比什么寒食、上巳、重九……都强，在西湖上可以看见。

杭州人士向来是那么寒乞相的（不要见气，我不算例外）；唯有当六月十八的晚上，他们的发狂倒很像有点彻底的（这是鲁迅君赞美蚊子的说法）。这真是佛力庇护——虽然那时班禅还没有去。

说杭州是佛地，如其是有佛的话，我不否认它配有这称号。即此地所说的六月十八,其实也是个佛节日。

观世音菩萨的生日听说在六月十九，这句话从来远矣，是千真万确的了，而十八正是它的前夜。

三天竺和灵隐本来是江南的圣地，何况又恭逢这位"大慈大悲救苦救难观世音菩萨"的芳诞，——又用靓丽的字样了，死罪，死罪！——自然在进香者的心中，香烧得早，便越恭敬，得福越多，这所谓"烧头香"。他们默认以下的方式：得福的多少以烧香的早晚为正比例，得福不嫌多，故烧香不怕早。一来二去，越提越早，反而晚了（您说这多么费解）。于是便宜了六月十八的一夜。

不知是谁的诗我忘怀了，只记得一句，可以想象从前西子湖的光景，这是"三面云山一面城"。现在打桨于湖上的，却永无缘拜识了。云山是依然，但濒湖女墙的影子哪里去了？我们凝视东方，在白日只是成列的市廛，在黄昏只是星星的灯火，虽亦不见得丑劣；但没出息的我总会时常去默想曾有这么一带森严曲折颓败的雉堞，倒映于湖水的纹衾里。

从前既有城，即不能没有城门。滨湖之门自南而北凡三：曰清波，曰涌金，曰钱塘，到了夜深，都要下锁的。烧香客人们既要赶得早，且要越早越好，则不得不设法飞跨这三座门。他们的妙法不是爬城，不是学鸡叫，（这多么下作而且险！）只是隔夜赶出城。那时城外荒荒凉凉的，没有湖滨聚英，更别提西湖饭店、新新旅馆之流了，于是只好作不夜之游，强颜与湖山结伴了。好在天气既大热，又是好月亮，不会得受罪的。至于放放荷灯这种把戏，都因为惯住城中的不甘清寂，才想出来的花头，未必真有什么雅趣。杭州人有了西湖，乃老躲在城里，必要被官府（关城门）佛菩萨（做生日）两重逼迫着方始出来晃荡这一夜；这真是寒乞相之至了。拆了城依旧如此，我看还是惰性难除罢，不见得是彻底发泄狂气呢。

我在杭州一住五年，却只过了一个六月十八夜；暑中往往他去，不是在美国就是在北京。记得有一年上，正当六月十八的早晨我动身北去的，莹环他们却在那晚上讨了一只疲惫的划子，在湖中飘泛了半响。据说那晚的船很破烂，游得也不畅快；但她既告我以游踪，毕竟使我惘然。

去年住在俞楼，真是躬逢其盛。是时和 H 君一家还同住着。H 君平日兴致是极好的，他的儿女们更渴望着这佳节。年年住居城中，与湖山究不免隔膜，现在却移家湖上了。上一天先忙着到岳坟去定船。在平时泛月一度，约费杖头资四五角，现在非三元不办了。到十八下午，我们商量着去到城市买些零食，备嬉游时的咬嚼。我俩和 Y、L 两小姐，背着夕阳，打桨悠悠然去。

归途车上白沙堤，则流水般的车儿马儿或先或后和我们同走。其时已黄昏了。呀，湖楼附近竟成一小小的市集。楼外楼高悬着炫目的石油灯，酒人已如蚁聚。小楼上下及楼前路畔，填溢着喧哗和繁热。夹道树下的小摊儿们，啾啾唧唧在那边做买卖。如是直接于公园，行人来往，曾无间歇。偏西一望，从岳坟的灯火，瞥见人气的浮涌，与此地一般无二。这和平素萧萧的绿杨，寂寂的明湖大相径庭了。我不自觉地动了孩子的兴奋。

饭很不得味地匆匆吃了，马上就想坐船。——但是不巧，来了一群女客，须得尽先让她们耍子儿；我们唯有落后了。H 君是好静的，主张在西泠桥畔露坐憩息着，到月上了再去荡桨。我们只得答应着；而且我们也没有船，大家感着轻微的失意。

西泠桥畔依然冷冷清清的。我们坐了一会儿，听远处的箫鼓声，人的语笑都迷蒙疏阔得很，顿遭逢一种凄寂，迥异我们先前所期待的了。偶然有两三盏浮漾在湖面的荷灯飘近我们，弟弟妹妹们便说灯来了。我瞅着那伶俜摇摆的神气，也实在可怜得很呢。后来有日本仁丹的广告船，一队一队，带着成列的红灯笼，沉填的空大鼓，火龙般地在里湖外湖间穿走着，似乎抖散了一堆寂寞。但不久映入水心的红意越宕越远越淡，我们以没有船赶它们不上，更添许多无聊。——淡黄月已在东方涌起，天和水都微明了。我们的船尚在渺茫中。

月儿渐高了，大家终于坐不住，一个一个地陆续溜回俞楼去。H君因此不高兴，也走回家。那边倒还是热闹的。看见许多灯，许多人影子，竟有归来之感，我一身尽是俗骨吧？嚼着方才亲自买来的火腿，咸得很，乏味乏味！幸而客人们不久散尽了，船儿重系于柳下，时候虽不早，我们还得下湖去。我鼓舞起孩子的兴致来："我们去。我们快去吧！"

红明的莲花飘流于银碧的夜波上，我们的划子追随着它们去。其实那时的荷灯已零零落落，无复方才的盛。放的灯真不少，无奈抢灯的更多。他们把灯都从波心里攫起来，摆在船上明晃晃地，方始踌躇满志而去。

到烛烬灯昏时，依然是条怪蹩脚的划子，而湖面上却非常寥落；这真是煞风景。"摇吧，上三潭印月。"

西湖的画舫不如秦淮河的美丽；只今宵一律妆点以温明的灯饰，嘹亮的声歌，在群山互拥、孤月中天、上下莹澈、四顾空灵的湖上，这样地穿梭走动，也觉别具丰致，决不弱于她的姊妹们。用老旧的比况，西湖的夏是"林下之风"，秦淮河的是"闺房之秀"。何况秦淮是夜夜如斯的；在西湖只是一年一度的美景良辰，风雨来时还不免虚度了。

公园码头上大船小船挨挤着。岸上石油灯的苍白芒角，把其他的灯姿和月色都逼得很黯淡了，我们不如别处去。我们甫下船时，远远听得那边船上正缓歌《南吕·懒画眉》，等到我们船拢近来，早已歌阑人静了，这也很觉怅然。我们不如别处去。船渐渐地向三潭印月划动了。

中宵月华的皎洁，是难于言说的。湖心悄且冷；四岸浮动着的歌声人语，灯火的微芒，合拢来却晕成一个繁热的光圈儿围裹着它。我们的心因此也不落于全寂，如平时夜泛的光景；只是伴着少一半的兴奋，多一半的怅惘，软软地跳动着。灯影的历乱，波痕的皱皱，云气的奔驰，船身的动荡……一切都和心象相融合。柔滑是入梦的唯一象征，故在当时已是不多不少的一个梦。

及至到了三潭印月，灯歌又烂漫起来，人反而倦了。停泊一歇，绕这小洲而游，渐入荒寒境界；上面欹侧的树根，旁边披离的宿草，三个圆尖石潭，一支秃笔样的雷峰塔，尚同立于月明中。湖南没有什么灯，愈显出波寒月白；我们的眼渐渐伤涩得抬不起来了，终于摇了回去。另一划船上奏着最流行的《三六》，柔曼的和音依依地送我们的归船。记得从前 H 君有一断句是"遥灯出树明如柿"。我对了一句"倦桨投波密过饧"；虽不是今宵的眼前事，移用却也正好。我们转船，望灯火的丛中归去。

梦中行走般地上了岸，H 君夫妇回湖楼去，我们还恋恋于白沙堤上尽徘徊着。楼外楼仍然上下通明，酒人尚未散尽。路上行人三三五五，络绎不绝。我们回头再往公园方面走，泊着的灯船少了一些，但也还有五六条。其中有 船挂着招帘，灯亦特别亮，是卖凉饮及吃食的，我们上去喝了些汽水。中舱端坐着一个华妆的女郎，虽然不见得美，我们乍见，误认她也是客人，后来不知从哪儿领悟出是船上的活招牌，才恍然失笑，走了。

不论如何的疲惫无聊，总得拼到东方发白才返高楼寻梦去；我们谁都是这般期待的。奈事不从人愿，H君夫妇不放心儿女们在湖上深更浪荡，毕竟来叫他们回去。顶小的一位L君临去时只咕噜着："今儿玩得真不畅快！"但仍旧垂着头蹀回去了。只剩下我们，踽踽凉凉如何是了？环又是不耐夜凉的。"我们一淘走吧！"

他们都上重楼高卧去了。我俩同凭着疏朗的水泥栏，一桁楼廊满载着月色，见方才卖凉饮的灯船复向湖心动了，活招牌式的女人必定还支撑着倦眼端坐着呢？我俩同时作此想。叮叮当，叮叮冬，那船在西倾的圆月下响着。远了，渐渐听不真，一阵夜风过来，又是叮……当，叮……冬。

一切都和我疏阔，连自己在明月中的影子看起来也朦胧得甚于烟雾。才想转身去睡；不知怎的脚下踌躇了一步，于是箭逝的残梦俄然一顿，虽然马上又脱镞般飞驶了。这场怪短的"中夏夜梦"，我事后至今不省得如何对它。它究竟回过头瞟了我一眼才走的，我哪能怪它。喜欢它吗？不，一点不！

　　　　　　一九二五年四月十三日，作于北京。

梦游（附跋）

　　月日，偕友某夜泛湖上。于时三月，越日望也。月色朦胧殊不甚好。小舟欹侧袅娜，如梦游。引而南趋，南屏黛色于乳白月芒下扑人眉宇而立。桃杏罗置岸左，不辨孰绯孰赤孰白。着枝成雾凇，委地疑积霰。花气微婉，时翩翩飞度湖水，集衣袂皆香，淡而可醉。如是数里未穷。南湖故多荷芰，举者风盖，偃者水衣。舟出其间，左萦右拂，悉飒不宁贴，如一怯书生乍傍群姝也。行不逾里，荷塘柳港转盼失之，唯柔波汩汩，拍桨有声，了无际涯，渺然一白，与天半银云相接。左顾，依约青峰数点出月雾下，疑为大力者推而远之，凝视仅可识。凉露在衣，风来逐云，月得云罅，以娇脸下窥，圆如珍珠也；旋又隐去，风寒逼人，湖水大波。回眺严城，更漏下矣。

　　月，山阴偏门舟次忆写。

　　写这篇文章的因缘，在此略叙一下。十四年八月间得一梦，梦读文两篇，其一记雕刻的佛像二，姿态变幻，穷极工巧；其二记游西湖，亦殊妍秀。醒来其文悉不可诵，然意想固犹时时浮涌着，就记下了较易省忆的一篇，即此是。篇中固亦有后来臆加的，如"南湖故多荷芰"一节是；然大体的意境，总与梦中的文境不远。至于要写文言，因为梦中所见本是古文，遂不得不力加摹拟。这却不是想去取媚"老虎"，千万别误会。临了我还要讲一笑话：就是这文脱稿以后，不署姓名，叫朋友们去猜。他们说大约是明人作的，至迟亦在清初。可差得太多了！这三个朋友中，有两位实是我的老师，那令我更加惶恐了。谁呢？您猜猜看。还有几句附加的话，本文末一行所记，写文的地和时，亦是梦中的影子，万不可据为考据的张本。所谓"月"，乃指在月下写记，并非某月的缺文。我觉得这种记时间的方法很好玩，虽然古已有之。您不记得吗？《武家坡》中有所谓"薛平贵，在月下，修写书文"，这便是一个再好没有的先例了！

　　　　　　　　　　　二十六日在北京东城记。

城 站

　　读延陵君的《巡回陈列馆》以后（文载《我们的六月》），那三等车厢中的滋味，垂垂的压到我睫下了。在江南，且在江南的夜中，那不知厌倦的火车驮着一大群跌跌撞撞的三等客人归向何处呢？难怪延陵说："夜天是有限的啊！"我们不得不萦萦于我们的归宿。

　　以下自然是我个人的经历了。我在江南的时候最喜欢趁七点多钟由上海北站开行的夜快车向杭州去。车到杭州城站，总值夜分了。我为什么爱搭那趟车呢？佩弦代我说了："堂堂的白日，界画分明的白日，分割了爱的白日，岂能如她的系着孩子的心呢？夜之国，梦之国，正是孩子的国呀；正是那时的平伯君的国呀！"（见《忆》的跋）我虽不能终身沉溺于夜之国里，而它的边境上总容得我的几番彳亍。

您如聪明的，必觉得我的话虽娓娓可听，却还有未尽然者；我其时家于杭州呢。在上海作客的苦趣，形形色色，微尘般的压迫我；而杭州的清暇恬适的梦境悠悠然幻现于眼前了。当街灯乍黄时，身在六路圆路的电车上，安得不动"归欤"之思？于是一个手提包，一把破伞，又匆促地搬到三等车厢里去。火车奔腾于夜的原野，喘吁吁地驮着我回家。

在烦倦交煎之下，总快入睡了。以汽笛之尖嘶，更听得茶房走着大嚷："客人！到哉；城站到哉！"始瞿然自警，把手掠掠下垂的乱发，把袍子上的煤灰抖个一抖，而车已慢慢地进了站。电灯迫射惺忪着的眼，我"不由自主"地挤下了车。夜风催我醒，过悬桥时，便格外走得快。我快回家了！

不说别的，即月台上两桁电灯，也和上海北站的不同；站外兜揽生意的车夫尽管粗笨，也总比上海的"江北人"好得多了。其实西子湖的妩媚，城站原也未必有份。只因为我省得已到家了，这不同岂非当然。

她的寓所距站只消五分钟的人力车。我上车了，左顾右盼，经过的店铺人家，有早关门的，有还亮着灯的，我必要默察它们比我去时（哪怕相距只有几天）有何不同。没有，或者竟有而被我发见了几个小小的，我都会觉得欣然，一种莫名其妙的欣欣然。

到了家，敲门至少五分钟。（我不预报未必正确的行期，看门的都睡了）。照例是敲得响而且急，但也有时缓缓地叩门。我也喜欢夜深时踯躅门外，闲看那严肃的黑色墙门和清净的紫泥巷陌。我知道的确已到了家，不忙在一时进去，马上进去果妙，慢慢儿进去亦佳。我已预瞩有明艳的笑，迎候我的归来。这笑靥是十分的"靠得住"。

从车安抵城站后，我就体会得一种归来的骄傲，直到昂然走入自己常住的室为止。其间虽只有几分钟，而这区区的几分钟尽容得我的徘徊。仿佛小孩闹了半天，抓得了糖，却不就吃，偏要玩弄一下，再往嘴里放。他平常吃糖是多么性急的；但今天因为"有"得太牢靠了，故意慢慢儿吃，似乎对糖说道："我看你还跑得了吗？"在这时小孩是何等的骄傲，替他想一想。

城站无异是一座迎候我的大门，距她的寓又这样的近；所以一到了站，欢笑便在我怀中了。无论在哪一条的街巷，哪一家的铺户，只要我凝神注想，都可以看见她的淡淡的影儿，我的渺渺的旧踪迹。觉得前人所谓"不怨桥长，行近伊家土亦香"。这个意境也是有的。

以外更有一桩可笑的事：去年江浙战时，我们已搬到湖楼，有一天傍晚，我无端触着烦闷，就沿着湖边，直跑到城站，买了一份《上海报》，到站台上呆看了一会儿来往的人。那么一鬼混，混到上灯以后，竟脱然无累地回了家，环很惊讶，我也不明白所以然。

我最后一次去杭州，从拱宸桥走，没有再过城站。到北京将近一年，杭州非复我的家乡了。万一重来时，那边不知可还有认识我的吗？不会当我异乡客人看待吗？这真是我日夜萦心的。再从我一方面想，我已省得那儿没有我的家，还能保持着孩子的骄矜吗？不呢？我想不出来。若添了一味老年人的惆怅，我又稀罕它做什么？然而惆怅不又是珍贵的趣味吗？我将奈何！真的，您来！我们仔细商量一下：我究竟要不要再到杭州去，尤其是要不要乘那班夜车到杭州城站去，下车乎？不下车乎？两为难！我看，还是由着它走，到了闸口，露宿于钱塘江边的好。城闉巷陌中，自然另外有人做他们的好梦，我不犯着讨人家的厌。

"满是废话，听说江南去年唱过的旧戏，又在那边新排了，沪杭车路也不通了，您到哪儿去？杭州城站吗？"

一九二五年十月六日，北京。

清河坊

　　山水是美妙的俦侣，而街市是最亲切的。它和我们平素十二分稔熟，自从别后，竟毫不踌躇，蓦然闯进忆之域了。我们追念某地时，山水的清音，其浮涌于灵府间的数和度量每不敌城市的喧哗，我们大半是俗骨哩！（至少我是这么一个俗子。）白老头儿舍不得杭州，却说"一半勾留为此湖"；可见西湖在古代诗人心中，至多也只沾了半面光。那一半儿呢？谁知道是什么！这更使我胆大，毅然于西湖以外，另写一题曰"清河坊"。读者若不疑我为火腿茶叶香粉店作新式广告，那再好没有。

　　我决不想描写杭州狭陋的街道和店铺，我没有那般细磨细琢的工夫，我没有那种收集零丝断线织成无缝天衣的本领：我只得藏拙。我所亟亟要显示的是淡如水的一味依恋，一种茫茫无羁泊的依恋，一种在夕阳光里、街灯影旁的依恋。这种微婉而入骨三分的感触，实是无数的前尘前梦酝酿成的，没有一桩特殊事情可指点，也不是一朝一夕之功。我实在不知从何说起，但又觉得非说不可。环问我："这种窘题，你将怎么做？"我答："我不知道怎样做，我自信做得下去。"

人和"其他"外缘的关联，打开窗子说亮话，是没有那回事。真的不可须臾离的外缘是人与人的系属，所谓人间便是。我们试想：若没有飘零的游子，则西风下的黄叶，原不妨由它们花花自己去响着。若没有憔悴的女儿，则枯干了的红莲花瓣，何必常夹在诗集中呢？人万一没有悲欢离合，月即使有阴晴圆缺，又何为呢？怀中不曾收得美人的倩影，则入画的湖山，其黯淡又将如何呢？……一言蔽之，人对于万有的趣味，都从人间趣味的本身投射出来的。这基本趣味假如消失了，则大地河山及它所有的兰因絮果毕落于渺茫了。在此我想注释我在《鬼劫》中一句费解的话："一切似吾生，吾生不似那一切。"

离题已远，快回来吧！我自述鄙陋的经验，还在"像煞有介事"，不又将为留学生所笑乎？其实我早应当自认这是幻觉，一种自骗自的把戏。我在此所要解析的，是这种幻觉怎样构成的。这或者虽在通人亦有所不弃吧。

这儿名说是谈清河坊，实则包括北自羊坝头，南至清河坊这一条长街。中间的段落各有专名，不烦枚举。看官如住过杭州的，看到这儿早已恍然；若没到过，多说也还是不懂。杭州的热闹市街不止一条，何以独取清河坊呢？我因它逼窄得好，竟铺石板不修马路亦好；认它为 typical 杭州街。

我们雅步街头，则矻磴矻磴地石板怪响，而大嚷"欠来！欠来！"的洋车，或前或后冲过来了。若不躲闪，竟许老实不客气被车夫推搡一下，而你自然不得不肃然退避了。天晴还算好；落雨的时候，那更须激起石板洼隙的积水溅上你的衣裳，这真糟心！这和被北京的汽车轮子溅了一身泥浆是仿佛的；虽然发江南热的我觉得北京的汽车是老虎，（非彼老虎也！）而杭州的车夫毕竟是人。你拦阻他的去路，他至多大喊两声，推你一把，不至于如北京的高轩哀嘶长喙地过去，似将要你的一条穷命。

哪怕它十分喧阗，悠悠然的闲适总归消除不了。我

137

所经历的江南内地，都有这种可爱的空气；这真有点儿古色古香。

我在伦敦、纽约虽住得不久，却已嗅得欧美名都的忙空气；若以彼例此，则藐乎小矣。杭州清河坊的闹热，无事忙耳。他们越忙，我越觉得他们是真闲散。忙且如此，不忙可知。——非闲散而何？

我们雅步街头，虽时时留意来往的车子，然终不失为雅步。走过店窗，看看杂七杂八的货色，一点没有 show window 的规范，但我不讨厌它们。我们常常去买东西，还好意思捧什么"洋腔"呢？

我俩和娴小姐同走这条街的次数最多，她们常因配置些零星而去，我则瞎跑而已。有几家较熟的店铺差不多没有不认识我们的，有时候她们先到，我从别处跑了去，一打听便知道，我终于会把她们追着的。大约除掉药品、书报、糖食以外，我再不花什么钱，而她们所买绝然不同；都大包小裹地带回了家，挨到上灯的时分。若今天买的东西少，时候又早，天气又好，往往雇车到旗下营去，从繁热的人笑里，闲看湖滨的暮霭与斜阳。"微阳已是无多恋，更苦遥青着意遮。"我时时看见这诗句自己的影子。

清河坊中，小孩子的油酥饺是佩弦以诗作保证的；

我所以时常去买来吃。叫她们吃，她们以在路上吃为不雅而不吃；常被我一个人吃完了，油酥饺冰冷的，您想不得味吧。然而我竟常买来吃，且一顿便吃完了。您不以为诧异吗？不知佩弦读至此如何想？他不会得说："这是我一首诗的力啊！"

我收集花果的本领真太差，有些新鲜的果子，藏在怀中几年之后，不但香色无复从前，并且连这些果子的名目、形态、影儿都一起丢了。这真是所谓"抚空怀而自愧"了。譬如提到清河坊，似有层层叠叠感触的张本在那边，然细按下去，便觉洞然无物。即使不是真的洞然，也总是说它不出。在实际上，"说不出"与"洞然"的差别，真是太小了。

在这狭的长街上，不知曾经留下我们多少的踪迹。可是坚且滑的石板上，使我们的肉眼怎能辨别呢？况且，江南的风虽小，雨却豪纵惯了的。暮色苍然下，飒飒的细点儿，渐转成牵丝的"长脚雨"，早把这一天走过的千千人的脚迹，不论男的女的老的少的村的俏的，洗刷个干净。一日且如此，何论旬日；兼旬既如此，何论经年呢！明日的人儿等着哩，今日的你怎能不去！不看见吗？水上之波如此，天上之云如斯；云水无心，

"人"却多了一种荒唐的眷恋，非自寻烦恼吗？若依颉刚的名理推之，烦恼是应当自己寻的；这却又无以难他。

我由不得发两句照例的牢骚了。天下唯有盛年可贵这是自己证明的真实。梦阑酒醒，还算个什么呢；千金一刻是正在醉梦之中央。我们的脚步踏在土泥或石上，我们的语笑颤荡在空气中，这是何等的切实可喜。直到一切已黯淡渺茫，回首有凄怆的颜色，那时候的想头才最没有出息；一方面要追挽已逝的芳香，一方面妒羡他人的好梦。去了的谁挽得住，剩一双空空的素手；妒羡引得人人笑，我们终被拉下了。这真觉得有点犯不着，然而没出息的念头，我可是最多。

匆匆一年之后，我们先后北来了。为爱这风尘来吗？还是逃避江南的孽梦呢？娴小姐平日最爱说"窝逸"。破烂的大街，荒寒的小胡同，时闻瑟缩的枯叶打抖，尖厉的担儿吆喝，沉吟的车骨碌的话语，一灯初上，四座无言；她仍然会说"窝逸"吗？或者斗然猛省，这是寂寞长征的一尖站呢？我毕竟想不出她应当怎样着想方好。

我们再同步于北京的巷陌，定会觉得异样；脚下的尘土，比棉花还软得多哩。在这样的软尘中，留下的踪迹更加靠不住了，不待言。将来万一，娴小姐重去江南，许我谈到北京的梦，还能如今日谈杭州清河坊巷这样的洒脱吗？"人到来年忆此年。"想到这里，心渐渐地低沉下去，另有一幅飘零的图画影子，烟也似的晃荡在我眼下。

话说回来，干脆了当！若我们未曾在那边徘徊，未曾在那边笑语；或者即有徘徊笑语的微痕而不曾想到去珍惜它们，则莫说区区清河坊，即什百倍的胜迹亦久不在话下了。我爱诵父亲的诗句：

"只缘曾系乌篷艇，野水无情亦耐看。"

一九二五年十月二十三日，北京。

以《漫画》初刊与子恺书

听说您的漫画要结集起来和世人相见，这是可欢喜的事。属我作序，惭愧我是门外汉，真是无从说起。只以短笺奉复，像篇序，像篇跋，谁知道？

我不曾见过您，但可以说是认识您的，我早已有缘拜识您那微妙的心灵了。子恺君，您的轮廓于我是朦胧的，而您的心影我是厮熟的。从您的画稿中，曾清清切切反映出您自己的影儿，我如何不见呢？将心比心，则《漫画》刊行以后，它会介绍无量数新朋友给您，一面又会把您介绍给普天下的有情眷属。"乐莫乐兮新相知。"我由不得替您乐了。

除此以外，我能说什么呢？但是，你既在戎马仓皇的时节老远地寄信来，似乎要钩引我的外行话，我又何能坚拒？

中国的画与诗通，在西洋似不尽然。自元以来，重士大夫画，其蔽不浅，无可讳言。唯从另一方面看，元明的画确在宋院画以外别开生面。其特长便是融诗入画。画中有诗是否画的正轨，我不得知；在我，确喜欢这个。它们更能使我邈然意远，悠然神往。

您是学西洋画的，然画格旁通于诗。所谓"漫画"，其妙正在随意挥洒，譬如青天行白云，卷舒自如，不求工巧，而工巧自在。看！只是疏朗朗的几笔，然物类神态毕入彀中了。这决非我一人的私见，您尽可以信得过。

一片的落花都有人间味，那便是我看了《子恺漫画》所感。——"看"画是煞风景的，当曰"读"画。您的画本就是您的诗。

一九二五年十一月一日，北京。

我 想

　　飘摇摇的又在海中了。仿佛是一只小帆船，载重只五百吨；所以只管风静浪恬，而船身仍不免左右前后地欹着。又睡摇篮呢！我想。

　　亦不知走了几天，忽然有一晚上，大晚上，说到了。遥见有三两个野蛮妇人在岸上跳着歌着。身上披一块、挂一块的褐色衣裙，来去迅如飞鸟，真真是小鬼头呀。我们船傍码头，她们都倏然不见；这更可证明是鬼子之流了。我想。

　　在灰白的街灯影里，迎面俄而现一巨宅，阙门中榜五字，字体方正，直行，很像高丽人用的汉文，可惜我记不得了。您最好去问询我那同船的伙伴，他们许会告诉您。我想。

　　其时船上人哗喧着，真有点儿漂洋过海的神气，明明说"到了",又都说不出到了哪里。有人说,到了哥伦布。我决不信:第一,哥伦布我到过的,这哪里是呢?是琉球呀!我想。

我走上岸,走进穹形的门,再走遍几重黯淡极的大屋,却不曾碰见一个人。这儿是回廊,那儿是厅堂,都无非破破烂烂的蹩脚模样。最后登一高堂,中设一座,座上并置黄缎金绣的垫子三;当中一个独大,旁边两个很小,小如掌。右侧的已空,不知被谁取去。我把左侧的也拿走了。摆在口袋里吧,这定是琉球王的宫。我想。

来时明明只我一人,去时却挟姑苏同走。我艰难地学步,船倒快开了。到我们走上跳板,跳板已在摇晃中了。终于下了船。船渐渐地又航行于无际的碧浪中。我闲玩那劫夺来的黄锦垫儿,觉得小小的一片,永远捏它不住似的,越捏得紧,便越空虚,比棉花还要松软,比秋烟还要渺茫。我瞿然有警:"不论我把握得如何的坚牢,醒了终久没有着落的,何苦呢!"我想。

"反正是空虚的,就给你顽顽吧。"我就把黄锦垫儿给了姑苏。……

一九二五年十一月四日,北京。

重印《人间词话》序

作文艺批评，一在能体会，二在能超脱。必须身居局中，局中人知甘苦，又须身处局外，局外人有公论。此书论诗人之素养，以为"入乎其内，故能写之；出乎其外，故能观之"。吾于论文艺批评亦云然。

自来诗话虽多，能兼此二妙者寥寥；此《人间词话》之真价也。虽只薄薄的三十页，而此中所蓄几全是深辨甘苦惬心贵当之言，固非胸罗万卷者不能道。读者宜深加玩味，不以少而忽之。

其实书中所暗示的端绪，如引而申之，正可成一庞然巨帙，特其耐人寻味之力或顿减耳。明珠翠羽，俯拾即是，莫非瑰宝，装成七宝楼台，反添蛇足矣。此日记短札各体之所以为人爱重，不因世间曾有masterpieces，而遂销声匿迹也。

作者论词标举"境界"，更辩词境有隔不隔之别；而谓南宋逊于北宋，可与颉颃者唯辛幼安一人耳，……凡此等评衡论断之处，俱持平入妙，铢两悉称，良无间然。颇思得暇引申其义，却恐"佛头著粪"，遂终于不为；今朴社同人重印此书，遂缀此短序以介绍于读者。

一九二六年二月四日。

重刊《陶庵梦忆》跋

有梦而以真视之者，有真而以梦视之者。夫梦中之荣悴悲欢犹吾生平也，梦将非真欤？以往形相悉疾幻灭，抽刀断水水更流矣，起问日中中已久矣，则明明非梦而明明又是梦也。凡此人人所有，在乎说得出与否耳。谚曰："痴人说梦"，说梦良非雅致；然既是梦何妨说说，即使不说也未必便醒了。况同斯一梦，方以酣适自喜，不以寤觉相矜也。

明张宗子以五十载之豪华幻为一梦，写此区区八卷之书。自序言明"又是一番梦呓"，且谓"名心难化"，彼固未尝不知之，知之而仍言之，是省后世同梦者多也。

作者家亡国破，披发入山，"遥思往事，忆即书之，持向佛前，一一忏悔"，作书本旨如是而已。而今观之，奇姿壮采，于字里行间俯拾即是，华秾物态，每"练熟还生，以涩勒出之"，画匠文心两兼之矣。

其人更生长华腴，终篇"著一毫寒俭不得"。然彼虽放恣，而于针芥之微莫不低徊体玩，所谓"天上一夜好月与得火候一杯好茶，只可供一刻受用，其实珍惜之不尽也"。然则五十年瞥走之光阴里，彼真受用得此一刻了。梦缘可羡，而入梦之心殆亦不可及。

凡此心境，草草劳人如我辈者，都无一缘领略。重印此书，使梦中人多一机遇扩其心眼。痴人说梦，将有另一痴人倾耳听之，两毋相笑。于平居暇日，"偶拈一则，如游旧径，如见故人"。殆可不废乎？若当世名流目此为小道，或斥为牟利新径，则小之可"愚㑩勿读，读亦勿卒"，大之以功令杜其流传，喜得作者姓张，小生不姓张，亦无妨于"吾家"也。

此书校读得燕大沈君启无之助，更得岂明师为作序，两君皆好读《梦忆》者。

一九二六年十二月。

春 来

"假使冬天来了，春天还能远吗？"您也将遥遥有所忆了。——虽然，我是不该来牵惹您的情怀的。

然而春天毕竟会来的，至少不因咱们不提起它而就此不来。于是江南的莺花和北地的风尘将同邀春风的一笑了。我们还住在一个世界上哩！

果真我们生长在绝缘的两世界上，这是何等好！果真您那儿净是春天，我这儿永远是冰，是雪，是北风，这又何等好。可惜都不能！我们总得感物序之无常，怨山河之寥廓，这何苦来？

微吟是不可的，长欢也是不可的，这些将挡着幸运人儿的路。若一味地黯然，想想看于您也不大合适的吧，"更加要勿来"。只有跟着时光老人的脚迹，把以前的噩梦渐渐笼上一重乳白的轻绡，更由朦胧而渺茫，由渺茫而竟消沉下去，那就好了！夫了者好也，语不云乎？

　　谁都懂得，我当以全默守新春之来。可恨我不能够如此哩。想到天涯海之角，许有凭阑凝想的时候，则区区奉献之词，即有些微的唐突，想也是无妨于您那春风的一笑的。

　　丁卯立春前十一日，一九二七年一月二十五日。

春来

眠 月

——呈未曾一面的亡友白采君

一　楔　子

万有的缘法都是偶然凑泊的罢。这是一种顶躲懒顶顽皮的说法，至少于我有点对胃口。回首旧尘，每疑诧于它们的无端，究竟当年是怎么一回事，固然一点都说不出，只惘惘然独自凝想而已。想也想不出什么来，只一味空空的惘惘然吧。

即如今日，住在这荒僻城墙边的胡同里，三四间方正的矮屋，一大块方正的院落，寒来暑往，也无非冰箱撤去换上泥炉子，夏布衫收起找出皮袍子来，……凡此之流不含胡是我的遭遇。若说有感，复何所感？

若说无所感，岂不呜呼哀哉耶！好在区区文才的消长，不关乎世道人心，"理他呢！"

无奈昔日之我非今日之我也，颇有点儿 sentimental。伤春叹夏当时几乎当作家常便饭般咬嚼。不怕"寒尘"，试从头讲起。

爱月眠迟是老牌的雅人高致。眠月呢，以名色看总不失为雅事，而事实上也有未必然的。在此先就最通行的说，即明张岱所谓"杭州人避月如仇"；也是我所说的，"到月光遍浸长廊，我们在床上了；到月光斜切纸窗，我们早睡着了"。再素朴点，月亮起来，纳头困倒；到月亮下去，骨碌碌爬起身来。凡这般眠月的人是有福的，他们永远不用安眠药水的。我有时也这么睡，实在其味无穷，明言不得（读者们切不可从字夹缝里看文章，致陷于不素朴之咎）。你们想，这真俗得多么雅。"日出而作，日入而息"，岂不很好。管它月儿是圆的是缺的，管它有没有蟾蜍和玉兔，有没有娇滴滴梅兰芳式的嫦娥呢。听说有一回庭中望月，有一老妈诧异着"今儿晚上，月亮怎么啦！"（怎字重读）懂得看看这并不曾怎么的月亮就算得雅人吗？不将为老妈子所笑乎！

二　正　传

　　湖楼几个月的闲居，真真是闲居而已，绝非有意于混充隐逸。唯湖山的姝丽朝夕招邀，使我们有时颠倒得不能自休。其时新得一友曰白采，既未谋面，亦不知其家世，只从他时时邮寄来的凄丽的诗句中，发见他的性情和神态。

　　老桂两株高与水泥栏杆齐。凭栏可近察湖的银容，远挹山的黛色。楼南向微西，不遮月色，故其升沉了无翳碍。有时被轻云护着，廊上浅映出乳白的晕华；有时碧天无际，则遍浸着冰莹的清光。我们卧室在楼廊内，短梦初歇，每从窗棂间窥见月色的多少，便起来看看，萧萧的夜风打着惺忪的脸，感到轻微的瑟缩。静夜与明湖悄然并卧于圆月下，我们亦无语倦而倚着，终久支不住饧软的眼，撇了它们重寻好梦去。

　　其时当十三年夏，七月二十四日采君信来附有诗词，而《渔歌子》尤绝胜，并有小语云："足下与阿环亦有此趣事否？"所谓"爱月近来心却懒，中宵起坐又思眠"，我们俩每吟讽低徊不能自己。采君真真是个南国"佳人"！今则故人黄土矣！而我们的前尘前梦亦正在北地的风沙中飘荡着沉埋着。

江南苦夏，湖上尤甚。浅浅的湖水久曝烈日下，不异一锅温汤。白天热固无对，而日落之后湖水放散其潜热，夹着凉风而摇曳，我们脸上便有乍寒乍热的异感。如此直至于子夜，凉风始多，然而东方快发白了，有酷暴的日头等着来哩。

杭州山中原不少清凉的境界，若说严格的西湖，避暑云何哉，适得其反。且不论湖也罢，山也罢，最惹厌而挥之不去的便是蚊子。好天良夜，明月清风，其病蚊也尤甚。我在以下说另一种的眠月，听来怪甜蜜，钩人好梦似的。却不要真去做梦，当心蚊子！（我知道采君也有同感的，从他的来信看出来。）

月影渐近虚廊，夜静而热终不减，着枕汗便奔涌，觉得夜热殆甚于昼，我们睡在月亮底下去，我们浸在月亮中间去。然而还是困不着，非有什么"不雅之闲"也，（用台湾的典故，见《语丝》一四八）尤非怕杀风景也，乃真睡不着耳。我们的小朋友们也要玩月哩。榻下明晃晃烧着巨如儿指的蚊香，而他们的兴味依然健朗，我们其奈之何！正唯其如此，方得暂时分享西子湖的一杯羹和那不用一钱买的明月清风。

碧天银月亘古如斯。陶潜、李白所曾见，想起来未必和咱们的很不同，未来的陶潜、李白们如有所见，也未必会是红玛瑙的玉皇御脸，泥金的兔儿爷面孔罢。可见"月亮怎么啦！"实具颠扑不破的胜义，岂得以老妈子之言而薄之哉！

就这一端论，千万年之久，千万人之众，其同也如此其甚。再看那一端，却千变万化，永远说不清楚。非但今天的月和昨天的月，此刹那和彼刹那的月，我所见，你所见，他所见的月……迥不相同已也；即以我一人所见的月论，亦缘心象境界的细微差别而变，站着看和坐着看，坐着看和躺着看，躺着清切地看和朦胧地看，朦胧中想看和不想看的看……皆不同，皆迥然不同。且决非故意弄笔头。名理上的推论，趣味上的体会，尽可取来互证。这些差别，于日常生活间诚然微细到难于注意，然名理和趣味假使成立，它们的一只脚必站在这渺若毫茫，分析无尽的差别相上，则断断无疑。

我还是说说自己所感罢。大凡美景良辰与赏心乐事的交并（玩月便是一例），粗粗分别不外两层：起初陌生，陌生则惊喜颠倒；继而熟脱，熟脱则从容自然。不跑野马，在月言月。譬如城市的人久住鸽子笼的房屋，一旦忽置身旷野或萧闲的庭院中，乍见到眼生辉的一泓满月。其时我们替他想一想，吟之哦之，咏之玩之，手之舞之，足之蹈之，都算不得过火的胡闹。他的心境内外迥别，蓦地相逢，俨如拘挛之书生与媚荡的名姝接手，心为境撼，失其平衡，遂没落于颠倒失据，惝恍无措的状态中。《洛神赋》上说："予情悦其淑美兮，心震荡而不怡。"夫怡者悦也，上曰悦，下曰不怡，故曹子建毕竟还是曹子建。

　　名姝也罢，美景也罢，若朝昏厮守着，作何意态呢！这是难于解答的，似应有一种极平淡、极自然的境界。尽许有人说这是热情的衰落，退潮的状态，说亦言之成理，我不想去驳它。若以我的意想和感觉，唯平淡自然才有真切的体玩，自信也确非杜撰。不跑野马，在月言月。身处月下，身眠月下，一身之外以及一身，悉为月华所笼络包举，虽皎洁而不睹皎洁，虽光辉而无有光辉。不必我特意赏玩它，而我的眠里梦里醉时醒时，似它无所不在。我的全身心既浸没着在，故即使闭着眼或者酣睡着，而月的光气实渗过，几乎洞彻我意识的表里。它时时和我交融，它处处和我同在，这境界若用哲学上的语调说，是心境的冥合，或曰俱化。——说到此，我不禁想起陶潜的诗来："采菊东篱下，悠然见南山。山气日夕佳，飞鸟相与还。此中有真意，欲辩已忘言。"何谓忘言的真意，原是闷葫芦。无论是什么，总比我信口开河强得多，古今人之不相及如此。

"玩月便玩月，睡便睡。玩月而思睡必不见月，睡而思玩月必睡不着。"这多干脆。像我这么一忽儿起来看月，一忽儿又睡了，或者竟在月下似睡非睡地躺着，这都是傻子酸丁的行径。可惜采君于来京的途中客死于吴淞江上，我还和谁讲去！

我今日虽勉强追记出这段生涯，他已不及见了。他呢，却还留给我们零残的佳句，每当低吟默玩时，疑故人未远，尚客天涯，使我们不至感全寂的寥廓，使我们以肮脏的心枯干的境，得重看昔年自己的影子，几乎不自信的影子。我，我们不能不致甚深的哀思和感谢。

虽明明是一封无法投递的信，但我终于把它寄出去了！这虽明明是一封无法投递的信。

雪晚归船

日来北京骤冷，谈谈雪吧。怪腻人的，不知怎么总说起江南来。江南的往事可真多，短梦似的一场一场在心上跑着；日子久了，方圆的轮廓渐磨钝了，写来倒反方便些，应了岂明君的"就是要加减两笔也不要紧"这句话。我近来真懒得可以，懒得笔都拿不起，拿起来费劲，放下却很"豪燥"的。依普通说法，似应当是才尽，但我压根儿未见得有才哩。

淡淡地说，疏疏地说，不论您是否过瘾，凡懒人总该欢喜的是哪一年上，您还记得否？您家湖上的新居落成未久。它正刘三台山，旁见圣湖 角。曾于这楼廊上一度看雪，雪景如何的好，似在当时也未留下深沉的影象，现在追想更觉茫然。——无非是面粉盐花之流吧，即使于才媛嘴里依然是柳絮。

　　然而 H 君快意于他的新居，更喜欢同着儿女们游山玩水，于是我们遂从"杭州城内"剪湖水而西了。于雪中，于明敞的楼头凝眸暂对，却也尽多佳处。皎洁的雪，森秀的山，并不曾辜负我们来时的一团高兴。且日常见惯的峦姿，一被积雪覆着，蓦地添出多少层叠来，宛然新生的境界，仿佛将完工的画又加上几笔皴染似的。记得那时 H 君就这般说。

　　静趣最难形容，回忆中的静趣每不自主的杂以凄清，更加难说了。而且您必不会忘记，我几时对着雪里的湖山，悄然神往呢。我从来不曾如此伟大过一回，真人面前不说谎。团雪为球，掷得一塌湖涂倒是真的，有同嬉的 L 为证。

　　以掷雪而 L 败，败而袜湿，等袜子烤干，天已黑下来，于是回家。如此的清游可发一笑吧？瞧瞧今古名流的游记上有这般写着的吗？没有过！——唯其如此，我才敢大大方方地写，否则马上搁笔，"您另请高明！"

　　毕竟那晚的归舟是难忘的。因天雨雪，丢却悠然的双桨，讨了一只大船。大家伙儿上船之后，它便扭扭搭搭晃荡起来。雪早已不下，尖风却渐渐的，人躲在舱里。天又黑得真快，灰白的雪容，一转眼铁灰色了，雪后的湖浪沉沉，拍船头间歇地汩然而响。旗下营的遥灯渐映眼朦胧黄了。那时中舱的板桌上初点起一支短短的白烛来。烛焰打着颤，以船儿的欹倾，更摇摇无所主，似微薄而将向尽了。我们都拥着一大堆的寒色，悄悄地趁残烛而觅归。那时似乎没有说什么话，即有三两句零星的话，谁还记得清呢。大家这般草草地回去了。

月下老人祠下

君忆南湖荡桨时，老人祠下共寻诗。

而今陌上花开日，应有将雏旧燕知。

闲兄最怕读拙作的小引，在此于是不写。但是——
在一九二二年十一月二十日上找着一段日记，"节抄无
趣，剪而贴之"。

　　午偕环在素香斋吃素，湖滨闲步，西园啜茗。
三四妹来，泛舟湖中，泊白云观，景物清绝。有
题壁诗四章，各默记其一而归，录其较佳者："蝴
蝶交飞江上春，花开缓缓唤归人。至今越国如花女，
荡桨南湖学拜神。"更泛舟西泠，走苏堤上吃橘子。

　　更于抵京之后，十二月十一日写给环的歪诗上找着

几句：

> 街头一醉，依然无那荒寒，北风浣鬓，京洛
> 茫茫尘土。
>
> 冷壁寻诗，长堤买橘，犹记南湖荡桨侣。

够了！再讲下去岂非引子乎？然此亦一引子也，闲
其谓我何？况彼其时以"读经"故而不曾去乎？（谨
遵功令，采用文言，高山滚鼓，诸公谅之。）

"人生能几清游？"除却这个，陈迹的追怀久而不
衰，殆有其他的缘由在。

从天之涯海之角，这样悄悄地慢慢地归来。发纽
约城过蒙特利尔，绝落基山至温哥华，更犯太平洋之
风涛而西，如此走了二十三天，飘飘然到了杭州城站。
真不容易呀！但您猜一猜，我住了几天？不含胡，不
多也不少，三天。

尖而怪的高楼，黑而忙的地道，更有什么 bus、
taxi 等等，转瞬不见了。枯林寒叶的蒙特利尔，积雪下
的落基山，温煦如新秋的温哥华，嘶着吼着的太平洋，
青青拥鬓的日本内海，绿荫门巷的长崎，疏灯明灭的

吴淞江上，转瞬又不见了，只有一只小小的划子，在一杯水的西湖中，摆摇摇地。云呀，山呀，……凡伴着我的都是熟人哩。非但不用我张罗，并且不用我说话，甚而至于不用我去想。其滋味有如开笼的飞鸟，脱网的游鱼，仰知天地的广大，俯觉吾身之自在。月余凝想中的好梦，果真捏在手心里，反空空的不自信起来。我唯有惘惘然，"我回来了"。

　　冬天的游人真少，船到了漪园，依然清清冷冷的。从殿宇旁尾进去，便是老人的祠宇。前后两院落，中建小屋三楹，龛内老人披半旧红袍，丰颐微须，面浅赭色，神仪俊朗，佳塑也。前后四壁，匾额对联实之。照例，好的少。其中有一联，并无他好，好在切题，我还记得："愿天下有情人都成了眷属，是前生注定事莫错过姻缘。"岂是老人的宣传标语耶？妙矣。

　　清绝的神祠，任我们四人徘徊着。曾否吃茶，曾否求签，都有点茫然。大概签是未求，因记载无考焉。茶是吃了，因凡湖上诸别墅的茶自来来得好快，快于游人的脚步。当溜烟未能之顷，而盖碗丁当，雨前龙井之流已缓缓来矣。好快的缘故，在我辈雅人是不忍言的哟。

茶已泡了，莫如老实不走，我们渐徘徊于庭院间。说是冬天，记得也有点儿苍苔滑擦。"下马先寻题壁字"，我们少不得循墙而瞅，明知大概是有点"岂有此理"的，然而反正闲着，瞅瞅何妨。这一回却出"意表之外"，在东墙角上见一方秀整的字迹，原来竟是诗！（题者的名姓失记。既非女史，记之何为？此亦例也。）不但是诗，而且恰好四首，我们便分头去记诵，赌赛着。结果，我反正没有输给她们就是。至于"蝴蝶"云云也者是第一章，大家都记住了。

"老人祠下共寻诗"的事实，只如上记。说到感想未必全无，而在我，我们只是泛泛的闲适而已，说得哪怕再露骨点，自己觉得颇高雅而已，可没有别的了。环应当说"是的呀"。若娴珣二君复何所感，愧我脑子笨，当时未曾悬揣；此刻呢，啊呀，更加不敢武断。——这当然太顽皮了。

踯躅于荒祠下，闲闲的日子去得疾呵。我们还须重打桨北去西泠。其时日渐西颓，湖风悄然，祠下频繁的语笑，登舟后顿相看以寂寞。左眺翠紫的南屏山，其上方渲晕以浅红的光霭，知湖上名姝已回眸送客，峭厉的黄昏，主人公般快回来了。而其时我们已在苏堤上买橘子吃。

　　弥望皆髡秃的枯桑，苏堤似有无尽的长，我们走向哪里去？还是小立于衰草摇摇的桥塂罢。恰好有卖橘子的。橘子小而酸，黄岩也罢，塘栖也罢，都好不了。但我们不买橘子更何为呢？遂买。买来不吃又何为呢？于是便吃。在薄晚的西北风中，吃着冷而酸的橘子，都该记得吧？诸君。

　　太平洋的风涛澎湃于耳边未远，而京华的尘土早浮涌于眼下来，却借半日之闲，从湖山最佳处偷得一场清睡；朦胧入梦间；斗然想起昨天匆匆地来时，迢迢的来路，更不得不想到明天将同此匆匆而迢迢的去了。这般魂惊梦怯的心情，真奈何它不得的。我唯有惘惘然，"我回来了？"

　　　　　一九二七年十月三十一日，写于北京。

山阴五日记游

　　九年四月三十日，晨九时，舆出杭州候潮门。轮渡钱塘江，潮落沙夷，浪重山远。渡江后弥望平衍，约十里许至西兴，巷陌湫隘不堪并舆。桥下登舟，凡三舱，乌篷画楫，有玻璃窗。十时行，并橹连樯，穿市屋树阴而去。小眠未成寐。正午穿萧山城过，河面甚狭。泊舟威文殿下，庙祀文昌关帝。饭罢即行，途中嘉荫曲港往往见之。埂陌间见一树，年久干枯，绕以翠萝，下垂如云发。八时泊柯桥，绍兴名镇。晚饭后复行。夜半泊柯岩下。

　　五月一日晨七时，步至柯岩。有庙，殿后有潭，石壁外覆，色纹黑白，斧凿痕宛然。有一高阁，拾级登之。殿旁又一潭，小石桥跨其上，壁间雕观音像。岩左一庙，大殿中石佛高三四丈，金饰庄严，审视，殿倚石为壁，

167

就之凿像。庙后奇峰一朵,镌"云骨"两隶字,四面珑玲,上丰下削,峰尖有断纹,树枝出其罅,谛视欣赏不已。稍偏一潭,拨草临之,深窈澄澈,投以石块,悠悠旋转而下。

　　十时返棹,移泊雷宫,道中山川佳秀,左右挹盼。午后二时,以小竹兜游兰亭,约行七八里,沿路紫花繁开,而冈峦竹树杂呈翠绿。四山环合,清溪萦回。度一板桥,则兰亭在望矣。亭建于清乾隆时,新得修葺,粉垣漆楹,有兰亭流觞亭竹里行厨鹅池等,皆后人依做,遗址盖久湮为田垅。然以今所见,雷宫兰亭之间,所谓"崇山峻岭,茂林修竹,清流激湍",则风物故依然也。流觞亭旁有右军祠。张筵小饮,清旷甚适。归途夕阳在山,得七律一首:

　　　　缕缕霞姿间黛痕,青青向晚愈分明。
　　　　野花细作便娟色,清濑终流激荡声。
　　　　满眼千山春物老,举头三月客心惊。
　　　　苍峦翠径微阳侧,凭我低徊缓缓行。

　　舟移十里,夜泊偏门。村人方祭赛演剧,云系包爷爷生日，四乡皆来会。其剧跳荡嗷嘈，而延颈企足者甚夥。傍舟观之，盖别有致。枕上闻雨声，入睡甚早。

二曰清晨登岸，不数武抵快阁。乃一小楼，栏杆蔚蓝，额曰"快阁"。屋主姚氏，就遗址缔构。通谒而入，阍者导游。先登小楼，供放翁像，联额满壁。屋主富藏书，殆佳士。有园圃三处，虽不广。而池石花木颇有曲折。白藤数架，微雨润之，朗朗如玉璎珞。亭畔更有紫藤，相映弄姿。挪舟会稽山下，谒大禹庙，垂旒揖笏，容像庄肃。殿上蝙蝠殆千万，栖息梁栋间，积粪遍地。据云，蝠有大如车轮者。殿侧高处有窆石亭。石高五尺如笋尖，中有断纹，上有空穴。志载石上有东汉顺帝时刻文，已漫漶不可辨。宋刻文尚可读。石旁有两碑，一曰"禹穴"，一曰"石纽"，篆势飞动。出庙门，访岣嵝碑，系乾隆时摹刻。又谒禹陵，墓而不坟，仅一碑亭楷书曰"大禹陵"。后山林木苍蔚。

午食时天气炎热，移泊大树下。饭后以山兜入山，三里至南镇，庙宇新整，神像威武，茶罢即行。七里至香炉峰绝顶，山径盘旋直上，侧首下望，山河襟带，城镇星罗。秦望天柱诸山，宛如列黛。野花弥漫郊坰，如碎紫锦。中途稍憩小庙。又逾岭冈数重，始见香炉峰。

峰形峭削，山径窄而陡，旁设木栏以卫行客。有石梁跨两崖间。逾之不数武，路忽转，两圆石对峙，舆行其间，乘者须敛足曲肱而过。绝顶仅一小庙，绝湫隘，闻值香汛，香客来者以千数。峰顶尖小，故除庙外无立足地，仅可从窗棂间下窥，绍兴城郭庐舍楚楚可辨，钱江一线远亘云表，群峰多如培塿，唯秦望独尊。天色欲雨，舆人催客，匆促下山。至南镇，见疏雨张盖。

返舟，移舟十里，见绕门山石壁。过桥，桥有闸，泊舟东湖，为陶氏私业。潭水深明浓碧。石壁则黑白绀紫，如屏如墙，有千岩万壑气象，高松生其颠，杂树出其罅。山下回廊间馆，点缀不俗。绣球皎白，蔷薇娇红，与碧波互映。风尘俗士，乍睹名山，似置身蓬阆中矣？细雨飘洒，石肤弥润。雨乍止，拏舟行峭壁下。洞名仙桃，舟行其中，石骨棱厉，高耸偪侧，幽清深窈，不类人间。湖中大鱼潜伏，云有长逾丈者，天气郁蒸方出，虽未得观；而尺许银鳞荡跃水面，光如曳练，是日数见之。晚饭后易乌篷小艇而出，篷可推开，泛月良宜，并放棹外河，约半里许方归。是夕宿东湖舟中。

三日晨五时，船开，舟人喧笑惊梦。七时起看山，晓雾未收，初阳射之，与黛色银容相映，蔚为异采。

遂泊舟攒宫，此名殆自宋已然，相沿未改。以山兜子行，道中密箐乔松，苍翠一色中，晓日侵肤都无炎气。挑柴者络绎于道。继而畦亩间黄绿杂呈，牛郎花遍山，数里不断。映山红犹未尽凋，错杂炫目。谒南陵（宋孝宗）北陵（宋理宗），树木殿宇尚修整。又访度宗陵，仅存碑碣而已。归途经郭太尉殿，乃护陵之神，不知何许人也，殆南宋遗臣耶？殿中比附灵迹，如送子降妖等，甚夥。

归后船即行，移泊吼山下，一名狗山，拾级而登。一庙正当石峰下。峰之怪诡不可状，逼视而怪愈甚。左峰笔立，上置石圆锥形。右者尤奇，峰顶两石如倚，中有罅，罅有殿宇在。闻昔有僧居之，以縆汲通饮食，坐关行满而后下。复至庙后仰观，见峰颠庙榜曰"灵霄"，峰势欹侧如欲下压。凝盼移时，神思悚荡。

午食于沈氏庄，临水石荡，荡为其私业，蓄鱼甚多。饭后以小艇遍游之。岩壁高耸，萝薜低垂。有青狮白象之目，狮肖其首，象状其鼻。幽峭微减东湖，而弘深过之。安巢舅氏即在象鼻峰下题名，词曰：

庚申三月长沙张显烈约游吼山，风日晴美，山川奇丽，谈宴尽欢，醉后题记。同游者德清俞陛云铭衡，钱塘许端之之引之贤之仙宝驯。钱塘许引之题记。

五时后舟歇绕门下，换舟而游。山正在开凿，皑皑似雪。一潭正方而小，其深骇人，下望懔然。投以巨石，半晌始开声轰然。又燃爆竹，回响如巨雷，亦一奇也。仍返泊东湖，晚饭后月色明洁，荡小舟至西面石壁下，形似小姑山，尖削如笋。泛月直至西郭门外。小步岸上，见铸锅者，熔铁入范时，银彩四流，伫观移时，始返舟睡。

四日早六时，附轮开船。下午二时到西兴，二时半渡江，至长桥，晚潮方至，厉涉而过。三时半返严衙弄许宅。综计是游，东湖最惬心，以为兼擅幽奇丽之妙，吼山奇伟，柯岩幽秀，炉峰峭丽，各擅胜场。爰略记梗概，以为他日重来之券。

一九二八年二月改定。

《燕知草》自序

"浮生若梦为欢几何？"真一句老话。然而不说是梦又说什么呢？

犹记髫年视梦为真。梦见某人，醒而询之，彼大茫然，我亦骇愕；以为我既见汝，汝岂不我见？我曰有，汝何独言无？此虽童心，颇得暗解。及渐长大，渐有真幻诚妄诸念纷来胸中，麾之不去，悲矣！

昔之以梦犹真者，今且以真作梦，是非孰辨之耶？唯昔日之我与今日之我，不同也既如此其甚，则寥寥数十寒暑，我之所以为我者亦微矣，又岂不可怪也哉。

追挽已逝的流光，珍重当前之欢乐，两无着落，以究竟将无所得也。回首生平，亦曰"洞然"而已。至其间悲欢陈迹，跳跃若轻尘而曾不得暂驻者，此何物耶？殆吾生之幻见耳。

曰幻，明其非必真，曰见，盖信其有所见也。如剧楚而呻，乍喜便笑，笑也呻也，姑以真视之可。——夫有何不可。

"家有敝帚，享之千金。"在他人亦曰某人某事耳。我则逢人而语，一而再，再而三，而四五，而七八，絮絮叨叨，抑何其不达人情耶？然此亦人之情也。犹说梦者强人从彼于梦中也。若同梦之人，则茫茫今世，渺渺他生，岂可必得乎。

此书作者亦逢人说梦之辈，自愧阅世未深而童心就泯，遂曰"燕知"耳；仍一草草书也，亦曰"燕知草"耳。

一九二八年二月末日，俞平伯序于北京。

坚匏别墅的碧桃与枫叶

——呈佩弦兄

是清明日罢，或者是寒食？我们曾在碧桃花下发了一回呆。

算来得巧罢而已稍迟了，十分春色，一半儿枝头，一半儿尘土；亦唯其如此，才见得春色之的确有十分，决非九分九。俯仰之间我们的神气尽被花气所夺却了。

试作纯粹的描摹，与佩相约，如是如是。——这真自讨苦吃。刻画大苦，抒写甚乐，舍乐而就苦，一不堪也。前尘前梦久而渐忘，此事在忆中尤力趋黯淡，追挽无从，更如何下笔，二不堪也。在这个年头儿，说花儿红得真好看，即使大雅明达如我们佩弦老兄之流者能辨此红非彼红，此赤非彼赤，然而究竟不妥。君不见夫光

175

赤君之尚且急改名乎？此三不堪也，况且截搭题中之枫叶也是红得不含胡的。啊呀！完结！

山桃妖娆，杏花娇怯，海棠柔媚，樱花韶秀，千叶桃秾丽（千叶桃一名碧桃，见《群芳谱》。——作者原注），这些深深浅浅都是红的，千叶桃独近于绛。来时船过断桥，已见宝石山腰，万紫千红映以一绿；再近，则见云锦的花萼簇拥出一座玲珑纤巧的楼阁。及循苔侵的石磴宛宛而登，露台对坐，更伫立徘徊于碧桃树下，漫天匝地，堆绮剪琼，委地盈枝，上下一赤。其时天色微阴，于乳色的面纱里饱看搽浓脂抹艳粉的春天姑娘。我们一味傻看，我们亦唯有傻看，就是顶痴的念头也觉得无从设想。

就是那年的深秋，也不知又换了一年，我们还住杭州，独到那边小楼上看一回枫叶。冷峭的西风，把透明如红宝石，三尖形的大叶子响得萧萧瑟瑟，也就是响得稀里而哗啦。一抹的斜日，半明半昧地躺在丹枫身上，真真寂寞杀人。我擎着茶杯，在楼窗口这边看看，那边看看，毕竟也看不出所以来，当然更加是想不出。——九秋虽是怀虑的节候，也还是不成。

那些全都是往事，"有闲"的往事，亦无聊的往事。

去年重到上海，听见别墅的主人公说，所谓碧桃、丹枫之侧，久被武装的同志们所徘徊过了。于春秋佳日，剑佩铿锵得清脆可听，总不寂寞了罢。当日要想的，固然到今天想不出，因此也就恕不再去想了。

　　写完一看，短得好笑，短得可怜，姑且留给佩一读吧。

　　　　　　　　　一九二八年五月二十七日，北京。

出卖信纸

以 L 君病《燕知草》之多感触而少滑稽也，使我想起 L 当年卖信纸的故事。他亦后悔其失言乎？而目次排定，此文亦弦上之箭矣。

旧梦可笑的很多，却不知怎的，总喜欢挑有感伤味的去写，真是不很长进的习气。难道你感伤了他便肃然，一顽皮将使人不敬吗？我想，我是不至于，至少我也要这般说。——无非是感伤的材料，在忆中较突兀而已。

我有一种旧版新印的信笺，大家一商量，大可出卖，而且莫妙于沿门叫卖。（门当作街，叫当作兜，自注。）其时正当十一年四五月间，我们六人凑了八股，共大洋三元小洋六角，这都是有账可考的。实行沿门叫卖的——照例小的吃亏，便是顶小的 L 了。

"争利者于市"，城站距我们最近。"我们城站去！"

纸旗上写着出卖信纸的标语,(标语当作招牌,自注。)红笔蓝笔煊烂可观。我们便前呼后拥地包围L同志而去。

行行去去,去去行行,到了!到了!在生疏诧异的三三五五的看客面前,简直有点儿窘呢。但一不做,二不休,缩头缩颈何为哉?赶紧卖罢!把旗子插好,歇在迎宾茶楼下。我们都走开,远远地瞧着,且看生意如何。

虽明明有个卖者,但谁来买呢?穿短衫的L,未必像个小贩,此其一;信纸几叠单薄可怜,不容易使人为之眼红,此其二;L非但不亮着喉咙连唱带喊,"信纸卖得真真强,十个铜钿买一张"之类,反而瑟缩有溜烟之势,此其三。还有第四,一个铜板一张纸,实头勿强。(强价贱也,自注。)

没人来买,却偏有人来看,有的还用闲言闲语同L兜搭,这实在欠佳;于是乎大减价。本来一个铜板一张的,现在减了价,改为三个铜板两张!

以为又是"黄落戏哉",孰知竟不然,大减价之成绩实斐然。(黄落戏,盖徒劳之意,自注。)有一戴眼镜少年,约二十左右,挖出三个铜板来,买了两张纸,似乎满意,扬长而去。虽继起无人,来者尚欠络绎,

179

然本店总算开了张。"我们大家转去。"

妙哉 L，一个铜板一张的，一减而为三个铜板两张，这种破天荒的大减价，如开明，如北新，如亚东的老板们其知之否耶？若登门求教，我知 L 殆必不吝金玉也。

生意兴隆，忙中有错，把两两三三做了换巢的鸾凤，该信纸公司的掌柜固是奇人，然细思细想殆不如彼少年顾客之尤奇也。岂彼听得减价之言，便已欣然色喜，不问青红，不管皂白，便抢着去买唯恐失之呢？还是真以为三个子儿两，比一个子儿一个便宜得多呢？夫天下之大真无奇不有！

外史氏曰："何奇之有焉！君不见于返城头巷三号时，大家笑得不可仰，而 L 把三个铜板笑嘻嘻地拿了出来，则其人其事亦思过半矣。"

后来听 L 说，他们的贵老师，其时恰好在迎宾茶楼上吃新泡的"龙井上明前"。

L 自此抛荒故业，徘徊于城站的少年大概已望眼欲穿矣，于无人处低吟曰："悠悠便宜货，一去何时来。"

两张以外的信纸陆续写了信寄出去；据经理报告，本利均有著，关门亦大吉。（十三年夏在西湖又做生意一次，出卖甘蔗汁，其结果，游客们以为是一班雅人在那边临湖品茗，都不敢亲近，望望然去之，自注。）

一九二八年五月二十七日，北京。

冬晚的别

　　我俩有一晌沉沉的苦梦，几回想告诉你们总怕你们不信。这个沉沉只是一味异乎寻常的沉沉，决不和所谓怅惘酸辛以及其他的，有几分类似。这是梦，在当年已觉得是不多不少的一个梦，亦非今日追寻迷离若梦之谓。沉沉有一种别解，就是莫名其妙的纳闷；所以你们读后，正正经经地纳闷起来，那是怪我写不出；若你们名其妙而不纳闷，还该怪我写不出。——除非你们有点名其妙有点儿莫名，有点儿纳闷又有点儿不，那么，我才不至于算"的确不行"。你们想，我是不是"顶子石头做戏？"

　　有生则不能无别，有别则不能无恨，既有别恨则不得不低眉啜泣，顿足号咷。想起来"黯然销魂者唯别而已矣"这句老话，真能摄尽南来北往无量无边的痴呆儿女的精魂，这枝五色笔总算货真价实，名下无虚，姑且不论。任我胡诌，人间苦别，括以三端：如相思万里，一去经年，此远别也；或男的要去从军，女的要去出阁，（这是"幽默"，切勿"素朴"视之！）此惨别也；人天缘尽，莫卜他生，此没奈何别也。我们的别偏偏都不是的。

当十一年一月（辛酉的十二月）五日，自沪返杭，六日至八日入南山小住，八日至十二日间我再去上海，而环在杭州。这可谓极小的小别，也几乎不能算是别，而我们偏要大惊小怪的，以为比上述那三种"像煞有介事"的别更厉害凶险些；并且要声明，无论你们怎样的斟情酌理，想它不通，弄它不清楚，纳闷得可观，而我们总一口咬定，事情在我们心上确是如此这般经过的了。

《雪朝》上有几首《山居杂诗》就是那时候写的："留你也匆匆去，送你也匆匆去，然则——送你罢！""把枯树林染红了，紫了，夕阳就将不见了。""都是桧木柴的，都是扫枯叶儿的，正劈栗花喇的响哩。""山中的月夜，月夜的山中，露华这般重，微微凝了。霜华也重，有犬吠声叫破那朦胧。""相凭在暗的虚廊下，渐相忘于清冷之间；忽然——三四星的灯火对山坳里亮着，且向下山的路动着，我不禁又如有所失了。"（一九二二年，一月六日至八日，杭州山中。）

诗固然蹩脚得道地，但可以看出冬日山居的空寂和我们情怀的凄紧，至少今天我自己还明白。山居仅短短的三天，却能使我默会山林长住者的襟抱，雅人高致决非得已，吟风啸月，也无非"黄连树下弹琴"罢了。这是一面了。另一面呢，空寂的美名便是清旷，于清旷的山中暂息尘劳，（我上一天刚从上海来。）耳目所接，神气所感，都有一种骤然被放下的异感，仿佛俄而直沉下去。依一般的说法，也只好说是惬意舒服之类罢。然而骨子里头，尽尽里头，确有一点点难过，这又是说不出的。若以北京语表之当曰"不是味儿"。

想想不久又将远行，以年光短促如斯，迅速如彼，更经得几度长长短短的别呢。朝朝暮暮，悄悄沉沉，对着寥落苍茫的山野和那些寒露悲风，重霜淡月，我们自不能无所感，自不能无所想，不能不和古今来的怨女痴男有点沆瀣一气。明知"雅得这样俗"，也就不必再讳言了。

自然的严峭，仿佛刃似的尖风，在我们心上纵横刻划，而人事的境界又何其温温可喜。我们正随 H 君同住山中，H 君中年意兴之佳，对我们慈爱之厚，是值得永永忆念的。我们那时的生活，除掉别恨的纠缠，其和谐其闲适似可以终身，自然人事以两极端相映发，真使人怅怅无所适从，而"情味杂酸甜"一语何足以尽之！

一清如水的生涯最容易过，到第三天上午，Y 姊妹兄弟们都从"杭州城内"来，同嬉山中。午饭初罢，我便性急慌忙地走到湖边，（距山居不及半里。）乃有船无夫，以轿班名唤阿东者代之。（东当作董？自注。）城里新来的人都怅怅地送我们于李庄码头。转瞬之间，我们已是行客，他们为山中主人了。桨声响后，呆看送客者的影子渐没于岚姿树色之间，举手扬巾的瞧也瞧不见了。轿班去摇船，"船容与而不进兮"，毕竟也荡得渐远。他们都该回到我们昨天住过的地方去了罢？晃荡于湖心，我们也只多了片刻的相聚。

江南冬天的阴，本来阴得可怕，而那天的阴，以我们看来尤其阴得可惨——简直低压到心上来。好容易巴到了岸，坐上洋车，经过旗下营荐桥之类，（其实毫无异样。）觉得都笼罩一种呆白的颜色，热闹只是混乱，匆忙只是潦草，平昔杭州市街对我的温感都已不见了，只一味地压迫我去上路，去赶火车，而赶不着夜班火车要误事！

回到城头巷，显得屋子十分大，十分黑，空空的。（他们都不在家。天色也快晚了）。再走进我们的卧室，连卧室的陈设，桌子椅子之流也不顾情面来逼迫我，也还是这几句老话："赶火车！赶不着，要误事！"我忙忙地拾掇这个，归折那个，什么牙刷啦，笔啦，日记本啦，皮夹子啦都来了。好的！好的！妙的！这些全得带，不带齐，要误事！

环也忙忙地来帮我收拾，她其时何所感，我不知道，我也来不及去知道。我全身为没来由的凄惨所沉没，又为莫名其妙的匆忙所压迫，沉沉的天气，沉沉的房屋，沉沉的人的面目，无一不暗，无一不空，也无一不潦草枯窘。等到行李收拾完结，表上只差十来分钟就该走了，我走进靠南的套间，把秒针正在嘀嗒嘀嗒的表放在红漆的桌上，坚执环手而大落泪。也并不记说过什么话了，只记得确确实实的，天色已晚下来，夜班车已经快要开。

以此次的别意而言，真不像可以再相见的，然而不到一星期，也是夜班车，我平安地回了家，距美国之行还有小半年。

假使我有作自传的资格和癖好，那么这倒是顶好的话柄哩！既经不能也不想，只好拿来博同梦者的苦笑罢，反正于我也是无所损。至于读者们以为"的确行""的确不行"，这都是节外生枝不干我事的，虽然我也很抱歉。

一九二八年五月二十九日，北京。

打橘子

陶庵说："越中清馋无过余者，喜啖方物。"其中有一种是塘栖蜜橘。（见《梦忆》卷四）这种橘子我小时候常常吃，我的祖母她是塘栖人。橘以蜜名却不似蜜，也不因为甜如蜜一般我才喜欢它。或者在明朝，橘子确是甜得可以的，或者今日在塘栖吃"树头鲜"，也甜得不含胡的，但是我都不曾尝着过。我所记得，只是那个样子的：

橘子小到和孩子的拳头仿佛，恰好握在小手里，皮极薄，色明黄，形微扁，有的偶带小蒂和一两瓣的绿叶，瓤嫩筋细，水分极多，到嘴有一种柔和清新的味儿。所不满意的还是"不甜"，这或者由于我太喜欢吃甜的缘故吧。

小时候吃的蜜橘都是成篓成筐地装着，瞪眼伸嘴地白吃。比较这儿所说杭州的往事已不免有点异样，若再以今日追溯从前，真好比换过一世界了。

城头巷三号的主人朱老太爷，大概也是个喜欢吃橘子的，那边便种了七八棵十来棵的橘子树。其种类却非塘栖，乃所谓黄岩也。本来杭州市上所常见的正是"黄岩蜜橘"。但据 K 君说，城头巷三号的橘子一种是黄岩而其他则否，是一是二我不能省忆而辨之，还该质之朱老太爷乎？

从橘树分栽两处看来，K 君的话不是全无根据的。其一在对着我们饭厅的方天井里。长方形的天井铺以石板，靠东墙橘树一行，东北两面露台绕之。树梢约齐台上的栏杆，我们于此伸开臂膊正碰着它。这天井里，也曾经打棍子，踢小皮球，竹竿拔河，追黄猫……可惜自来嬉戏总不曾留下些些的痕迹，尽管在我心头每有难言的惘惘，尽管在他们几个人的心上许有若干程度相似的怀感。后之来者只看见方方正正的石板天井而已，更何尝有什么温软的梦痕也哉！

另一处在花园亭子的尽北犄角上，太湖山石边，似不如方天井的那么多，那边有一排，这儿只几株橘子而已。地方又较偏僻，不如那边的位居冲要易动垂涎，

189

所以著名之程度略减。可是亭子边也不是稀见我们的脚迹的，曾在其间攻关，保唐僧，打水炮，还要扔白菜皮。据说晾着预备腌的菜，有一年特别好吃，尽是白菜心，所以然者何？乃其边皮都被我们当了兵器耳。

这两处的橘子诚未必都是黄岩，在今日姑以黄岩论，我只记得黄岩而已。说得老实点，何谓黄岩也有点记它不真了，只是小橘子而已。小橘子啊，小橘子啊，再是一个小橘子啊。

黄岩橘的皮麻麻札札的蛮结实，不像塘栖的那么光溜那么松软，吃在嘴里酸浸浸更加不像蜜糖了。同住的姑娘先生们都有点果子癖，不论好歹只是吃。我却不然，虽橘子在诸果实中我最喜欢吃，也还是比他们不上，也还是不行。这也有点可气，倒不如干脆写我的"打橘子"，至于吃来啥味道，我不说！——活像我从来没吃过橘子似的。

当已凄清尚未寒冽的深秋，树头橘实渐渐黄了。这一半黄的橘子，便是在那边贴标语"快来吃"。我们拿着细竹竿去打橘子，仰着头在绿荫里希里霍六一阵，扑秃扑秃的已有两三个下来了。红的，黄的，红黄的，青的，一半青一半黄的，大的，小的，微圆的，甚扁的，带叶儿的，带把儿的，什么不带的，一跌就破的，跌而不破的，全都有，全都有，好的时候分来吃，不好的时候抢来吃，再不然夺来吃。抢，抢自地下，夺，夺自手中，故吃橘而夺，夺斯下矣。有时自己没去打，看见别人手里忽然有了橘子，走过去不问情由地说声"我吃！"分他个半只，甚而至于几瓣也是好的，这是讨来吃。

说得起劲，早已忘了那平台了。不是说过小平台栏杆外，护以橘叶吗？然则谁要吃橘子伸手可矣，似乎当说抓橘子才对，夫何打之有？"然而不然。"无论如何，花园犄角的橘子总非一击不可。即以方天井而论，亦只紧靠栏杆的几枝可采，稍远就够不着，愈远愈够不着了。况且近栏杆的橘子总是寥落可怜，其原因不明。大概有人"近水楼台先得月"了，相传如此。

打橘有道，轻则不掉，重则要破。有时候明明打下来了，却不知落在何方，或者仍在树的枝叶间，如此之类弄得我们伸伸头猫猫腰，上边寻下边找，虽觉麻烦，亦可笑乐。若只举竿一击，便永远恰好落在手底心里，岂不也有点无聊吗！

然而用竿子打，究竟太不准确。往往看去很分明地一只通红的橘子在一不高不矮的所在，但竿子打去偏偏不是，再打依然不是，橘叶倒狼藉满地，必狂捣一阵而后掉下来。掉下来的又必是破破烂烂的家伙，与我们的通通红的小橘子的期待已差得太多。不知谁想的好法子，在竿梢绕一长长的铅丝圈，只要看得准，捏得稳，兜住它往下一拉，要吃哪个橘子便准有哪个橘子可吃，从心之所欲，按图而索骥，不至于殃及池鱼，张冠李戴了。但是拉来吃，每每会连枝带叶地下来，对于橘子树未免有点说不过去哩。

有这么多的吃法，你们不要以为那儿的橘子尽被我们几个人吃完了。鸟雀们先吃，劳工们再吃，等我们来抓来拉，已经是残羹冷炙了。所以铺张其词来耽误读者救国的工夫，自己也觉得不很讨俏，脸上无光。但是恕我更不客气地说，这儿所记的往事只为着与它有缘的人写的，并不想会有这种好运气可夹入革命文学的队伍。若万一有人居然从这蹩脚的文词里猜着了梦呓的心一分二分，甚而至于还觉着"这也有点味儿"，这于我不消说是"意表之外"的收获。其在天之涯乎？其在海之角乎？咫尺之间乎？又谁能知道！

老实说，打橘子及其前后这一段短短的生涯，恰是我的青春的潮热和儿童味的错综，一面儿时的心境隐约地回旋，却又杂以无可奈何的凄清之感。唯其如此，不得不郑重叮咛地致我的敝帚千金之爱惜，即使世间回响寂寞已万分。

拉拉扯扯吃着橘子，不知不觉地过了两三个年头，我自己南北东西地跑来跑去，更觉过得好快，快得莫名。移住湖楼不多久，几年苟且安居的江浙老百姓在黄渡、浏河间开始听见炮声了。城头巷三号之屋我们去后，房主人又不来，听它空关着。六一泉的几十局象棋，雷峰塔的几卷残经，不但轻轻容易地把残夏消磨个干净，即秋容也渐渐老大了。只听得杭州城内纷纷搬家到上海，天气渐冷，游人顿稀，湖山寂寂都困着觉。一天，我进城去偶过旧居，信步徘徊而入，看门的老儿，大家叫他"老太公"的，居然还认得我。正房一带都已封锁，只从花园里趑趄进去，亭台池馆荒落不必说，只隔得半年已经有点陌生了。还走上楼梯，转过平台，看对面的高楼偏南的上房都是我住过的，窗户紧闭着。眼下觉得怪熟的，满树离离的红橘子。

再打它一两个罢！但是竹竿呢，铅丝呢？况且方天井虽近在眼底，但通那边的门儿深锁，橘子即打下也没处去找。我踌躇四顾，除了跟着来的老迈龙钟的老太公，便是我自己的影子，觉得一无可说的。歇了一歇，走近栏杆，勉强够着了一只橘子，捏在手中低头一看，红圆可爱，还带着小小的翠叶短短的把。我揣着它，照样慢慢地踱出来，回到俞楼，好好地摆在书桌上。

原来满抵桩带回来给大家看，给大家讲的，可是H君其时已病了，他始终没有看见这一只橘子。匆忙凄苦之间，更有谁来慢慢地听我那《寻梦》的曲儿呢。该橘子久查无下落，大概是被我一人吃了，也只当是丢了吧。城头巷三号之屋我从此也没有再去过了。

到北京又是四年，江南的丹橘应该长得更大了。打橘子的人当然也是一样，各人奔着各人的道儿，都忙忙碌碌地赶着中年的生活去，不知道还想得起这回事吗？如果真想得起，又想出些什么来呢？若说我自己，于几天懒睡之后，总算写了这一篇，自己看看实在也看不出所以然来，也只好就这样马马虎虎地交了卷。

一九二八年七月十三日，北京。

稚翠和她情人的故事

这是鸟的故事，鸟儿自应有它的类名，只是我不知道。看他们翠羽红襟，其西洋之"红襟"乎？否乎！也不知道。

也不知怎的，忽然玩儿起鸟来。大约喜欢躺着的缘故吧？闭了眼听鸟声喳喳，仿佛身在大花园里，又像在山林里。于是从荐桥再往西拐弯的地方，买来小鸟一双。

并不是一起来的，先来的一只，在小小方笼里盛着，我们怕"她"寂寞，第二天又从原地方找了个"他"来，又换了一个较大的圆笼儿。先来的她我们叫稚翠，后来的他叫知恋。

他俩都是红黄的胸脯，以下呈淡青色，自头迄尾覆以暗翠的羽毛，略近墨绿，红喙黄爪，翅边亦红，长约三寸许，稚翠大约比她的情人还要苗条些。（以上是参照莹环当日所画记下的。）声音虽不及芙蓉鸟、竹叶青那么好听，而小语聒碎得可怜，于风光晴美时，支起玻璃窗，把一短竹竿挑起笼儿，斜挂檐前。迟迟的春日渐上了对面的粉墙，房栊悄然虚静，或闲谈，或闲卧，或看环作画，忽然一片吉力刮辣的小声音岔断我们的话头，原来他俩正在笼子里打架。

也有时把它挂在花园里白碧桃枝头，到傍晚方搬回房里的方桌上。黄黄的灯影里，我们最爱看他俩的睡态。脖子缩进去，嘴也揣着，羽毛微微振耸，整个儿只见毛茸茸圆丢丢的一团，分不出哪儿是哪儿；若他俩傍着挨着而入睡，并且也分不出谁是谁来。偶然因语笑的喧哗，小鸟儿把毛衣一抖，脖子伸伸，困斯懵懂的眼睛回个几回，看看这儿，看看那儿，似惊似怯，渐渐又跟着夜的清寂，蜷头曲脚地入睡了。我们很不忍屡次去搅他们，所以有人走过去看，必定连声叮咛："不要闹！轻点！"就寝以前，我们还要悄悄掩过去，偷看个两回三回。

清晨是鸟儿的佳节，枕上朦胧间，第一听得他俩的轻言细语，虽然不会把我们吓醒，却于将醒未醒时在耳边絮着："可以起来了！可以起来了！"如此很快的一天，又上灯了，又要睡了。一天又一天，大约只过了一个月，至多两个多月吧。

读者们如讲究所谓文章伏脉的，从上面早已瞥见悲哀的痕迹了。短竹竿挑起笼儿，从窗外伸出去，不会滑下来吗？是的，会滑下来，而且已经滑下来了！谁闯下的祸？据今日环说又像是我。谁知道。我说就是我吧，——又好像笼子自己滑溜下来的。也没有人能够的确知道。

惭愧我的记忆力脆薄如斯（我从小记性就坏得不堪），笔力柔弱如彼，描不出当时他们被惊的容色和稚翠独自担着创伤的惨况。羽毛披散，眼睛瞪直，可怜小鸟儿吓得成什么似的，而且瑟瑟地抖，大约用觳觫战栗等等一二十字也还不够形容的。从此我们的稚翠竟变成跛脚的稚翠了。

她蹲在笼底，腿弯里折成钝角，再无矫捷轻盈的希望了。我们自此只谨谨慎慎地守着她，好容易过了些时候，腿创渐平，居然重上竿头，可以小步了，虽然有点一拐一拐的。我们一天看她几回，倒有一种说不出的快慰。还会再好些吧？知恋君也会高兴吧？我们更作进一步的傻想。

——想望之在人间世，其命运的畸零又何其可叹呢！人人都凭着自己与生俱生的欲念，一蓬火烟似的氤氲地结起若干大大小小形形色色的幻见和虚愿，就拿起这个，在钢铁般无情的事实世界上去碰碰看，一个方才打破，一个又在团结，如此衔接错综地纠缠着，挨过或长或短的梦境；直到灵明磨钝，躯壳朽坏，也不知为烟云哩，也不知为粪土哩，烛烬香也残，光焰芳烈俱灭，其时氤氲中的变幻姿相即使还会有，又有谁来赏玩呢！虽明明已是觉醒的时节了，我们的人儿却在何处呢？所以"天昏地暗人痴望"尽管是句老实话，"人欲天从竟不疑"尽管把咱们给冤苦了，可是细细地再想一想，能够完全不存此痴想的，谁呢？明知这是当，还是上了当，既然无办法，也就随他去吧。——闲话少说。并非闲话。某年月日，我们几个人在北边花园里举行稚翠的葬仪和祭典。

以小小的盒儿盛着，外罩以洋铁罐，浅浅地刨个坑，我们把她埋在池边桂树之下，立一小小的短碣，砖为之，中镌"稚翠墓"三字，旁列年月日，填以丹朱。又以知恋为主人，大家来祭。我做了一篇骈四俪六的祭文，其文久佚，虽不见佳，想来亦可惜，只记得在叙她的病况有"既遭折足之凶，又抱风寒之疾"；在叙葬仪里有"即日葬于浅碧池头芳桂树下，礼也"。以外祭奠的礼单，在 L 处有一张，有焚香，读祭文，三奠爵，焚遗物，洒酒等等节目。（礼单上的焚遗物是烧笼子，似与下文不合。我疑祭有两次：第一次先做了祭文，其时知恋尚在，文中且以他为主人；第二次的仪式如礼单所记，那时知恋早已走了。——作者原注）

这一半因为好顽，一半也因为惋惜。若把平日朝暮相看的，只要死了立刻扔在垃圾堆里，我们不但不忍且也不安。正经点说，这不忍和不安便是古今来种种祭葬在心理上的依据。不看见西山道上的热闹吗？——明知道是无益的，偏偏要像煞有介事去干。你说他是知识上的错误吗？但这也是感情上的不得已。我们有些日常生活，饮食言动间，只觉得它舒服不舒服，不曾问问它通不通；通不通是向来没有标准的，公说公理，婆说婆理，到底谁的理？舒服不舒服是确有标准的，我吃我的冰激凌（！），你喝你的热开水，不但大家都已舒服，而且大家都会对的。

这才是顶闲的闲话，顶混的混鱼哩。（有一回在西湖边闲步，碰着一鱼挑，他兜卖混鱼，（北京所谓厚鱼？）

我们说"不见得好吧?"他说"这是顶混的混鱼。"——作者原注)这种"谬论"流弊的有无,自有吾友礼部江公在,我管不着。我们既把稚翠送了终,你们想知道她情人的结局吗?来!告诉您。

当其时,我们不但惋惜而且感慨,不但感慨而且懊悔,不但空空的懊悔而且切切实实觉得无聊。玩着笼中的鸟儿,宝宝肉肉般爱惜着,还见神见鬼地搬弄着,这种雅趣,雅趣得阿要难为情。难为情在其次,最不好受的是扫兴。看笼中的知恋孤孤零零的神气,听他啾唧的话语,真觉得怅然颓然无一而可。终于带着笼儿到稚翠墓上开笼放鸟。

刚刚开笼,知恋呆呆地在地面上站了一忽,走个几步,方始懒懒地飞上低的白碧桃枝上去,徘徊顾望又过半晌,方才半跳半纵,飞上高枝,看过去和其他的小鸟儿差不多大小,终于不大看得见了。我呆立于桂阴下,不由得想起地下的稚翠来。都呆着吧,都想着吧?

"知恋君珍重!任意地飞呀。可惜你的伴儿离你渐远了,假使你会想的话。——听说你是不大会想的,那么也好吧,好好地飞呀。

"知恋君,好好地飞呀!我们的园子虽小,也有小麻雀，也有大鹞鹰哩。你顶好找麻雀子做伴，却不要被鹞鹰一把拖了去。'身无彩凤双飞翼'，我们只得如此空空地祝着哩。

"知恋君，幽秀的岩壑，明媚的溪流，你的故乡吧？但在何处呢？惭愧我们不大晓得，我们不能送你回去。既然这样了，就放你于西湖的山中，也仍然是漂泊着，仍然是鸷鸟口中之食呀。离我们太远，我们也会不放心的。倒不如放你在我们小花园里，这儿的稚翠还静静地躺着呢。你们即使不知道有谁，也应当不寂寞了罢？

"知恋君，你去了！几时再来呢？看惯了的蹁跹的影子，哪怕再刮着一眼两眼也是好的，你到底来不来呢？万一，真真是万一，重到我们的窗前，你知道，即使困着，我们就会醒的；若还肯飞过我们的眼下，那么你也可以相信，即使在那边淌眼泪，我们就会笑的。飞去又飞来，爱这么飞就这么地飞着吧！好好地飞呀！

"眼前开着的白碧桃，到明年今日倒又要开了。知恋君，你真会重来吗？我们还在这儿吗？都是不可知的。只是今天，我们眼瞅着你自由地翱翔——过去的不提吧，将来的不想吧——我们总应当高兴的，你也应当高兴的，地下的稚翠也应当为你我高兴的。"

以后或早或晚，树间偶然有小鸟站着，或忒棱棱的一飞，我们必要大惊小怪的，"是吗？""不是！"等日子长了，人也懒下来了。一年二年，知恋呢，终于不曾来，我们倒要离开那边，其时小池边的白碧桃，果然，正在垂垂结蕊。

要走要走，由不得想起稚翠的墓来，这总不便托给朱老太爷的。几个人商量好，把她迁葬于三台山下"安巢"里，东边梅树林太湖石畔，仍立碣为记。（其时曾打开盒子看过，鸟儿的颜色约略可辨，羽毛未蜕尽。）

北来以后全无所知，鸟的故事就讲到这儿打住吧。听说"安巢公子"近年来大兴土木，小小的土堆其有陵谷沧桑之变乎？我一点都不知道。昨天和 L 商量，拟托上海的娴于偕游西湖时，到那边去寻寻看，也不知道她还有这意兴或机会没有？（娴于九月十六日自湖上寄信来："墓上一切均如旧，惟墓碑已移开，离墓约一尺余。'稚翠墓'三字尚清，上下两行小字已被青苔湿泥所污，但隐约可见数字而已。墓碑现放在原处。"——作者原注）

一九二八年七月十八日写稿。

身后名

恐怕再没有比身后之名渺茫的了，而我以为毕竟也有点儿实在的。

身后名之所以不如此这般空虚者，未必它果真不空虚也，只是我们日常所遭逢的一切，远不如期待中的那般切实耳。

碌碌一生无非为名为利，谁说不是？这个年头儿，谁还不想发注横财，这是人情，我们先讲它吧。十块洋钱放在口袋里，沉甸甸的；若再多些，怕不尽是些钞票支票汇票之流。夫票者飘也，飘飘然也，语不云乎？昨天四圈麻雀，赢了三百大洋，本预备扫数报效某姑娘的，哪里知道困了一觉，一摸口袋，阿呀连翩，净变了些左一叠右一叠的"关门票子"，岂不天——鹅绒也哉！（天字长音，自注。）三百金耳，尚且缥缈空虚得可观，则三百万金又何如耶？

"阿弥陀佛！"三百万净是现大洋，一不倒账，二不失窃，摸摸用用，受用之至。然而想啊，广厦万间，而我们堂堂之躯只七尺耳；（也还是古尺！）食前方丈，而我们的嘴犹樱桃也。夫以樱桃般的嘴敌一丈见方的盘儿碗儿盆儿罐儿，（罐儿，罐头食物也，自注。）其不相敌也必矣。以区区七尺，镇日步步踱踱于千万间的大房子中，其不不打而自倒也几希。如此说来，还应了这句老话："偃鼠饮河，不过满腹。"从偃鼠说，满腹以外则无水，这一点儿不算错。

至于名呢，不痛不痒，以"三代以下"的我们眼光看，怕早有隔世之感吧！

以上是反话。记得师父说过——却不记得哪一位了——"一反一正，文章乃成，一正一反，文章乃美。"未能免此，聊复云耳。

要说真，都真；说假。全假若说一个真来一个假，这是名实未亏喜怒为用，这是朝三暮四，朝四暮三的顽意儿。我们其有狙之心也夫！

先说，身后之名岂不就是生前之名。天下无论什么，我们都可以预期的，虽然正确上尽不妨有问题。今天吃过中饭，假使不预期发痧气中风的话，明天总还是要吃中饭，今天太阳东边出，明天未必就打西边出。我茫然结想，我们有若干位名人正在预期他的身后名，如咱们老百姓预期吃中饭出太阳一般的热心。例如光赤君（就是改名光慈的了），他许时时在那边想，将来革命文学史上我会是第一名，第二名，第三名。

好吧，即使被光慈君硬赖了去，我不妨退九千步说，自己虽不能预期或不屑预期，也可以看看他人的往事。这儿所谓"他人"，等于"前人"，光慈君也者盖不得与焉，否则岂不又有"咒"的嫌疑。姓屈的做了老牌的落水鬼，两千年以上，而我们的陆侃如先生还在讲"屈原"。曹雪芹喝小米粥喝不饱，二百年后却被胡适之先生给翻腾出来了。……再过一二百年，陆胡二公的轶事被人谈讲的时候，而屈老爹曹大爷（或者当改呼二爷才对）或者还在耳朵发烧呢。耳朵发烧到底有什么好处？留芳遗臭有什么区别？都不讲。我只相信身后名的的确确是有，虽你我不幸万一，万一而不幸，竟"名落孙山"。

名气格样末事，再思再想，实头想俚勿出生前搭身后有啥两样。倒勿如实梗说。（苏白，自注。）

要阔得多，抖得多。所以我包光慈君必中头彩，总算恭维得法，而且声明，并非幽默。你们看，我多么势利眼！假使自己一旦真会阔起来的话，在一家不如一乡，一乡不如一城，一城不如一国，一国不如一世界，一世界不如许多世界。关门做皇帝，又有什么意思呢？这也并非幽默。

然而人家还疑心你是在幽默，唉！没法子！——只好再把屈老爹找来吧，他是顶不幽默的。他老人家活得真没劲儿，磕头碰脑不是咭咭聒聒的姊姊，就是滑头滑脑的渔父，看这儿，瞅那儿，知己毫无，只得去跳汨罗江。文人到这种地步，真算苦了。"然而不然"。他居然借了他的《离骚》《九章》《九歌》之流（虽然目今有人在怀疑，在否认），大概不过一百年，忽然得了一知己曰贾先生，又得一知己曰司马老爷，这是他料得到的吗？不管他曾逆料与否，总之他身后得逢知己是事实，他的世界以文字的因缘无限制地绵延下去也是事实。事实不幽默。

身后名更有一点占便宜处：凡歹人都会自然而然地渐渐的变好来，其变化之度以时间之长为正比例。借白水的话，生前是"界画分明的白日"，死后是"浑融的夜"。在夜色里，一切形相的轮廓都朦胧了。朦胧是美的修饰，很自然的美的修饰。这整容匠的芳名，你总该知道的吧，恕我不说。

"年光"渐远，事过情迁，芳艳的残痕，以文字因缘绵绵不绝，而伴着它们的非芳非艳，因寄托的机会较少，终于被人丢却了。古人真真有福气。咱们的房客，欠债不还，催租瞪眼，就算他是十足地道的文豪吧，也总是够讨厌的了。若是古人呢，漫说他曾经赖过房租，即使他当真杀过人放过火来，也不很干我事。他和我们已经只有情思间的感染而无利害上的冲突了。

以心理学的观念言，合乎脾胃的更容易记得住，否则反是。忆中的人物山河已不是整个儿的原件，只是经过非意识的渗滤，合于我们胃口的一部分，仅仅一小部分的选本。

文人无行自古已然，虽然不便说于今为甚。有许多名人如起之于九原，总归是讨厌的。阮籍见了人老翻白眼，刘伶更加妙，简直光屁股，倒反责备人家为什么走进他的裤裆里去。这种怪相，我们似乎看不见；我们只看见两个放诞真率的魏晋间人。这是我们所有的，因这是我们所要的。

写到这里已近余文，似乎可以歇手了，但也再加上三句话，这是预定的结局。

一切都只暂存在感觉里。身后名自然假不过，但看来看去，到底看不出它为什么会比我们平常不动念的时分以为真不过的吃饭困觉假个几分几厘。我倒真是看不出。

一九二九年一月十六日晨五时在北京枕上想好，

同日晚八时清华园灯下起草。

〔附记一〕前天清华有课，这是我第一次感到作文的匆忙。既是匆匆、又是中夜，简直自己为《文训》造佳例了，然为事实所迫，也莫奈何，反正我不想借此解嘲就得了。

匆匆的结果是草草。据岂明先生说，日本文匆匆草草同音，不妨混用。——草草决非无益于文章的，而我不说。说得好，罢了；不好，要糟；因此，恕不。只好请猜一猜吧，这实在抱歉万分。

〔附记二〕此文起草时果然匆忙，而写定时偏又不很匆忙，写完一看，已未必还有匆匆草草的好处了，因此对于读者们更加抱歉。

一九二九年一月十八日，北京。

性（女）与不净

说是灶王爷被饧糖黏嘴以后，大家谈天，谈到北京风俗，新年破五，女人才许到人家去拜年。有人说这因女人鞋子太脏，又有人说新年里男客多，怕自己家的女人被人家瞧了去。总之，不得要领，话也就岔开了。就有人讲笑话。——我家有一亲戚，是一大官，他偶如厕，忽见有女先在，愕然是不必说，却因此传以为笑；笑笑也不要紧，他却别有所恨。恨倒有点出奇，其实并不。这是一种晦气，苏州人所谓"勿识头"，要妨他将来福命的。——我姊姊便笑道："他真有福命，妨个一妨也不很要紧；禁不住一妨，则所谓福命也就有限了。"

以上又是一个梦。梦后有三个观念走到脑子里来，一是性，二是女，三是不净。如我是一位什么专家的话，把它们联起来，大概早已有数十万言的大著作出现了。幸而我不是。

我只会顶简单地想，顶简单地说：性，女在内，大概没有什么不净吧。话又说回来，自然也不曾看出所以然净来。譬如上帝他老人家，（她？）抟弄黄土的时候，（决不是在搓煤球，不可误会。）偶然把性的器官放在额角正中，或者嘴半边，那么，我们这部历史一定会一字不剩写过了的。他可太仔细了，且太促狭了，偏偏把他之所以为他，她之所以为她者，安置在最适于藏藏躲躲，又在二便的贴隔壁。是何居心？是否阴险？至今不明。我不但是今生，前世据说也只是个和尚，并未做过上帝。人云亦云，我不但不敢信。他们也未尝拿出证据来，证明他们曾经在哪一辈子里，做过天上的仙官。

也只是可疑而已，未必就该杀该办。然而我们这儿，野蛮成风，久矣夫百年来非一日矣，早把这批城门失火殃及池鱼的嫌疑犯，异口同声"杀之不足剐之有余"了。为什么呢？我不懂得。为什么特别对于女人如此？阿呀，我更加不懂，决不能比对于上帝的心理多懂出个一分二分来。专家或者已经在那边懂，而我非专家。

愈不懂愈要聒聒，此其所以将有"碰壁"之灾乎！说话的第一要诀，不可不为自己留余地。假使我们自己站在神坛上，岂不一句话就结了？可惜不能。我在枕上，翻来覆去地想，除掉"大概没有什么不净吧"，觉得对于性，特别对于女竟没有更得体的说法了。您想，如果不这么说，则我之为我，你之为你，——姑且不去管"他"——岂非是"不净，不净，第三个不净"呢？这不很得体。

真话也就是合于自己身份的话，所以"未必真得出奇"。这是附记。

一九二九年二月五日，
即戊辰十二月二十六日，草于北京东城。

性（女）与不净

211

贤明的——聪明的父母

这是一个讲演的题目，去年在师大附中讲的。曾写出一段，再一看，满不是这么回事，就此丢开。这次所写仍不惬意，写写耳。除掉主要的论旨以外，与当时口说完全是两件事，这是自然的。

照例的引子，在第一次原稿上写着有的，现在只删剩一句：题目上只说父母如何，自己有了孩子，以父亲的资格说话也。卫道君子见谅呢，虽未必，总之妥当一点。

略释本题，对于子女，懂得怎样负必须负的责任的父母是谓贤明，不想负不必负的责任是谓聪明，是一是二，善读者固一目了然矣，却照例"下回分解"。

先想一个问题，亲之于子（指未成年的子女），子之于亲，其关系是相同与否？至少有点儿不同的，可比作上下文，上文有决定下文的相当能力，下文则呼应上文而已。在此沿用旧称，尽亲之道是上文，曰慈；尽子之道是下文，曰孝。

慈是无条件的，全体的，强迫性的。何以故？第一，自己的事，只有自己负责才合适，是生理的冲动，环境的包围，是自由的意志，暂且都不管。总之，要想，你们若不负责，那么，负责的是已死的祖宗呢，未生的儿女呢，作证婚介绍的某博士某先生呢，拉皮条牵线的张家婶李家姆呢？我都想不通。第二，有负全责的必要与可能，我也想不出有什么担负不了的。决定人的一生，不外先天的遗传，后天的教育。遗传固然未必尽是父母的责任，却不会是父母以外的人的。教育之权半操诸师友，半属诸家庭，而选择师友的机会最初仍由父母主之。即教育以外的环境，他们亦未始没有选择的机会。第三，慈是一种公德，不但须对自己、自己的子女负责，还得对社会负责。留下一个不尴不尬的人在世上鬼混，其影响未必小于在马路上啐一口痰，或者"君子自重"的犄角上去小便。有秩序的社会应当强迫父母们严守这不可不守，对于种族生存有重大意义的公德。

这么看来，慈是很严肃的，决非随随便便溺爱之谓，而咱们这儿自来只教孝不教慈，只说父可以不慈，子不可以不孝，却没有人懂得即使子不孝，父也不可不慈的道理；只说不孝而后不慈，天下无不是的父母，却不知不慈然后不孝，天下更无不是的儿女，这不但是偏枯，而且是错误，不但是错误，而且是颠倒。

孝是不容易讲的，说得不巧，有被看作洪水猛兽的危险。孝与慈对照，孝是显明地不含社会的强迫性。举个老例，瞽瞍杀人，舜窃负而逃，弃天下如敝屣，孝之至矣；皋陶即使会罗织，决不能证舜有教唆的嫌疑。瞽瞍这个老头儿，无论成才不成才，总应当由更老的他老子娘去负责，舜即使圣得可以，孝得可观，也恕不再来负教育瞽瞍的责任，他并没有这可能。商均倒是他该管的。依区区之见，舜家庭间的纠纷，不在乎父母弟弟的捣乱，却是儿子不争气，以致锦绣江山，丈人传给他的，被仇人儿子生生抢走了，于舜可谓白璧微瑕。他也是只懂得孝不懂得慈的，和咱们一样。

社会的关系既如此，就孝的本身说，也不是无条件的，这似乎有点重要。我一向有个偏见，以为一切感情都是后天的，压根儿没有先天的感情。有一文叫作感情生下后天论，老想做，老做不成，这儿所谈便是一例。普通所谓孝的根据，就是父母儿女之间有所谓天性，这个天性是神秘的，与生俱生的，不可分析的。除掉传统的信念以外，谁也不能证明它的存在。我们与其依靠这混元一气的先天的天性，不如依靠寸积铢累的后天的感情来建立亲子的关系，更切实而妥帖。详细的话自然在那篇老做不出的文章上面。

说感情生于后天，知恩报恩，我也赞成的。现在讨论恩是什么。一般人以为父亲对于子女，有所谓养育之恩，详细说，十月怀胎，三年乳哺，这特别偏重母亲一点。赋予生命既是恩，孩子呱呱坠地已经对母亲，推之于父亲负了若干还不清的债务，这虽不如天性之神秘，亦是一种先天的系属了。说我们生后，上帝父亲母亲然后赋以生命，何等的不通！说我们感戴未生以前的恩，这非先天而何？若把生命看作一种礼物而赋予是厚的馈赠呢，那么得考量所送礼物的价值。生命之价值与趣味恐怕是永久的玄学上的问题，要证明这个，不见得比证明天性的存在容易多少，也无从说起。亲子的关系在此一点上，是天行的生物的，不是人为的伦理的。把道德的观念建筑在这上面无有是处。

亲子间的天性有无既难定，生命的单纯赋予是恩是怨也难说，传统的名分又正在没落，孝以什么存在呢？难怪君子人惴惴焉有世界末日之惧。他们忽略这真的核心，后天的感情。这种感情并非特别的，只是最普通不过的人情而已。可惜咱们亲子的关系难得建筑在纯粹的人情上，只借着礼教的权威贴上金字的封条，不许碰它，不许讨论它，一碰一讲，大逆不道。可是"世衰道微"之日，顽皮的小子会不会想到不许碰，不许讲，就是"空者控也，搜者走也"的一种暗示，否则为什么不许人碰它，不许人讨论它。俗话说得好："为人不作亏心事，半夜敲门鬼不惊。"

人都是情换情的，唯孝亦然。上已说过慈是上文，孝是下文，先慈后孝非先孝后慈，事实昭然不容驳辩。小孩初生不曾尽分毫之孝而父母未必等他尽了孝道之后，方才慢条斯理不慌不忙地去抚育他，便是佳例。所以孝不自生，应慈而起，儒家所谓报本反始，要能这么解释方好。父母无条件地尽其慈是施，子女有条件地尽其孝是报。这个报施实在就是情换情，与一般的人情一点没有什么区别。水之冷热饮者自知，报施相当亦是自然而然，并非锱铢计较一五一十，亲子间真算起什么清账来，这也不可误会。

孝是慈的反应，既有种种不等的慈，自然地会有种种不等的孝，事实如此，没法划一的。一个人对于父母二人所尽的孝道有时候不尽同。这个人的与那个人的孝道亦不必尽同。真实的感情是复杂的，弹性的，千变万化，而虚伪的名分礼教却是一个冰冷铁硬的壳子，把古今中外付之一套。话又说回来，大概前人都把亲子系属看作先天的，所以定制一块方方的蛋糕叫作孝；我们只承认有后天的感情，虽不"非孝"，却坚决地要打倒这二十四孝的讲法。

我说的孝实在未必巧，恐怕看到这里，有人已经在破口大骂，"撕做纸条儿"了。这真觉得歉然。他们或者正在这么想：父母一不喜欢子女，子女马上就有理由来造反，这成个甚么世界！甚么东西！这种"生地蛮吓打儿"的口气也实在可怕。可是等他们怒气稍息以后，我请他们一想，后天的关系为什么如此不结实？先天的关系何以又如此结实？亲之于子有四个时期：结孕，怀胎，哺乳，教育，分别考察。结孕算是恩，不好意思吧。怀胎相因而至，也是没法子的。她或者想保养自己的身体为异日出风头以至于效力国家的地步，未必纯粹为着血胞才谨守胎教。三年乳哺，一部分是生理的，一部分是环境的，较之以前阶段，有较多自由意志的成分了。至离乳以后，以至长大，这时期中，种种的教养，若不杂以功利观念，的确是一种奢侈的明智之表现。这方是建设慈道的主干，而成立子女异日对他们尽孝的条件。这么掐指一算，结孕之恩不如怀胎，怀胎之恩不如哺乳，哺乳之恩不如教育。越是后天的越是重要，越是先天的越是没关系。

　　慈之重要既如此，而自来只见有教孝的，什么缘由呢？比较说来，慈顺而易，孝逆而难，慈有母爱及庇护种族的倾向做背景——广义的生理关系——而教没有；慈易而孝难。慈是施，对于子的爱怜有感觉的张本，孝是报，对于亲之劬劳，往往凭记忆想象推论使之重现；慈顺而孝逆。所以儒家的报本反始，慎终追远论，决非完全没有意义的。可是立意虽不错，方法未必尽合。儒家的经典《论语》说到慈的地方已比孝少得多，难怪数传以后就从对待的孝变成绝对的孝。地位愈高，标准愈刻，孝子的旌表愈见其多而中间大有《儒林外史》的匡超人在，这总是事实罢。他们都不明白尽慈是教孝的唯一有效的方法，却无条件地教起孝来，其结果是在真小人以外添了许多的伪君子。

　　慈虽为孝的张本，其本身却有比孝更重大的价值。中国的伦理，只要矫揉造作地装成鞠躬尽瘁的孝子，决不想循人性的自然，养成温和明哲的慈亲，这于民族的生存和发展，有相当重大的关系。积弱之因，这未必不是一个。姑且用功利的计算法，社会上添了一个孝子，他自己总是君子留点仪型于后世，他的父母得到晚年的安享，效用至多如此而已，若社会上添一慈亲，就可以直接充分造就他的子女，他的子女一方面致力于社会，一方面又可以造就他的子女的子女，推之可至无穷。这仍然是上下文地位不同的原故。慈顺而易，孝逆而难，这是事实；慈较孝有更远大的影响，更重大的意义也是事实。难能未必一定可贵。

　　能够做梦也不想到"报"而慷慨地先"施"，能够明白尽其在我无求于人是一种趣味的享受，能够有一身做事一身当的气概，做父母的如此存心是谓贤明，自然实际上除掉贤明的态度以外另有方法。我固然离贤明差得远，小孩子将来要"现眼"，使卫道之君子拍手称快，浮一大白也难说；可是希望读者不以人废言。好话并不以说在坏人嘴里而变坏。我不拥护自己，却要彻底拥护自己的论旨。

但同时不要忘记怎样做个聪明的。儿女成立以后亲之与子，由上下文变成一副对联——平等的并立的关系。从前是负责时期，应当无所不为；现在是卸责时期应当有所不为。干的太过分反而把成绩毁却，正是所谓"蛇固无足，子安能为之足"。

慈道既尽卸责是当然，别无所谓冷淡。儿女们离开家庭到社会上去，已经不是赤子而是独立的人。他们做的事还要我们来负责，不但不必，而且不可能，把太重的担子压在肩头，势必至于自己摔跤而担子砸碎，是谓两伤。从亲方言，儿女长大了，依然无限制无穷尽地去为他们服务，未免太对不起自己。我们虽不曾梦想享受儿孙的福，却也未必乐意受儿孙的累。就子方言，老头子动辄下论旨，发训话，老太太说长道短，也实在有点没趣，即使他们确是孝子。特别是时代转变，从亲之令往往有所不能，果真是孝子反愈加为难了。再退一步，亲方不嫌辛苦，子方不怕唠叨，也总归是无趣的。

看看实际的中国家庭，其情形却特别。教育时期，旧式的委之老师，新派交给学校，似乎都在省心。直

220

到儿女长成以后，老子娘反而操起心来，最习见的，是为儿孙积财，干预他们的恋爱与婚姻，这都是无益于己，或者有损于人的顽意儿。二疏说"贤而多财则损其志，愚而多财则益其过"真真是名言，可是老辈里能懂得而相信这个意思的有几个，至于婚姻向来是以父母之命为成立的条件的，更容易闹成一团糟，这是人人所知的。他们确也有苦衷，大爷太不成，不得不护以金银钞票，大姑娘太傻不会挑选姑爷，老太爷老太太只好亲身出马了。这是事实上的困难，却决不能推翻上述的论旨，反在另一方面去证明它。这完全是在当初负责时期不尽其责的原故，换言之，昨儿欠了些贤明，今儿想学聪明也不成了。教育完全成功以后，岂有不能涉世，更岂有不会结婚的，所以这困难决不成为必须干涉到底的口实。

聪明人的特性，一是躲懒，一是知趣，聪明的父母亦然。躲懒就是有所不为，说见上。知趣之重要殆不亚于躲懒。何谓知趣？吃亏的不找账，赌输的不捞本，施与的不望报。其理由不妨列举：第一，父母总是老早成立了，暮年得子女的奉侍固可乐，不幸而不得，也正可以有自娱的机会，不责报则无甚要紧。不比慈是小孩子生存之一条件。第二，慈是父母自己的事，没有责报的理由。第三，孝逆而难，责报是不容易的。这两项上边早已说过。第四，以功利混入感情，结果是感情没落，功利失却，造成家庭鄙薄的气象，最为失算。试申说之。

假使慈当作一般的慈爱讲，中国家族，慈亲多于孝子恐怕没有问题的。以这么多的慈亲为什么得不到一般多的孝子呢？他们有的说世道衰微人心不古啦，有的说都是你们这班洪水猛兽干的好事啦，其实都丝毫不得要领。在洪水猛兽们未生以前，很古很老的年头，大概早已如此了，虽没有统计表为证。根本的原因，孝只是一种普通的感情，比起慈来有难易顺逆之异，另外有一助因，就是功利混于感情。父母虽没有绝对不慈的（精神异常是例外），可是有绝对不望报的吗？我很怀疑这分数的成数，直觉上觉得不会得很大。所谓"养儿防老积谷防饥"，明显地表现狭义的功利心。重男轻女也是一旁证，儿子胜于女儿之处，除掉接续香烟以外，大约就数荣宗耀祖了。若以纯粹的恋爱为立场，则对于男女为什么要歧视如此之甚呢？有了儿子，生前小之得奉侍，大之得显扬，身后还得血食，抚养他是很合算的。所持虽不甚狭，所欲亦复甚奢，宜有淳于髡之笑也。他们只知道明中占便宜，却不觉得暗里吃亏。一以功利为心，真的慈爱都被功利的成分所掺杂，由掺杂而仿佛没落了，本来可以唤起相当反应的感情，现在并此不能了。父责望于子太多，只觉子之不孝；子觉得父的责望如此之多，对于慈的意义反而怀疑起来。以功利妨感情，感情受伤而功利亦乌有，这是最可痛心的。虽不能说怎样大错而特错，至少不是聪明的办法呢。

聪明的父母，以纯粹不杂功利的感情维系亲子的系属，不失之千薄；以缜密的思考决定什么该管，什么恕不，不失之于厚。在儿女未成立以前最需要的是积极的帮助，在他们成立以后最需要的是消极的不妨碍。他们需要什么，我们就给他们什么，这是聪明，这也贤明。他们有了健全的人格，能够恰好地应付一切，不见得会特别乖张地应付他们的父母，所以不言孝而孝自在。

截搭题已经完了，读者们早已觉得，贤明与聪明区别难分，是二而一的。聪明以贤明为张本，而实在是进一步的贤明。天职既尽，心安理得，在我如此，贤明即聪明也；报施两忘，浑然如一，与人如此，贤明即聪明也，聪明人就是老实人，顶聪明的人就是顶老实的人，实际上虽不必尽如此，的确应当是如此的。

一九三〇年七月一日。

怕（并序）

不管你们信不信，这又是写梦中的草稿。写后一看，却有翻译气，亦奇。此又一《莫须有先生传》也，即呈莫须有先生正。

不知在哪儿，在哪一年上，曾经有这么一个怕笑偏不怕苦的人。为什么怕这个，不怕那个，理由不详，总而言之，曾经有过这么一个人就是了。

年深月久，他走得远了，当他留在咱们这儿的时候，也有人泥着问："笑有什么可怕的？"直摇头，不作声。强问之，却说："多得很，淡淡的笑是没有意思，浓浓的笑是很有——不，太有意思了，傻笑好比一蓬火，冷笑活像一只钉……还有一种我所最怕的笑……"说到这儿，好像真害怕似的，"我不说了！不说了！"空气既然那么样神秘，不说的理由自然是不说。有时孩子们跟他闹，"你真不怕苦吗？我请你吃一大碗煮黄连！""我请！""我也请！"大家抢。他摸摸孩子的头，悄然说道："什么？孩子。"除此以外，他自己可不曾留下什么，都是谣言、揣测、摹拟之词。

他的故事好像小说。他不愿意过路，不愿意到站，不愿意住旅馆。有人猜，不愿意走路者，不愿意动也；不愿意到站者，不愿意止也。旅馆就是旅馆，倒没有什么猜的，可是旅馆里有一大群的穿礼服的绅士和侍者，小客栈里则有老板娘，而绅士、侍者、老板娘也就是淑媛名闺，都爱笑，都会种种的笑，这简直是成心拿他开玩笑。然而史有明文，他不知怎的，偏已好好地上了路，到了站，好好地住在顶大顶大的大旅馆里，非但睁着眼看人家穿漂亮的晚礼服，回看自己身上也是簇新的燕尾妆。人家笑他，他也笑人。人家神气十足，他也就摆架子。什么才算通？为什么非通不可？他固然回答不上来，可也不曾想。

话虽如此，笑总归是可怕的，他心心念念要试这"踏破铁靴无觅处"的苦。他翻遍了古今中外的刑律，足足有三天三夜，方才挑出一桩不大不小，不轻不重，可备诸苦而不会死的第几款几项的风流罪过去犯了。

其结果是被拘在世上最文明而又残酷的牢里，禁子是哲学博士，皇家学会的会员。

一进铁门，他就笑，（要知道，他自己是顶爱笑的。）"这屋子不坏呢，大可养神。"他们重重地打了他一顿，叫痛之后又是笑，"痛固然是痛的，打完躺着却有味。"喔，"有味！"博士气得翘胡子，发个命令，"罚他镇日做苦工，没有休息！"他连笑带喊的，"吃力杀哉！晚上睡得更香甜。"于是只许他穿件单衣，把他关在同露天一样的冷屋子里，更别提被窝褥子。他冻得直咳嗽哆嗦，却叹了口气，"假如热又不知多么难受呢！"小牢子赶紧去献勤讨好，"博士，他笑得直咳嗽呢。"博士道："唉！要糟！""别慌，别着急，他怕——热，他怕——热。""你不早说，那就好办啦，把他挪在大炉子边，离火只许三尺，给穿上貂皮袍子，海龙大氅，戴上獭皮帽子，盖上三床鹅绒毯，三条丝绵被。快去！快去！"一切照办了，咳嗽被大夫这么一治给治好啦，（有人说英文中的人夫，就是博士，未知然否。）又闹得发喘，流汗，乃作歌曰："烤的慌，幸不凄凉，否则僵！"

"喔，凄凉，凄凉，"博士如有所悟，他想，这可要送他回老家去了，略凝一回神，就吩咐道，"赶紧放了，不许迟一秒钟，把他'押解回籍'叫他再看见他的一切的影子，譬如房屋，邻居，朋友，情人，甚而至于他顽过的泥孩竹马，手种的闲花野草……凡他的儿时影子，整个儿的不许少。明白了没有？快去，快去！"一切又都照办了。

博士真有根，他终于在平生最怕的一个笑里被博士给制服了，而且不久就死在这个笑里。身后颇有人传说："他和咱们可不是一样怕苦的，怕什么笑，故意装腔虎人。"也有人说："名流比博士差远啦，鬼子的手法高，学问好。"更有人说："你们懂得啥。我祖父小时候见过他老人家的，曾亲口叮咛地说，别提啦，博士都上当了，他老的心思深着呢。"

谁也不知道究竟是怎么回事，他平常地过去了，又平安地埋骨于所谓钓游之乡，总是事实，我听见老辈里都是这么说的。

　　　　　　　一九三〇年十月二十五日，北京。

梦 记

一　让贤公寓里

　　坐得高高的，是 bus 里吧。在悄悄的中夜，经过一些荒寂的林野，忽然看见了摩天的高屋，平滑的大道，像欧美名都的样子。其时天色微微地在发亮了，仿佛觉着，我该下车了，向 C 君说："如到了 Columbia District,请告诉车手我下车。"车突然一停,我知道到了。好容易走下梯子；忽然想起，行李还在车上，什么也没带，赶紧又回上去，心里着急，唯恐怕车开，下不去。第二次走到车口，车手已有点不耐烦，车在蒲蒲地作怪响。于着急之中，我终于下了车。

　　所谓 Columbia District，有一华人开的公寓，这是今夜的目的地。人力车特别贵，讲了两回都不成，却是走起来，真真才拐一个弯，就到了。这好像叫作让贤公寓，可是门口只是干干净净的一扇门，什么招牌也没有。其时 C 君已走了，有 P 君伴着我。

按铃而入，吓，点着电灯，一屋子的人。于我是重来，P 也知道的，就想直往前走，走到房间里去休息。可是他们都嚷起来了，却也不怎么响，仿佛全都责备我的不念旧。我只得委屈地坐下来，和广东佬讲交情，论过节。

不大记得真店主人的脸，中年，不很胖，镶着金牙齿的吧？"敢是有些髭须？"女人更多，都是不认识的，虽然我知道她们都认识我，虽然我也知道我应该认识她们，至少我应当这样说的，不说不成。可是，实在不认识。其中也是中年人多，却有一位姑娘坐在沙发上，漂亮呢，也不见得。听见说，（P 君吗？）老板所以在外国站得住，就靠这中英合璧的女儿；后来又听说，她现在不成了，现在是二小姐……

老板嘴里吊着旱烟管，滔滔不穷地对我讲，无非是近年来生意不好，身子也一年一年地不成啦之类，我唯唯诺诺，很懂得的神气。把一屋子的生客都作熟人看待，已经不容易了，而其人其地于我寂无所感，偏要装作怀旧的心情面目，窘得受不了。又有人问："上次同来的四小姐，怎么这回没来？"我回答，"暂时不回来呢。"

隔壁货房的门敞着，眼光透过去，里边电灯也是明亮，有无数油腻鲜明的腊肠鸭子叉烧之类，一串一串的从顶板上挂下来。心里想道：这味儿倒许不错。离我坐处很近，一点气味也没有，到底是外国地方，虽然中国人也干净。

这究竟是什么地方呢？想来想去想不出，外国吧？夫外国亦大矣。后来问过 C，他说，大约是旧金山。

当真问过 C 吗？不！C 君现任某大学校长呢。问的是 P 君吗？也不！与他久不见了，听说他娶了个外国太太，也很阔气了。（独此节非梦，自注。）

一九三○年十二月二十二日晨，清华园。

二 关于《燕知草》

以前在徐景文那儿"种"的门牙摇动了，终于掉了，虽不痛，却将牙肉带下一大块，满嘴的血，牙齿还连

231

在牙肉上零零丁丁地，弄得不可收拾。正在着急，忽然好了。（后便认此为梦。）回手一摸，牙还好好地镶着，只是手中捏着一断牙，中间有一圆孔，正是镶嵌的那一个顽意儿。嘴里不曾缺，手中添了一个，觉得奇怪。

莫名其妙，又跑到曲园中去了，中间却没有梦断的痕迹。园中有廊，穿曲水亭过。我循廊北去。达斋南向，窗开着，吃烟的气味，知道 H 君来了。进去一看，果然在那边，和父亲在一起。其时天气晴明。父就问："现在时候已不早，九点多钟了，怎么小孩子还没有上学？"我也随便作答，无非今天是星期几，功课不忙这一类话，桌子角上却摆着《燕知草》，H 君就说"《燕知草》我看见了，有些很好，有些我不喜欢看"，语调不很响。我明白他的意思指的是关于他的一部分作品，因为感触，所以不愿看。我说"的确如此，我刚才梦见您，您也是这么说的，巧极了"。（实则并无此梦，只自说有此梦耳，却不觉是说谎。）其时已觉得 H 君是再生了，神气还与昔年仿佛，心里略感诧异；从他死后到我们离去杭州中间颇有日子，不知在这个时期内，他哪里耽着？想问这再生的经过又觉得不便，怕他不愿意重提这些事。恰好手中牙齿还在，就告以前梦，并说做梦也不该会有实在东西留下来。他淡淡地说："这也没有什么奇怪，会忽然而来，安知待一忽儿不会忽然而去。"H君平时颇信神鬼奇异，这话也是照例的，我心里却不很以为然，"这未免太不科学了。"

二十七日夜，清华园南院。

〔跋〕最巧的事情，是夜L也梦见H君了。他的梦虽短而又不很清楚，却不失为一种珍闻，即依L报告的口气记之。——与父同在清华，不觉得父亲身故。在清华何处，也不觉得。F君来了，穿着酱红色的长袍，好像是父的老朋友。父脸冲着别处，没有看见F，我对F恭敬地鞠躬，F从前在燕京教过我的。父回过头来见F，对他说，这是我的小儿子。其时我立在父侧，F似乎方才觉得我们的关系；本来虽认得父亲，也认得我，却连不起来。父对F用南方口音说："这个孩子道理是好的嘘，名理是不行的嘘。"（所谓"道理"指的是求学，"名理"指的是世故，梦中把字用错了。）

二十七日夜，清华园新宿舍。

三　从书山上滚下来之后

上午似上课，写了几个字在黑板上，以甚重甚长之物指点而敷陈之，觉得颇有胜义。下午环偕小孩，都去看电影或者什么去了。我闲着，就想午睡，却被 K 拉了出门赴某姓亲戚家，又似在一客寓中。晤其家主人，致吊唁之礼，却闹了不少的笑话。觉得地下奇软俨如茵褥，一磕头往前一跷铣，一磕头往前一跷铣，最后一次头竟冲到供桌下去，弄得很狼狈，与某略谈，其弟亦在，即行。行时又忘记了帽子，转身去取。外甥出来送我，并说："舅舅的帽子太矮了，盖不住脸，不大好。""花很多的钱呢。""贵虽贵，样子不好。我们的帽子（指他们兄弟）都是盖着半截脸的。（其意若曰，依舅舅这个身份，更非多遮盖点不可。）"

且行且谈，已在下山。也并非身在山上，只是我们直往地底下去耳。高不高不觉得，只见无数阶级，都是往下的，很不好走。三图还在送，我叫他别再送了，路难走。他说："我们走惯的。"我心中觉得诧异，"你们走惯的！"后来他就不见了。

以上并不觉得 K 在何处，现在倒的确是他哩。我埋怨道："我本说要好好睡觉的，你带我到这些地方来做什么？"（吊丧原非目的，目的在到另一个地方去。）不记得 K 有回答。其时已不见石级，简直是一座书山，也不能算是走，简直是从书山上，滴历阁碌地滚下来。

到了。我说："你又要引我到这儿来了，有什么好玩！"（觉得就在这一晚上，于另一梦中到过的，只是很简单的这么一个地方，没有什么故事，所以说不好玩。事实上究竟曾梦得或否，也是问题。）这一秘密窟，又是一女子商店，又和国立某大学有关系。长方形一大屋，电灯明亮，正中有好几个柜台，有三五个人在奏西乐，年纪都不轻，都很难看。四围也是柜台出卖东西，也全是"女招待"，也都是半老的。我明白这是一种不大正当的营业，性质略似"台基"，所卖的都是吃的，却都是奇形怪状。不认识，也叫不出名字。顾客除我们以外，不见有什么人，冷冷清清的。

伴我的已不是 K，而是姊姊了。她叫她们弄一种东西，一种软而暗黄色的，形略似贝壳，先灌满了水，然后用剪剪开，泡在一把壶内。这仿佛是女人吃的，也许是男人为着女人吃的，有这两个可能的解释，却不能确定是哪一个，我胆小，不敢吃。女人吃的果然不必吃；万一是"春药"呢，岂不更要露马脚。她们都说，吃了不要紧，昨天有一乡下人吃了，只是个串门子而已。（打茶围的意思吧。）其实也不是真说，只是带笑的一种神秘的表示。我说："乡下人和我不同。"意谓你们虽不敲乡下人的竹杠，许会敲诈我。——这地方是有美人的，只是不来，总要买了货物或者吃点东西，才可以被引到她们那儿去。——我迟迟疑疑，老怕是"春药"，她们老是笑，也不肯说。

相持不下中，忽听见有人说，好像是父亲的声音，"你还不看看布告牌！"抬头一看，果然有布告，一格一格地横列着，几点钟做什么，几点钟做什么，四点半上写着：要有警察来，一哄而散。其时钟上已三点五十分。她们淡然不着急，好像时候还早呢，又好像这是照例的事情；而警察之来也不为驱逐她们，还是要干涉国立某大学。

十二月三日六时，北京老君堂。

四　人力车夫

七点多钟，似在一大旅馆的门首，L要先走，似去清华。他身边没有钱，问我借。我有一元，以外零钱只有一毛，我先给他这一毛，后又折入旅馆，到柜上去换那一元，换得之后就把这一块钱零的给了他，又取回那一毛。他购些零碎，雇车而去。旅馆门首有高整的台阶，L下阶时忽失一腿带，却不觉得，扬长而去。另外有一车夫看见了就叫他，他还是不理，车夫殊有烦言。却被我见而取之，自思"L善于丢物，等我到清华时给他这一根；可是也许，他又把那一根带丢了。这两根带亦不知能再会合否？"

　　八点半有戏。这是有上文的，却记不清楚：似与 K 长谈，这戏颇有价值，为着研究的意思可以一看。然而现在先得回去，再雇车出来看戏。心中不十分决定：回去了再出来吗？就此不出来看吗？大概还是要来的。谁知一上了车，奔腾奋迅，心肺为荡，绝不可耐。他们的许多车都在大道之另一面，我前边只有一车，似为 Y，我连呼"车子慢点走！"而车夫置之不理，颠簸弥甚，其时心中甚怒而又着急。仍相将行，经过一处，似有树林，黑沉沉的，有人突出，疑为路劫。定睛一看乃 L 姊。我们的车方才停下来，以后走着也就不甚快，大家随意在车上谈话。又有点模糊了，好像谈的还是今晚要看戏这回事。戏价很贵,来的是上海很时髦的"角儿"。

十二月十七日三时,清华园。

五　庙里

在爬山,一条路在山崖上走,一条路在山坳里走,我自然取其后者。在梦里我也不会得爬山的。

不知道此山何名,总在西湖边上耳。大概认为保俶山,父亲去过而我独不曾;父亲归来说其上有玲珑嵯峨的怪石。保俶之外,杂以葛岭,雷峰,这是梦中之感。

有一两个同伴却也欠分明。上去一看,一座空庙,大庙,——也不全似庙,重重的殿阁,回廊,空廊,荒秽,寂寞。不但没有谁住着——看这神气,自然有人住过的,却不知道在几十百年前,或者几千年前——就连人踪迹,人影儿,人味儿也找不着。不但没有人,鸟雀的啾唧都一点听不见,虽然殿上廊下积着铺着,不知是鸟粪呢,也不知是蝙蝠屎——或者什么都不是,干脆是多年的灰尘。脚底下悉悉索索,净是些黑而厚,厚而软的，只好轻轻地踹。——不大敢往下踹，一踹瑟缩着。

不知该多咱早晚了，天宇老是这么莹澈，树木老是这么苍蔚。眼底青松翠柏，都直挺挺地站着，不声也不响，暗沉沉。

静默是平常，空虚也还好，只有一种说不出的颓败埋伏在严肃的气象里面，使我真有点儿慌。一步一步挨着往里走，就一步一步增加我的心悸。到了前边，吓！了不得！一并排五开间正殿，竦立巨大，雕梁画栋，绚彩庄严。仰面于尘封网罥之中，窥见昔日藻井的金翠痕迹。殿前宽廊，朱柱一列，廊前白石琢成的栏干阶级。阶尽迫峰崖，前临一片明湖，波光在眼。景致非常，可还是看不见一个人。怪！

真觉得怎么也不是，往前走不妙，就是往后退也不大敢。反而从容地小憩廊间，和一二友人"排排坐"在殿前阶石上。回头一看，泥塑的三位大人高高在上，彩色微见剥落。两庑净是些偶像，奇形怪状，高矮不一，森然地班列，肃恭地奉陪我们。大家不言语。默得可怕。——这真是可怕吗？不！不！不！它们还是别言语的好。想都不敢想了！

靠近我们，左庑有一偶像，木栅护之，少年，赭色的脸,手拿棍棒之类,粉饰尚新,站着的。它和咱们相对。眼睛怎么转也是碰着它,真糟心。我向伙伴说句闲话,"这儿要让女人来住着,不知道多么怕呢。"——嗒!——我愕然四顾,犹以为耳朵响,幻觉。已经有点毫毛直竖,还保持镇定,姑且大胆地再说着一遍。又是这么——嗒!!——什么也顾不得,往后就跑。已隐约听见打开栅栏门,偶像下地走动的声响……

一九三一年一月八日晨五时,清华园。

〔跋一〕当我乍醒,环亦在梦中叫醒,故此两梦实同时也。——书室中墙上有一暗柜,一锁室门则暗柜亦锁上;其外有一红签信封为识。旁有纸一叠,尘封,有蛛网。我取下一看:一长脚蜘蛛,连脚有皮球那么大。丝先绕在我手上,后来蜘蛛也往手上爬。我叫平,平坐在椅上,不理。

〔跋二〕我从前常有一个梦境,可惜记不真了。"甚矣吾衰也!"现在久已梦不见了。总是这么一座庙,偶像之多而可怕,离离奇奇,房子构造也幽暗曲折,重重叠叠。偶梦不奇,而以前却有时连夜遇见却奇。老实说，这个空气就是目下也依然活现，只是说不出所以然耳。这大概可以作本梦之张本。本梦可怕之点很分明，而此等昔梦则迷离而可怕又过之。庙宇中房屋大而偶像多，对于童心大概是一种巨大的胁迫。大约是九日晨罢，我又梦见少林寺，露天（屋宇不存）站着许多陈旧的偶像，因当时没有记录，现在也无从追溯了。这也是本梦的一余波。少林寺的遗迹我从来不曾访过，却在《书道大全》上见过《少林寺碑》（本月五日），当时曾略一动念。

一月十日灯下记。

六　秦桧的死

听说秦桧赐死，使者就要去了，高高兴兴地跟着他去看热闹。使者捧着敕命，方方的黄布包，像一印信模样。我们走进一大室，窗棂轩敞，晴日射之。桧一中年人，微赤的脸，仪容凡琐，正坐在书桌面前。使者致了敕命，同时仆人持一书札与桧，桧友所致。信中有琐事干讫，桧拆阅讫。其时他自知将死，颜色有些惶遽，而仍欲故示镇定，乃取一惨碧色笺，挥洒作答，字为行书，颇潦草。上书某兄大人，因小女有病等等，只写了一行多，（自然不说起赐死一节）看他简直写不下去了，即就未完之札匆匆画押；押文有类"并"，却似某字一半，不全也。押毕开印盒钤一小印，似玉微红，长方形，文凡三字"貂衣侯"。我很可怜这秦桧，心想这"貂衣侯"三个字恐怕永不能再用了。他料理既毕，向我们说，可否容他入内诀别家人，因其时正式的诏书还未到，时间颇从容。他即入内，我想不久就要听见举室号啕了，非但不觉高兴，且为之惨然。秦桧原来不过如此。

　　　　一月十一日晨，清华园。

阳台山大觉寺

夙闻阳台山大觉寺杏花之胜，以懒迄未往。今岁四月十日往游之，记其梗略云。是日星期四，连日阴，晨起天微露晴意，已约佩在燕京大学，行具亦备，于六时五十分抵南池子，七时车开，十五分出西直门，同车只一人，且不相识，兀坐而已，天容仍阴晴无主。数日未出，觉春物一新，频年奔走郊甸，均为校课，即值良辰，视同冗赘，今日以游赏而去，弥可喜也。弧形广陌，新柳两行，陇畔土房，杏花三四，昔阴未散，轻尘不飞，于三十三分抵西勾桥，佩已坐候于燕京校友门，并雇得小驴一头，携粉红彩画水持一，牛肉面包一包。其驴价一元二角，劝予亦雇之。"你不是在苏州骑过驴吗，有髀肉复生之感吧？"应之曰："不。"雇得人力车，车夫二人，价二元五角。舍驴而车有四说焉。驴之为物，虽经尝试而不欲屡试，一也；携来饮食无车则安置不便，二也；驴背上诚有诗思，却不便记载，三也；明知车价昂，无如之何耳。

于五十五分过颐和园，望见大门，循东北宫墙行，浅溆一片，白鸭数只，天渐放晴，路如香炉。八时四分逾一大石桥，安和桥也，亦作安河。转入大道，亦土道也，特平坦，不复香灰耳。夹道稚柳青青，行行去去，渐见西山，童秃为主，望红石山口（俗呼红山口），以乘车不得过，循百望山行。其麓为天主教士所建屋。询车夫以百望山，不解，以望儿山呼之。山形较陡峭，上有磊石，有废庙，与载记合。三十分抵西百望，车夫呼以西北望，而公家则标之曰西北旺。自西勾桥至此十五里（凡所记里数均车夫言之）。停车上捐，铜子十枚，驴则无捐。车夫购烧饼十枚，四里两家佃（晾甲店），又一车夫云六里殆误。过青龙寺门前，寺甚小。时为四十八分。五里太子务（太子府），已九时六分。以大路车辙深峻，穿村而过。此十里间，群山回合，其中原野浩莽，气象阔大。车中携得奉宽《妙峰山琐记》，有按图索骥之妙。所谓蜘蛛山顶，一松婆娑，良信。至于跌死猫盘道如何如何，驴夫之言莫能详也。

至书中所谓蜘蛛如香炉，百望城子如烛台，则并不神似。出太子务抵黑龙潭不及一里，时为九时十四分。

登石坡，入龙王祠。殿在石级上，佩昔曾登之，云无可观览，徒费脚力。遂从侧门入，观潭。潭以圆廊绕之，循廊而行，从窗牖间遥看平畴，近瞩流水，即潭之一脉也。下临潭，不广而清，如绿琉璃，底有砾石。窄处为源，泡沫不盛。在此食甜面包及水，予所携也。佩云："此绿绿得老，不如仙潭嫩绿。"又云："其形如……其形如说不出。"黑龙潭固非方圆，亦非三棱也。此地予系初来，佩则重游矣。出时为三十七分。五十分白家疃，计程三里，有白家潭，白家滩异名，俗呼之。五里温泉村，有中法校附设中学在。此村颇大，亦整洁，壁上时见标语，忆其一曰，"温泉村万岁"。十时二分过温泉疗养院，未入游。二十五分，周家巷，巷口门楼，上祀文昌。已近城子山麓，望北安河隐约可辨。城子山上亦有庙，群山一桁，山腰均点缀以杏花，惜只可入远望耳。佩云"杏花好，可惜背景差点"，诚然。北地山矶水草，枯而失润，雄壮有余，美秀不足，不独西山然也。

值午，天渐热，大觉寺可望，路渐高，车夫以疲而行缓。进路不甚宽，旁有梨杏颇繁，均果园也。梨花只开七八分，作嫩绿色，正当盛时。杏则凋残，半余绛萼，即有残英未谢，亦憔悴可怜。家君诗云，"燕南风景清明最，新柳鹅黄杏粉霞"（《小竹里馆吟草》卷六），盖北方杏花以清明为候，诗纪实也。唯寺前之杏，多系新枝非老干，且短垣隔之，以半面妆向人，觉未如所期，聊作游散耳。十时四十六分抵大觉寺，自温泉村至此八里许。

入寺门，颇喧杂，有乞丐。从东侧升。引导流水，萦回寺里，寺故辽之清水院，以泉得名。此在北土为罕见，于吾乡则"辽东豕"耳。既升，见浮屠，在大悲坛后，形似液池琼岛，色较黯淡。二巨松护之，夭娇挐攫。塔后方塘澄清，蓄泉为之。塘后小楼不高，佩登之，返告曰："平常。"即在塔侧午食，荫松背泉，面眺平原。携有酱肉、肉松、鸭卵等物。佩则出英制 corned beef，启之，肉汁流石，而盒不开。适有小童经过，自告奋勇，携至香积厨代启之，酬以二十枚，面包两片。佩甘肉松，而予则甘其牛肉，已饱矣，犹未已，忽天风琅然挟肉松以飞，牛肉略尽其半，固不动也，于是罢餐。各出小刀削梨而食之。西行上领要亭，拾级下至四宜堂前，有半凋玉兰两株，其巨尚不如吴下曲园中物。小童尾随不去，佩又酬以十枚，导至殿外，观松上寄生槐榆，其细如指。问童子曰："完了么？"答曰："没有啦。"乃径出门去，小步石坡约半里，杏花仍无可观，遂登车上驴，十二时十分也。大觉寺附近还有胜景，惜我辈不知也。

小驴宜近不宜远，而阳台海甸间，往返八十余里。（车夫曰百里者，夸词也，为索车资作张本耳。）于去时，佩之驴已雅步时多，奔跑时少，归途则弥从容。驴夫见告，此公连日游香山卧佛寺等处，揣其意似爱惜之，不忍多加鞭策。虽时时以车候骑，予仍先抵温泉疗养院，时为十二时四十五分。待五分，佩至。此地有垂杨流水，清旷明秀，食浴均可。坐廊下饮西山汽水二，即入浴。人得一室，导汤入池，池形似盆，而较深广。平常浴水入后渐凉，猛加热汤又增刺激，此则温冷恰可，久而弥隽，故佳品也。至内含硫质有益卫生否，事近专门，予不知云。可惜者，池两端各一孔，一入一出，虽终日长流，而究不能彻底换水。浴罢复行，已一时三十五分。北方气候，甫晴便热，且溯来路而归，鲜可观览，原野微有燥风，与晨间之润浥不侔。过白家、疃太子务两家佃，其行甚缓。途次，佩曰："去的时候骑驴是军政，现在是训政时期，宪政还没有到哩。"话言甫毕，不数百武忽坠乘，幸无伤，然则训政时期到否亦有问题也。

近西百望时，与佩约会于清华，遂先行。过万寿山后，车夫饮水，天亦渐凉。经挂甲屯，穿行燕京大学，入西门出东门，四时六分抵清华南院，付车资二元六角，加以在寺所付之饭钱四角，共计三元。入校门饮冰一杯。返南院时佩已归，云至万寿山易骑而车，否则恐尚在途中也。小息饮茗，于五时半乘车返北京东城，抵家正六时三十分，适得十二时，行百二十里许。

一九三一年四月十一日写记。

248

中　年

　　什么是中年？不容易说得清楚，只说我暂时见到的吧。

　　当遥指青山是我们的归路，不免感到轻微的战栗。（或者不很轻微更是人情。）可是走得近了，空翠渐减，终于到了某一点，不见遥青，只见平淡无奇的道路树石，憧憬既已消释了，我们遂坦然长往。所谓某一点原是很难确定的，假如有，那就是中年。

　　我也是关怀生死颇切的人，直到近年方才渐渐淡漠起来，看看从前的文章，有些觉得已颇渺茫，有隔世之感。莫非就是中年到了的缘故么？仿佛真有这么一回事。

　　我感谢造化的主宰，他老人家是有的话。他使我们生于自然，死于自然，这是何等的气度呢！不能名言，唯有赞叹；赞叹不出，唯有欢喜。

万想不到当年穷思极想之余，认为了解不能解决的"谜"和"障"，直至身临切近，早已不知不觉地走过去，什么也没有看见。今是而昨非呢？昨是而今非呢？二者之间似乎必有一个是非。无奈这个解答，还看你站的地位如何，这岂不是"白搭"。以今视昨则昨非，以昨视今，今也有何是处呢。不信么？我自己确还留得依微的忆念。再不信么？青年人也许会来麻烦您，他听不懂我讲些什么。这就是再好没有的印证了。

再以山作比。上去时兴致蓬勃，唯恐山径虽长不敌脚步之健。事实上呢，好一座大山，且有得走哩。因此凡来游的都快乐地努力地向前走。及走上山顶，四顾空阔，面前蜿蜒着一条下山的路，若论初心，那时应当感到何等的颓唐呢。但是，不。我们起先认为过健的脚力，与山径相形而见绌，兴致呢，于山尖一望之余随烟云而俱远；现在只剩得一个意念，逐渐地迫切起来，这就是想回家。下山的路去得疾啊，可是，对于归人，你得知道，却别有一般滋味的。

试问下山的与上山的偶然擦肩而过，他们之间有何连属？点点头，说几句话，他们之间又有何理解呢？

我们大可不必抱此等期望，这原是不容易的事。至于这两种各别的情味，在一人心中是否有融会的俄顷，惭愧我不大知道。依我猜，许是在山顶上徘徊这一刹那吧。这或者也就是所谓中年了，依我猜。

"表独立兮山之上"，可曾留得几许的徘徊呢。真正的中年只是一点，而一般的说法却是一段；所以它的另一解释也就是暮年，至少可以说是倾向于暮年的。

中国文人有"叹老嗟卑"之癖，的确是很俗气，无怪青年人看不上眼。以区区之见，因怕被人说"俗"并不敢言"老"，这也未免雅得可以了。所以倚老卖老果然不好，自己嘴里永远是"年方二八"也未见得妙。甚矣说之难也，愈检点愈闹笑话。

究竟什么是中年，姑置不论，话可又说回来了，当时的问题何以不见了呢？当真会跑吗？未必。找来找去，居然被我找着了：

原来我对于生的趣味渐渐在那边减少了。这自然不是说马上想去死，只是说万（？）死了也不这么顶要紧而已。泛言之，渐渐觉得人生也不过如此。这"不过如此"四个字，我觉得醰醰有余味。变来变去，看来看去，总不出这几个花头。男的爱女的，女的爱小的，小的爱糖，这是一种了。吃窝窝头的直想吃大米饭洋白面，而吃饱大米饭洋白面的人偏有时非吃窝窝头不行，这又是一种了。冬天生炉子，夏天扇扇子，春天困斯梦东，秋天惨惨戚戚，这又是一种了。你用机关枪打过来，我便用机关枪还敬，没有，只该先你而乌乎。……这也尽够了。总而言之，统而言之，不新鲜。不新鲜原不是讨厌，所以这种把戏未始不可以看下去；但是在另一方面，说非看不可，或者没有得看，就要跳脚拍手，以至于投河觅井。这个，我真觉得不必。一不是幽默，二不是吹，识者鉴之。

看戏法不过如此，同时又感觉疲乏，想回家休息，这又是一要点。老是想回家大约就是没落之兆。（又是它来了，讨厌！）"劳我以生，息我以死"，我很喜欢这两句话。死的确是一种强迫的休息，不愧长眠这个雅号。人人都怕死，我也怕，其实仔细一想，果真天从人愿，谁都不死，怎么得了呢？至少争夺机变，是非口舌要多到恒河沙数。这真怎么得了！我总得保留这最后的自由才好。——既然如此说，眼前的夕阳西下，岂不是正好的韶光，绝妙的诗情画意，而又何叹惋之有。

他安排得这么妥当，咱们有得活的时候，他使咱们乐意多活；咱们不大有得活的时候，他使咱们甘心少活。生于自然里，死于自然里，咱们的生活，咱们的心情，永久是平静的。叫呀跳呀，他果然不怕，赞啊美啊，他也是不懂。"天地不仁"、"大慈大悲……"善哉善哉。

好像有一些宗教的心情了，其实并不是。我的中年之感，是不值一笑的平淡呢。——有得活不妨多活几天，还愿意好好地活着，不幸活不下去，算了。

"这用得你说吗？"

"是，是，就此不说。"

一九三一年五月二十一日黎明。

贡献给今日的青年

　　我们要起信，信自己的力量；信中国是可救，是应救的；信我们是可以救中国，我们是应当救中国的。即使目前不能得救，我们要手造得救的因缘。"前人种树，后人乘凉"，我们就是要种树。这信念要切实地把持它。不存此心，不得名为中国人。

　　我们要建设道德，它是民族、国家、社会的基石。道德并不是几个空名词，是我们生活的、生命的急迫的需要，是好的习惯，好的趣味，好的信仰。中国人的第一毛病是"私"。贪污的果然是私，高洁的也是私。一人一心，四万万人四万万心，私为之也。私足以亡中国！要救国，须团结；要团结，须去私。否则无论什么方策，什么组织，都是无益或者有损的。我们至少要做到不敢以私废公；不敢以私害公；然后可以做到公私自然分明；然后可以做到乐公而忘私。道德的训练，此为最要。

中国譬如积年的病人，救国的工作有三个阶段：（一）研究病情，（二）决定方案，（三）给药吃。（不肯吃要强迫他吃，一帖无效要连服，假如我们确信方案的不错）。每一个人都应该认定他工作的一部分。我们要"做事"，要"分工"，先分辨出什么是能，什么是不能，然后一定要做我们所能做的，一定不做我们所不能做的。若是者谓之尽职。

上面的话好像很乱，而我自信这是一贯的主张。

代拟吾庐约言草稿

我们认为一个人对于自己的生命与生活，应该可以有一种态度，一种不必客气的态度。

谁都想好好地活着的，这是人情。怎么样才算活得好好的呢？那就各人各说了。我们几个人之间有了下列相当的了解，于是说到"吾庐"。

一是自爱，我们站在爱人的立场上，有爱自己的理由。二是平和，至少要在我们之间，这不是一个梦。三是前进，唯前进才有生命，要扩展生命，唯有更前进。四是闲适，"勤靡余暇心有常闲"之谓。如此，我们将不为一切所吞没。

假如把捉了这四端，且能时时反省自己，那么，我们确信尘世的盛衰离合俱将不足间阻这无间的精诚；"吾庐"虽不必真有这么一个庐，已切实地存在着过了。

这是一种思想的意志的结合，进德修业之谓；更是一种感情的兴趣的结合，藏修息游之谓。生命至脆也，吾身至小也，人世至艰也，宇宙至大也，区区的挣扎，明知是沧海的微沤，然而何必不自爱，又岂可不自爱呢。

一九三二年一月二十九日。

《汉砚唐琴室遗诗》
《絮影楼词》序

　　佩珣二姊既殁于京师，许季湘姊丈手写其残编相示，凡《汉砚唐琴室遗诗》《絮影楼词》各一卷，余悲在抱，未暇讽循，逾数月始请于家君，叙而刊之曰：溯姊氏之笄年也，衡尚孩提耳，梨栗饼饵之属辄乞之于姊，姊不吾靳，以为至乐焉。及衡之出就外傅也，斜阳树杪，散学初归，偶于姊所居碧梧朱樱之下温理熟书，姊宽而母严，课辄早毕而嬉恬遂畅，亦以为至乐也。至姊氏平居，含毫暝写，拈子敲枰，或于月夕花辰低徊吟眺，则及见之而未及省之也。惜哉吾姊，初困于幽忧之心疾，重厄于迫促之天年。衡渐长而姊已病，衡稍有所知而姊竟不吾待矣，非特扬榷今古，评泊艺文之愿不可偿，即藏钩蹴鞠，让枣推梨之乐，亦渺乎不可复得也；

乃欲借寥寥残稿，永芳烈于无涯，当其构想属辞之顷，庸讵知嬉戏于侧之弱弟，即身后理董其集之人，呜呼痛哉！窃于趋庭之暇，闻慈亲偶诵"永夜青灯故人黄土"之断句，未尝不共叹其衰飒可怜，凄婉独绝，唯所作全篇迄未得读，以为缠绵宛约或尽之乎，雄浑矫健其犹未欤。于姊身后翻其遗稿，迥殊所期，始悚然异之。诗稿佚失已多，所存不逮什一，分咏联吟之作又半之。集中自以《落叶》四章为最。抑扬爽朗，在昔所难，不图闺房，乃有此彦。《人间词话》之评温、韦，每于其词句中求之，所谓"余韵寒犹逼绮罗"，姊殆有明确之自审乎。词亦不多而令慢并见，大都秀挺绵密，无愧作手。《莺啼序》和梦窗一阕工力深厚，殆可肩随南宋名家，况乎天假之年，修途自远，未必以此为止境也。《望江南》三首北来后所作，时已感疾，唯未病耳，曩曾见其手稿，墨枯如烬炭，笔弱如游丝，想见吟时之苦楚。姊氏抱高世之才，遭屯邅之象，早年失怙，中岁养疴，荏苒流光，未舒謇謇，而郁郁以终；琴瑟静好之美，儿女燕豫之喜，常妇人所宜有，且泰然不以为异数者，天独吝之于吾姊，抑又何耶？岂才与命固相仿，慧与福固难兼耶？吾未敢遽信，亦不敢遽不信也。

嗟夫，吾姊往矣！人天修梗，日远于尘凡，兰菊徽音，
托之于翰墨，亲懿悲深，常留忆想，亦何裨于百一哉。
区区短书，杂诸茫茫昧昧陈编之下何可必传，幸而传，
影响其微矣。刊而布之，无益之事，未必姊之意也，
然亦后死者之责云。是为序。

祭舅氏墓下文

月日甥某，谨致祭于安巢舅氏之墓下而吊之曰：自公之卒，衡不涉杭州之土，七年于兹矣。下窆之日，不得助执绋，时祭之辰，不得荐苹藻，丁卯之夏，止于上海；然自信其未敢斯须去怀也，明发之初，昏黄之下，辄念吴山而有失，忆圣湖而兴悲焉。今岁以省右台先茔，始展拜于舅氏之墓道，地在龙井烟霞洞之间，盖昔年侍公游赏地也。此谁氏之墓耶？而衡孑然凭吊于其下，岂始念所及哉！"生存华屋处，零落归山丘。"抚今追昔，诚有如羊昙之过西州者。昔年车达城站，距舅家咫尺耳，每虚拟一和煦温厚之梦境，今日湖山无恙，坊市依稀，自顾此身，已为茕茕之客矣。裘葛频更，不履斯土，以不能胜情，故畏之者切。封树肃肃，高垄峨峨，其有知也耶？幽明一轨，非夙心乎，衡固不敢遽信也；

其无知也耶？神人道殊，不亦已乎，衡又不忍终默也。然则如之何而可？然则如之何而可哉！知公之不我听而言之，是不智也；知公之不我听而遂不言之，是不仁也。仁智之间，岂无先后；虽然，区区之诚，夫何足以通神明，衡宁不能自反哉，是以弥可痛已。记曰："至亲无文。"抑犹有进者，传载荀息曰："使死者复生，生者不愧乎其言，则可为信矣。"尝深爱其言，愿以之事公矣。灵而有知，必鉴之矣；灵而无知，则固衡之愚也。哀哉！

一九三三年二月。

赋得早春（为清华年刊作）

"有闲即赋得"，名言也，应制，赋得之一体耳。顷有小闲，虽非三个，拈得早春作成截搭，既勾文债，又以点缀节序排遣有涯，岂非一箭双雕乎？

去冬蒙上海某书局赏给一字之题曰"冬"，并申明专为青年们预备的，——啊呀，了不得！原封原件恭谨地璧还了。听说友人中并有接到别的字的，揣书局老板之意岂将把我配在四季花名，梅兰竹菊乎？

今既无意于"梅兰"，"冬"决计是不写的了。冬天除掉干烤以外，——又不会溜冰，有什么可说的呢？况且节过雨水，虽窗前仍然是残雪，室中依旧有洋炉，再说冬天，不时髦。

六年前的二月曾缀小文名曰《春来》，其开首一引语"假使冬天来了，春天还能远吗？"然则风霜花鸟互为因缘，四序如环，浮生一往。打开窗子说，春只是春，秋只是秋，悲伤作啥呢？

"今天春浅腊侵年，冰雪破春妍，东风有讯无人见，露微意柳际花边，寒夜纵长，孤衾易暖，钟鼓渐清圆"，闲雅出之，而弦外微音动人惆怅。过了新年，人人就都得着一种温柔秘密的消息，也不知从哪儿得着的，要写它出来，也怕不容易吧。

"饭店门前摆粥摊"。前数年始来清华园，做客于西院友家。其时迤西一带尚少西洋中古式的建筑物，一望夷旷，惬于行散，虽疏林衰草，淡日小风，而春绪蕴藉，可人心目，于是不觉感伤起来：

> 骀荡风回枯树林，疏烟微日隔遥岑，
>
> 暮怀欲与沉沉下，知负春前烂缦心。

这又是一年，在北京东城，庭院积雪已久，渐渐只剩靠北窗下的一点点了，有《浣溪沙》之作：

> 昨夜风恬梦不惊，今朝初日上帘旌，半庭残雪映微明。渐觉敝裘堪暖客，却看寒鸟又呼晴，

匆匆春意隔年生。

移居清华后，门外石桥日日经由，等闲视之。有一个早春之晨去等"博士"（bus 的音译）而"博士"不来，闲步小河北岸，作词道：

桥头尽日经行地，桥前便是东流水，初日翠连漪，溶溶去不回。春来依旧矣，春去知何似。花草总芳菲，空枝闻鸟啼。

文士叹老嗟卑，其根柢殆如姑娘们之爱胭脂花粉，同属天长而地久，何时可以"奥伏"（off 的音译），总该在大时代到了之后乎，也难说。就算一来了就"奥伏"，那末还没有来自然不会"奥伏"的，不待言。这简直近乎命定。寻行数墨地检查自己，与昨日之我又有什么不同呢？往好里说，感伤的调子似乎已在那边减退了——不，不曾加多起来，这大概就是中年以来第二件成绩了。

不大懂人事的小孩子，在成人的眼中自另有一种看法：是爱惜？感慨惆怅？都不对！简直是痛苦。如果他能够忠实地表示这难表示的痛苦，也许碰巧可以做出很像样的作物的。但说他的感觉就是那孩子自己的呢，谁信，问他自己肯不肯信？

把这"早春"移往人世间的一切，这就叫"前夜"。记得儿时，姊姊嫁后初归，那时正是大热，我在床上，直欢喜得睡不着。今日已如隔世。憧憬的欢欣大约也同似水的流年是一样的吧。

诸君在这总算过得去的环境里读了四年的书，有几位是时常见面的，一旦卷起书包，惋惜着说要走了，让我说话，岂可辞乎？人之一生，梦跟着梦。虽然夹书包上学堂的梦是残了，而在一脚踏到社会上这一点看，未必不是另外一个梦的起头，未必不是一杯满满的酒，那就好好地喝去吧。究竟滋味怎样，冷暖自知，何待别人说，我也正不配说话哩，只好请诸君多担待点罢。

一九三三年二月二十二日。

癸酉年南归日记

二十二年九月九日晨六时半，别父母启程。七时十五分开车占两"上铺"，同室缪老八十余岁，彼后移至邻室。过津后始来一客，乃津盛锡福帽庄派至上海赛会者，人颇朴实。车上遇半农、叔平。下午室内颇闷热，殊无聊。五时余抵德州，散步月台。晚餐甚饱。十一时余抵泰安，住铁路宾馆，出站即达。管事者李蕙如君，前年在秣陵曾一晤，故招待甚好。宾馆布置极完善，予及莹环久儿均得快浴，一洗风尘之困，晚睡亦佳。

十日游泰山，雇篮舆三，七时半由宾馆东北行至岱宗坊，入登岳大道，岱宗坊者其名耳，只见党人标语，并无岱宗二字矣。玉皇阁关庙俱略勾留，关庙之古柏葱翠鲜明，荫覆庭院，压垣蔽街，宜曰柏棚，以配陶

267

厂之"松"。以看柏，小坐始发，垣上有"汉柏第一"四字。自此以上，无甚耽搁。斗母宫徘徊即出，经石峪遥望而已。柏洞约长三里，步行片刻，有北京之中央公园及香山意味，名洞似尚不称，曰弄曰巷曰街始佳。山形渐高，天色阴阴，渐有寒意。润民眩晕不适。在中天门午食稍憩，前山坳有朱阙，似市场之顽意儿，即南天门也。其下磴道如悬梯。上御帐坪，云步桥观瀑。更上为对松山，翠润姿幻，如入画图。雨点渐密，寒风振衣，直上南天门，有"紧十八慢十八"之说，磴道峻密，两崖高耸，攀跻久之，始登天门，饮热水休息。叩碧霞宫，登玉皇顶。山固高寒，加以风雨，遂不可久留，在岱顶徘徊片刻，虽云气迷离，而群山拱揖，觉"一览众山小"已尽岱之神理矣。上山约六小时，而下山未及其半，于二时半动身，四时半已在坦途，仍小憩云步桥石亭中，从原路下山，如温书理曲，亦颇有味。穿岱宗坊，入泰安北门至岱庙。庙有城垣谯楼，其地极大，据云方三里，现则市肆罗列，如北京之东西两庙矣。至天贶殿柱作惨蓝色，见之太息。以不开门不得观壁画，攀棂一视而已。殿极巨大，如北京太和殿，想见当年之伟。出观唐槐，则大半已枯，仅一枝荣。

返馆舍已逾五时，拟作日记，检点《泰山小史》而骇，即余顷在庙中以为汉柏者，非也，急雇车重往，导游之车夫犹知说"汉家"，晚霞正媚，畅观四株，以清时石刻较之不差，赞叹而去。汉柏谨严老当，唐槐魁梧奇伟，岱庙故物仅此耳。返寓晚食，午夜仍登三〇一次车南行，承泰安站长拍电定房，故得占一室，亦旅中之适也。睡颇好。

十一日醒已抵徐州。下午三时余抵浦口，以新建轮渡未毕工，仍乘澄平轮渡江，直待至五时二十五分，车始东行，云意浓甚，窗外密雨。至无锡时，仍淙淙不止，冒雨下车，住无锡饭店，房价不昂而嘈杂颇甚，彻夜人声直接晓市，在他处仅见也。天极闷热，赤膊卧席上，重入夏矣。睡不佳。

十二日晨起，自至码头雇得舣风船，游太湖边。其舟用橹，略领水乡之趣。穿城河行，过蠡桥后，渐入清旷，出五里湖后，眼界顿宽。舟人指点蠡园梅园独山等处，径泊鼋头渚，时已近午，登岸游览苦热，亭台数处布置均佳。断崖插水，刻"包孕吴越"四大字。在舟中午饭。对渡小箕山，食未竟已到，广厅临湖，略堪凭眺。移泊梅园，以天热路不甚近，未入园纵览，拟赶乘六时余车赴苏。舟入城河后，河路拥挤，不得已在莲蓉桥下船，与环相失，寻觅良久不得，至返旅舍始遇，而赶车已不及，无聊之至，饮冰吃饭，消磨时刻。过八时后赴站待车，又值大雨，冒雨过悬桥。此行辄遇雨，殊属不巧。抵苏十一时许，赴铁路饭店时，仍雷电交作，幸未雨耳。

十三日环不适，竟日闷居斗室中，至晚始勉强入城看三姊，晚饭后始返寓。环睡不佳，对付略得朦胧。是日心绪颇劣。

十四日晨九时在新雅仙吃虾仁饺子，赴车站接珣妹。才入站车便到，偕返寓。下午同入城先至老宅，予作引导，至三姊处畅谈，至晚始行。姊自治肴馔可口，亦新添本事。发杭京信各一，睡着颇迟。

十五日起亦早，乘马车偕游虎丘，后至西园观五百罗汉，似较在灵隐者尤巨伟。留园池水浓碧，语润儿以"绿净不可唾"之谛。一亭临水，两老树荫之，景致绝佳，小坐始行，绕园中一匝，归已逾午未午食，以晨在冷香阁吃面已饱。小睡醒来，珣已留条入城先去，将改寓焉。至观前转至姊家，在松鹤楼叫菜四色至彼处吃晚饭。

十六日偕环至护龙街郑燕生医处诊视，郑年已六十余，前曾在马医科寓诊病，看得颇细，处方亦妥，吴下医家中之老辈矣。至幽兰巷，谒二姨母，出，至金太史场。下午偕姊至老宅，吾辈游息此屋尚在十八年前，十八年中未曾同到矣。由后门出，至城隍庙前今改名景德路矣。入郡庙瞻仰，予亦是初次。与环珣同步观前，在屠鸿兴刻牙铺前与彼等分路，在良利堂打药一剂，至护龙街为珣挂号，郑医处求诊者多，须隔日挂号也。仍晚饭后返寓，拟后日赴沪。

　　十七日十时入城至姊处，宝积寺访旧，塔倪巷近在咫尺，僧无识我者矣。忆儿时所见金刚似大于今日，无语徘徊而出。下午约王啸緱表叔及二姨母游怡园，三姊亦勉往一游，此园树石池沼均佳，结构谨严似尚胜寒碧，赏玩移时，始各散去，独登北寺塔，生长吴下十六年中未一往，今始如愿。塔九级十八梯，登临一望，全郡在目，吴地人稠，故向南极目，唯见万瓦如鳞。西方则见虎丘塔及群山，北则田野，东则水光浮动，云系洋澄湖。下塔更至大殿一观三世佛，极巨伟，尚未毕工。北寺建自孙吴，云三吴首刹。晚饭后，姊辗转觅得一吹笛人翁松龄来（富郎中巷二十三号），灯前小聚，唱曲如下：《折柳》（平环）、《思凡》（珣）、《学堂游园》（瑛环）、《拾画》（平），曲终人散，忘却天涯萍絮矣。实则重会之期至近亦在来年，此夕固可思也。返舍已近十时，得娴致珣书。

十八日挈久儿赴幽兰巷祝二姨母寿，并晤麟兄，至姊处告别，约勾留一小时始行，门前登车有惜别意。至寓，饭后珣促行，即以马车二赴车站，待一小时车开。今日又雨甚，自发京师后行辄遇雨，可异也。二时二十分抵上海北站，约有人接而未见，冒雨雇汽车良久始得，抵娴寓，已三时半矣。派去相迓者并未接着也。雨甚兼风，彻夜不休。

十九日沪市有水在日升楼一带，报亦未送来。雨渐止。下午访徐孟乾姊丈于外滩十八号稽核所，返寓五时半。娴约赴大光明观《凤求凰》，此院新开不久，设备殊佳，片则平平。又邀至麦瑞晚餐，街市"年红"触处皆是，较往年又多矣。晚治衣上墨水迹，十一时半睡。

二十日上午环珣去购物。下午访圣陶于兆丰路开明书店并晤伯祥丏尊。在圣寓吃晚饭，座间有徐调孚、章锡琛诸君。饭后雇汽车返寓。

二十一日上午偕环在南京路购物，午后小眠，浴。以娴珣昨均不适，五时半偕环至北站接许二妹七弟准点到，谈至十二时睡。

二十二日写三姊信，午后邀许七至大千世界"仙霓社"看《荆钗记》及《折柳》，做得不见佳。牙根肿颇剧，觅一医割之，良已，牙疾已逾一星期矣。本想请伯祥、圣陶在杏花楼吃晚饭，乃被伯祥做了东去，可笑也。同在马路上闲步吃冰，后在电车站分手，十一时半睡。

二十三日晨四妹属为其翁作贺联。许昂若兄来。今日天阴雨。下午环及七弟久儿去听昆剧，余因昨日戏不佳未往，又去看牙，一搽药水而已。在福禄寿饮冰而归。环等尚未返。晚环患腹痛，早眠。十时睡。

二十四日拟明日赴杭，发陈葆珊快信。下午至大千世界看《偷诗》后，环等去理发，予返寓。二三四妹拟购物而尚未行，遂偕至永安。予先至福禄寿，环等已在。是晚予约小食，饭后偕环珣娴久儿又往观昆剧，适值倾盆大雨，抵场《楼会》已过，看《宋十回》《活捉》致佳，娴深誉之。时环珣已先归，并未得见。

二十五日晨八时半起，环等改下午行，予仍早行，天又雨，此次出行盖无不遇雨也。九时十五分车开，车中只吸烟二支，闲坐而已。十一时三刻在嘉兴站下车，葆珊及其妇均来接，寓香花桥亚东旅店，与葆珊别五六年，欢然道故旧，渠已六十，须发尚黑。天阴雨，未出舍，而逆旅主人郑启澄君来，约在楼上唱曲。后雨略止，又约游鸳鸯湖，以小舟渡，烟雨楼品茗，云水迷离，树石苍润，不愧此名，昏暝始返。郑君待客殷至，约在全永泰酒家吃酒后，仍返舍唱曲，散已逾九时。是日竟日未离曲与笛，亦旅游中一快。郑虽业商贾，却纯朴爽直，并于曲有深嗜，其遇葆珊亦甚善。客去后校《认子》工谱，春间失去后心常不足，重过故书，殊可喜也。十时余睡，尚好。

二十六日七时起，葆珊来，仍在楼上拍曲，并有一蒋君。郑邀午食，饭后即行，待良久始开。葆珊送我车站。今日天又阴雨，近午车开，一时三刻抵杭城站，径赴昂若处。因竟日雨，不能出门，间与许七拍曲耳。住湖滨八弄许宅之邻屋，屋相毗连，来往尚便，晚睡颇早。

二十七日雨止，偕环至花牌楼访劳组云表弟。在湖滨小坐。下午天色转阴，偕环珣娴润民雇船下湖，至湖楼，广化寺访体圆和尚，已作住持矣。绕至法公埠，天又雨，至安巢夕佳厂小坐，昔葬稚翠，小碣顷不存矣。

归舟雨甚，抵寓万家灯火。

二十八日晴，以汽车至灵隐，登北高峰。午搭公车返，往返便捷，迥异往年。同游四人如昨。下午小睡，晚外姑宴客，予在昂若室中坐谈。

二十九日在湖滨第六公园小坐，下午以肩舆至南山谒外祖父母舅父墓，舅氏墓在杨梅岭下，偕环小立，怅恻久之。旋敬展右台祖茔。在法相寺后樟亭暂息，挈润儿观樟树，其夭矫奇伟之姿，不让泰安之唐槐而葱翠过之。归至大世界间壁王万兴晚饭，约珣来同吃，醉饱而归。是日许二妹伉俪来杭。

三十日下午至湖楼访申石伽，未值，搭划子而归。在冠生园晚饭。理发。是日二姨母王麟伯来杭，与麟兄谈。午夜许六夫妇来杭。睡甚迟。

十月一日午前偕麟伯散步湖边，以舟至葛荫山庄，在楼外楼吃醋鱼莼菜，其结果又麟伯做东。至湖楼访石伽，并晤其友刘君，搭公共汽车至灵隐，憩韬光径，山色泉声，四遭竹树，固胜地也。以麟拟赶晚车行，故即返寓。晚刘厚丞娴挈三小儿来杭。饭后昂约唱曲，俞振飞吹笛，予仅度《折柳》"寄生草"一曲耳。

二日枕上闻雨声，中午雨止。午后三时偕许氏全家至葛荫山庄，为外姑绷寿，备有大世界之杂耍，山庄遍悬寿言，布置甚妥。晚啸猴丈徐绷章表弟来杭。月色晴朗，未得玩赏，只偕啸丈在西陵小立俄顷耳。睡已午夜。

三日上午十一时至葛荫山庄，祝外姑六秩寿。午后照相。下午又微雨。日戏以《群英会》为较佳。晚戏章叔三舅之《醉酒》颇有工夫，但亦尚生疏。俞振飞之《奇双会》自多昆小生味，惜配角不称耳。以《乌龙院》为劣。散戏已晨二时半，归寓入睡，近四时矣。

四日癸酉年中秋节，天阴晦有雨，今日葛荫山庄宾客公祝。傍晚去，偕娴厚吃冰后雇车往，备有戏法，戏法开场有杭音滑稽对话，颇有"狂言"味，特逊其朴雅耳，然仍富乡土风。入席时唱昆曲。悠扬可听。予歌《拾画》一支。饭后又唱曲，歌《惊梦》《折柳》。是夜归寓略早，而入睡仍迟。

五日下午有游九溪者，予未往。天微雨，以人力车经白堤苏堤而迄虎跑。沿途景色致佳，入虎跑后，林泉尤佳，在滴翠岩下品泉，池底四角各置一碗，备游人以铜子抛掷，碗之四周皆铜元而中独空，盖颇不易中，亦寺中一种收入。予等掷皆不中，环一掷中之。

归途沿南山行，约略已绕湖一周，仍吃冰而归。晚李君约在王万兴饭，为与娴赌一东道而负。故邀同人享之，菜甚丰，饱而归。是夜早睡。

六日环小不适，下午二姨母挈久游湖去，予访组云于其寓，并与其弟组安偕游吴山，计不到此十余年矣，在四景园吃著名之蓑衣饼，坐对钱塘，望过江山色青翠层层，偶有帆船。窗前一桂方花，颇足流连。略参观庙宇，下大井巷而归。是日许氏姊妹兄弟至杨梅岭顺游九溪，环未往。八时后，雨。

七日阴雨，以划子游三潭印月，予及许七未登岸，坐舟中傍岸而行。至月下老人祠，昔年所见题壁曾载《燕知草》者，尚依稀可辨，惜已残缺。兹为补录，其已缺者空之。

蝴蝶交飞江上春，花开缓缓唤归人。至今越国如花女，荡桨南湖学拜神。入门先见并头莲，池上鸳鸯不羡仙。那得仙翁唤明月，年年夜夜照人圆。多情对月仙能醉，恰遇林逋放鹤□。手种孤山梅百本，何如□□□□□。西子含颦望五湖，苏台鹿迹混青芜。香云一舸随风去，为问当年事

有无。丁巳仲秋

（题名漫漶）

相隔又十余年矣。同游者均求签，予则否，曰卜以决疑，不疑何卜。在壁角题同游姓名一行。至自然居饭。安巢桂花正繁，登安吟楼有怀舅氏，环怆然涕下。夕佳厂小坐即返。因昂兄夫妇约在寓吃蟹，晚未出游。

八日外姑命观潮，同游者十五人又二小孩，分乘汽车三，中国旅行社代办，每车价二十六元，近十时半出发，沿路竹林如弄，约十许里，道路平坦。过海宁城外而抵八堡，已将正午。在看台上大嚼携去之面包火腿。是日为八月十九，一时半潮始至，只数尺耳，唯形势似较昔岁在海宁所看者略好，以此地眼界开阔耳。距杭一百有八里，看二潮到后，即就归途，在竹径下车，厚为摄影。返寓后又偕作湖上游，值密雨，望坚匏别墅未登，厚娴自去，天色已暝，船篷渗濡，衣履沾灞，登放鹤亭避雨，藕粉稀薄难吃。至新新旅馆，待在坚匏别墅登岸者，久之始至，聚餐而返，易小舟为汽车矣，为雨故。拟明日公宴昂若。

九日以同人迟眠者多，致游事辄始于日晡。今日许六约作上午之游，同行者其小姨钱女士，过旅行社见有明日游富春江之举，即购票，价六元，本拟游江干云栖，因此变计，以人力车行。游招贤寺，岳王庙。玉泉观鱼，并览珍珠细雨二泉，正值晴空，细雨弥佳。昔游清涟，未曾注意及之。绕栖霞山背至黄龙洞，路不甚好走，黄龙洞昔荒废，是以客圣湖六年未得一游，今则轮奂之美甲于北山矣。游黄龙洞，（天龙洞？）与卧云洞，下坡向道士觅食，延入客堂，前有桂花，后有芭蕉喷水，极宏敞，款以肉丝面。是日逢戊，道家有戊不朝真之说，大殿上一碑示之。步游紫云洞金鼓间。金鼓殊局促，亦聊补昔年之缺耳。循宝石山下返寓，同人正拟作晚游，环应劳宅之宴亦初返，即偕行，在坚匏别墅门口停车，呼厚丞夫妇，而娴独下，厚不得行，遂至灵隐，此次盖三游矣。吃馄饨，登大殿。更偕游江干，循六桥而南，江上暮色渐苍然矣。归途为四妹觅失去之帽，余等一车复折回灵隐。大殿上正作晚课，取帽及卷烟而返。晚公宴昂若夫妇于宴宾楼，主人十二。是日闻有求签于猗园者，谈言微中，洵不愧月老矣。

十日晨五时起，六时到旅行社，同游者仍如昨日，以公车至三郎庙，码头极修整，不须踏长跳板矣。乘振川轮至桐庐，六元之票为普通位，亦甚整洁，然眺望不畅。后上舱面，眼界顿宽。七时开船，溯江而上，正午抵桐君山下，在此换民船，以小汽舟江平号拖带之，方舟而行。舱中黑而闷，船头多人拥挤，又值晴日当空，颇苦烦热。近七里泷始佳，行不久即泊钓台下，其台与西台对峙，颇高峻。入严先生祠，许六登西台，予不能从也。及人返船，已逾三时，径转舵下水。七里泷之胜始于钓台，今由此转船，大有正看长卷快意忽被人夺却之憾，曰留不尽之兴为重来之券，则亦未可必也。在船头顾盼江山，清雄如画，此地先曾祖昔年屡经，且有卜居之意，迄未果。今匆忙投帖，山灵笑人矣。抵桐庐已五时许，振川号尚未来，闲步街市，在李裕顺吃面，楼面临江，眼界亦好。桐君山下水有一处忽清绝，与江水异，想是别浦。六时后船开，以江黑无月，止可兀坐室中，喷烟吃零食而已。十时一刻抵码头，三刻返寓。此次时间经济均省，唯不甚畅。睡逾午夜。

十一日上午偕环至清河坊一带购物，食于青年会，情形尚与前仿佛。四时三刻从二姨母至湖上，在俞楼晤石伽，刘君以一书见惠。舟出西泠而归。一时睡。雨。

十二日天阴，有时略透晴色，拟明日成行。上午申石伽刘东明来访。下午在旅行社购票，浦口轮渡尚无确期，偕许氏姊妹访茹香，未值，晤其夫人，至商品陈列所购物。晚昂宴同人，聚丰园菜，颇好。明日珣妹约作西溪游，亦忙里偷闲矣。十二时睡。

　　十三日九时余游西溪，先至松木场搬两舟行，芦荻尚紫，柿实已丹，沿溪有清旷致。至茭芦厂，重省旧题，有己未年舅氏题名及一九二一年予偕佩弦题名，兹为重题而去，食于秋雪庵，食物是带去的。更拟游花坞，以时促，匆匆返舟，四时余返寓。六时至城站，珣及厚丞相送。许六七赴南京亦同行，车中颇不寂寞。十一时抵上海北站，以行李须转票，又忙碌一番始定。上沪宁车，各得一座，有时尚可假眠。苏州无锡等处均朦胧过之。

　　十四日醒来抵镇江。许六七去下关，予等八时渡江至浦口待车，二小时始来，得一室颇舒适。十一时车北行，午食后即小眠，补偿昨日之困。晚八时余抵徐州即睡，颇好，稍凉耳。

　　十五日七时抵济南而起，下午四时半抵津总站，下车闲步街市，在新陆春吃饭。复进站待车，车到只一分钟即行，以未脱车为幸。晚八时四十八分抵前门，两亲饬人来迓，抵寓安吉。北方终较南方气候稍凉。

一九三三年九月九日至十月十五日作。

进　城

公共汽车于下午五时半进城去。

圆明园是些土堆，以外，西山黯然而紫，上面有淡薄橙色的晕，含着一轮寒日。初冬，北地天短，夕阳如箭，可是车儿一拐，才背转它，眼前就是黄昏了。

海甸镇这样的冷落，又这样的小，归齐只有两条街似的，一走就要完。过了黄庄，汽车开到三十里上下，原野闪旋，列树退却，村舍出没，……谁理会呢，不跑得够了，瞅得腻了吗？谁特意向车窗伸眼呢。这些零星的干黄惨绿也逐渐混融在不分片段、灰色的薄霭之中。

才上车时，大家谈笑，车行渐远渐远，摩托和皮轮切地的噪响无情无理地絮叨着，觉得说话也费劲吧，慢慢的都少开口了。（若有女洋人在车上，那算是例外。）

快啦，稳稳地坐着吧。

电灯刺眼，略略的一动，关厢便到了。高亮桥也算古迹，使人气短。行路的穿起厚棉袄。城门张着圆嘴，待吞汽车。就凋零的丽谯，当面黑影兀立，倒是蛮高蛮大的。进城已在晚上，可惜我忘却它的名字，它的往事了，并忘却了曾留给我一屑屑的感触。它只是这么一个有房子、有街道的方方的城圈而已。

车门砰的开合，搭客就少了几个，到近终点，照例只剩下二三，并不定是知己。有时节只剩下一个我，一个开车的，一个跟车的。我就机器般下了车，辫着，拎着那包袱，东张西望的。他们有时顺嘴招呼着，如"慢走""低头"之类，于是不久就有一辆人力车慢慢的拖着一个客人，平安地回去了。

"分明一路无话，也是文章吗？冤人。"原不知是不是。但恁老最圣明，万一而"有话"，那决不外轮胎爆裂，马路抛锚，甚至于一头撞在电线杆上，车仰人翻，再甚至于《水浒传》式的一声大喊，连黄棉袄也会摇摇的，岂不糟了吗？南人谓之吃勿消，北人则曰受不了，我又安得今日之下，寻闲捉空，饴笔扯纸，弄得一塌糊涂哉。

况，无话者有话不曾说之谓也。小说上不常有"一宿无话"吗？

　　　　　　一九三三年十一月二日。

秋荔亭记

　　池馆之在吾家旧矣，吾高祖则有印雪轩，吾曾祖则有茶香室，泽五世则风流宜尽，其若犹未者，偶然耳。何则？仆生猪年，秉鸠之性，既拙于手，又以懒为好，故毕半生不能营一室。弱岁负笈北都，自字直民而号屈斋，其形如衙而短，不屈不斋，时吾妻未来，一日搴予帘而目之，事犹昨日，而尘陋复若在眼。此所谓不登大雅之堂者也。若葺芷缭衡，一嵌字格，初无室也。若古槐，屋诚有之，自昔无槐，今无书矣，吾友玄君一呼之，遂百呼之尔，事别有说。若秋荔亭，则清华园南院之舍也。其次第为七，于南院为编，而余居之，辛壬癸甲，五年不一迁，非好是居也。彼院虽南，吾屋自东，东屋必西向，西向必岁有西风，是不适于冬也，又必日有西阳，是不适于夏也。其南有窗者一室，

秋荔亭也。曰，此蹩脚之洋房，那可亭之而无说，作
《秋荔亭说》。夫古之亭殆非今之亭，如曰泗上亭，是
不会有亭也，传唱旗亭，是不必有亭也，江亭以陶然名，
是不见有亭也。亭之为言停也，观行者担者于亭午时分，
争荫而息其脚，吾生其可不暂且停停耶，吾因之以亭
吾亭。且夫清华今岂尚园哉，安得深责舍下之不亭乎？
吾因之以亭吾亭。亦尝置身焉而语曰："这不是一只纸
叠的苍蝇笼么？"以洋房而如此其小，则上海人之所
谓亭子间也，亭间今宜文士，吾因之以亭吾亭。右说
秋荔亭讫，然而非也，如何而是，将语汝。西有户以
通别室，他皆窗也，门一而窗三之，又尝谓曰，在伏里，
安一藤床于室之中央，洞辟三窗，纳大野之凉，可傲
羲皇，及夫陶渊明。意耳，无其语也，语耳，无是事也。
遇暑必入城，一也。山妻怕冷，开窗一扇，中宵辄呼
絮，奈何尽辟三窗以窘之乎，二也。然而自此左右相亭，
竟无一不似亭，亭之为亭，于是乎大定。春秋亦多佳日，
斜阳明灭，移动于方棂间，尽风情荔态于其中者影也，
吾二人辄偎枕睨之而笑，或相唤残梦看之。小儿以之
代上学之钟，天阴则大迷惘，作喃喃语不休。若侵晨
即寤，初阳徐透玻璃，尚如玫瑰，而粉墙清浅，雨过

天青，觉飞霞梳裹，犹多尘凡想耳。薜荔曲环亭，春饶活意，红新绿嫩；盛夏当窗而暗，几席生寒碧；秋晚饱霜，萧萧飒飒，锦绣飘零，古艳至莫名其宝；冬最寥寂，略可负暄耳。四时皆可，而人道宜秋，聊以秋专荔，以荔颜亭。东窗下一长案，嫁时物也，今十余年矣。谚曰，"好女勿穿嫁时衣"，妻至今用之勿衰，其面有横裂，积久渐巨，呼匠氏锯一木掩之，不鬃不漆，而茶痕墨沈复往往而有。此案盖亲见吾伏之之日少，拍之之日多也，性殆不可强耳。曾倩友人天行为治一玺曰，"秋荔亭拍曲"，楷而不篆。石骨嫩而鬼斧铦，崩一棱若数黍，山鬼胶之，坚如旧，于是更得全其为玺矣。以"曲谈"为"随笔"、"丛钞"之续，此亦遥远之事，若在今日，吾友偶读深闺之梦而笑，则亦足矣，是为记。甲戌清明，即一九三四年之民族扫墓日。

一九三四年四月五日。

人力车

妻说："近来人力车夫的气分似乎不如从前了。"虽曾在《呓语》中（《杂拌》二末页）说过那样的话，而迄现在，我是主张有人力车的。千年前的儒生已知道肩舆的非人道，而千年以后，我还要来拥护人力车，不特年光倒流，简直江河日下了。这一部二十五史真有不知从何说起之苦。

原来不乘人力车的，未必都在地上走，乘自行车怕人说是"车匪"，马车早已没落，干脆，买汽车。这不但舒服阔绰，又得文明之誉，何乐不为？反之乘人力车的，一、比上不足，不够阔气，二、不知道时间经济，二、博得视人如畜的骂名，何苦？然则舍人用汽者，势也，其不舍人而用汽者，有志未逮也。全国若大若小布尔乔亚于民国二十四年元旦，一律改乘一九三五年式的美国汽车，可谓堂而皇之，猗欤盛哉，富强计日而待也，然而惨矣。

就乘者言之，以中夏有尽之膏腴塞四夷无穷之欲壑，亡国也就算了，加紧亡之胡为？其亦不可以已乎？此不可解者一也。夫囊中之钱一耳，非有恩怨亲疏于其间也，以付外汇则累千万而不稍颦其眉，稍颦其眉，则"寒伧"矣，不"摩登"矣。以付本国苦力，则个十位之铜元且或红其脸，何其颠倒乃尔？其悖谬乃尔？此不可解者二也。

就拉者言之，牛马信苦，何如沟壑？果然未必即填，而跃跃作欲填之势。假如由一二人而数十百人，而千万人，而人人，皆新其车，为"流线"，为"雨点"，……则另外一些人，沟壑虽暂时恕不，而异日或代之以法场，这也算他有自由么？这也算伊懂人道么？其不可解者三也。

我们西洋是没有轿子人力车的。洋车呼之何？则东洋车之缩短也，即我大日本何如你支那车多。故洋车者中国之车也，汽车者洋车也，必颠倒其名实，其不可解得四也。

古人唯知服牛乘马，以人作畜，本不为也，荆公之言犹行古之道也。然古今异宜，斯仁暴异矣。又今之慕古者能有几人，还是"外国人吃鸡蛋所以兄弟也吃鸡蛋"这句话在那边作怪。情钟势耀，忍俊不禁，彼且以为文野之别决于一言也，斯固难以理喻耳。

我主张有人力车，免得满街皆"汽"而举国为奴，犹之我主张有鸦片，以免得你再去改吃白面。

若尽驱拉车的返诸农工，何间然哉，而吾人坐自制的蹩脚汽车，连镳比轸，动地惊天，招摇而过市，其乐也又甚大。想望太平，形诸寤寐，俟河之清，人寿几何。数十寒暑已得其半，则吾生之终于不见，又一前定之局也。

人力车夫的气分渐渐恶劣，许是真的，我想起妻今晨这一句说话。

一九三四年国庆后二日。

古槐梦遇（一百则选二十二）

梦醒之间，偶有所遇，遇则记之，初不辨醒耶梦耶，异日追寻，恐自己且茫茫然也，留作灯谜看耳。

古槐者不必其地也，姑曰古槐耳。

一

革命党日少，侦缉队日多，后来所有的革命党都变为侦缉队了。可是革命党的文件呢，队中人语，"于我们大有用处"。

一九三一年九月二十八日。

二

"宗教何在？""暗室中的灯，黑夜里的闪电。""灯不会得灭吗？""但宇宙之间，光不灭。"

一六

忍耐着罢。假如你的名字的纸灰，一旦竟也被旋风刮到半天云里去，那你岂不更加寂寞杀了。

一九

站起来是做人的时候，趴下去是做狗的时候，躺着是做诗的时候。

二〇

《牡丹亭》是《诗经》的注脚。道德五千言至今不曾有此际遇。诀的传不传是一原因，虽然才不才也同样是真的。我一非老友，二非小徒，何得喝声道"蒙茶骗饭"。这字不便移在纸上。阙疑则人己俱益，且属得体也。

二一

春分大雪后，寒严，终夜昏沉，窝中瑟缩，忽耳旁有轹釜声，怪之，醒而闻啼鸟。寒冷遮不住春的路。

三〇

以醒为梦，梦将不醒；以梦为醒，梦亦不醒。

三六　短　剧

一人来访，谈言款洽，良久始曰："我想请赵先生作画。""但我和赵先生不很熟。""呀——我是说请先生作画。""你方才不是说要请赵先生吗？""我以为先生姓赵呢。""我不姓赵。"默然久之。"那末，是张？""王？""李？"客三问，主人之首三摇。客大窘作欲溜状。主人曰："慢着！你知道我姓什么？""我倒不知道。""那我也不知道。"——幕

四〇

黑夜行舟，灯火迷离，已失了足，遂不知此身在舟中，还是上了岸，于万无可证明中，忽得一证曰，在床上。

四三

以淡墨皴出轮廓，徐徐填之，凡笔也。好文章开首，才浓墨数点耳。

四四

未有金圣叹，人不知有《西厢记》；有了"圣叹西厢"，人但知有金圣叹，不知《西厢》如故也。实并不知有金圣叹也。或问，如何而两知之？则曰读耳。读矣，犹不知，则又如何？则曰再读耳。再三读终不知，始告以于《荀子·劝学篇》中求之。再问是哪一句？则曰："与你说不得，你只是不知道中间的一个。"

四八

觉得有写出一大部绝丽的文章的把握，至少有如《红楼梦》，但是没有写。

五六

长巷逶迤，见家家户户玉雪成堆，唯以一墙之隔，只见花头耳。心悦今年春好，行吟得二句，醒渐忘却，补为一章："岁岁桃溪雪，家家梨雨寒，粉墙擎玉盖，步步仰头看。"

六一

假如有一班学生，全体一致反对那教员，那教员还想用戒方去打其中任何一个学生的手心，你道准是不成吧，但我猜是准成。有戒方是一，每次只打一个是二。

七五

住北京近二十年，听人家在说北平好，自愧勿知，无已，曰路耳。路长得好，不平得也好（臭油路多没意思），例如自舍中去西直门辄一小时，半是人力车拖得慢之功，一半是路实在远得可以。在这么长而不平的路上老是走，使人无奈得只好忍耐。胡同半芜，马路尽悲，其长与不平又相若。以外没有什么了，除非天清。方春多尘沙，而今年夏秋北京又多雨，据说把老家里的黄梅天整个搬了过来。照这样说，归而包锥只有一种好处。可不是吗？雨天的北京街道，那才真真叫作糟糕呢，恁想，叫我如何不忍耐。（此句套某博士，自注。）

七七

耐得寂寞为学道之始基，（读如为学日益，为道日损。）然及其稍进，亦有不甚寂寞处。"遥遥沮溺心，千载乃相关"，斯又何待耦耕耶。

八〇

史地我不懂事，也知道重要，老想把许多史地的书先是一本归一本拆开来。洗牌般搅匀了，重新装订好，然后一本一本地读下去。再把他们一起拆开，搅匀，重装，读之如前。这是多么有意思的事情，可惜我不研究史地。不知者将必以为幽默，由他，由他。

八一

去日之我可忆，然而已去矣，来日之我可思，然而未来也。未去之前已来之后，似有一点曰我，然而毕竟也是没有的，至多一种姿态而已，抓而已。故曰，一点本无也。来者去者，既两下无凭矣，非去非来，其中更那得有凭，故曰："人间事事不堪凭，但除却无凭两字。"颇想借花献佛而又不敢，还是我不注他，他来注我罢。

八七

知难。吾生也有涯，而知也无涯，故知难也。然而不如辨伪知之难。知之为知之，不知为不知，是知也，知不难矣。不知为知之，是不知也，知于是始难。伪者何？疑似之间，甚似而非也。然而犹不如辨伪知之方来者之难。夫物之成者，其去者也，多而勿多，辨之可，不辨亦可，辨得出是谓"所作已办"，辨不出只好算了。而彼方来之伪是新生之业，有无穷之多，辨之不得，不辨亦不得也，知终难矣。岂仅以有涯之生逐无涯之知哉，且直以有限之精神历无形影海之风波也。难也不难？若夫视行之难否，语出经传，词连党国，故不具论。

九一

"人心唯危，道心唯微。"危字微字是豆蔻年时，一鬘五百万，两髪千万余也。平旦之气是不甚多，况梏亡之欤！听五更鸡叫了，顾轻尘皭露之身，亦须待回车而后恸哭乎？"世上无如人欲险，几人到此误平生"，"一失足成千古恨，再回头已百年身"，虽念得烂熟的了，譬如特意付之唱叹，不又要感慨系之么？

九二

文章之境有四焉。何谓四境？明清厚远。明斯清，清斯厚，厚斯远矣。再问，曰辞达谓之明，意纯谓之清，意胜辞曰厚，韵胜意曰远。出于何书？三问，不答。

一〇一　后记

得师友之手迹可谓遇矣，奈何饶舌？容毕一语可乎？《古槐梦遇》百之九十九出于伪造也，非遇亦非梦，伪在何处，读者审之。

一九三四年秋晚。

这鬼!

日前过苦雨斋，周先生说他觉得鬼是会再来的，有些人不很以为然。我听罢，默然。顷读十二月十三日北平《晨报》，标题曰，"可歌可泣赛金花，蛰居在陋巷，恒以关盼盼自况，宫样眉儿还留着青春的遗迹"，真够味儿。其中之一段：

她继续说："先生你别看我自己的命苦，但我却'旺夫'，我正月嫁洪先生，五月洪先生便钦命出使到德国去。我记得那时我是一个花枝样青春美貌的少妇，披着孔雀毛的围巾，穿着二十四条飘带的六幅湘绫裙，每条带都悬住一个小银铃，走起路来银铃钉铛地响得雅致有趣，而且还要斯斯文文的小步小步走，铃声便应着拍节响动，走快了铃声便乱，那就失体统了。还有那双宫鞋的后跟，镂成凹形的花样，里面藏着布包的粉，在那打扫得一尘不染在恭候我光临宏丽的大厅上，步履过处，厅上留下一个一个的鞋底粉花印，真是步步生花，那是多么华贵啊！欧洲人对于我的服装和仪态，是向来赞不绝口的……"

关于赛金花本人我不想说什么，对于已经被命运玩弄够了的人，大家再想出花头去玩弄，也没有什么可说的。但这段文章可真怪，好像在哪儿看过的。呀，想起来了，请看。

王太太道："沈妈，你料想也知道我是见过大事的，不比别人。想着起初到王府上，才满了月，就替大女儿送亲，送到孙乡绅家。那孙乡绅家三间大敞厅，点了百枝大蜡烛，摆着糖斗糖仙，'吃一看二眼观三'的席，戏子细吹细打，把我迎了进去。孙家老太太戴着凤冠，穿着霞帔，把我奉在上席中间，脸朝下坐了。我头上戴着黄豆大珍珠的拖挂，把脸都遮满了，一边一个丫头拿手替我分开了，才露出嘴来吃他的蜜饯茶。"（《儒林外史》二十六回，亚东本）

记事虽有虚实之异，而口吻却毫无二致。二百年后又出现了么？这鬼！人怎么那么喜欢哄骗他自己，吴敬梓的鬼，地下也唯有苦笑。

《古槐梦遇》拾零

《梦遇》之数已盈百，将出版矣，而书店所不欲，遂致中阁，检点尘箧，其七十及九十九殊未善，兹为改填两则。一九三五年一月记。

七十

与某名人点烟卷，火柴久熄而予不知也，星星点点，总之不着，殊觉惶恐。他只得自己背转身去把烟点着了。我自己呢，把火柴一划烟头就红，毫不费力也。后来一想，我虽失礼，却不曾对他失礼，梦是私人的。然而鄙人醒时之失礼有时或且远过于梦，此其所以可怪也。

九十九

已返旧居，送客出门，仰面垂檐，椽而不瓦，间见天。及大门，回头看李合肥之匾，其一端已歪下矣，心想裁缝摊也该请走了。马医长巷，春水覆之，积寸许，荇藻空明，不知客如何去也。人去无憀稍为延伫，垂发立门口之滋味，还可念耳，梦觉怅然，以小诗二首寄吴下之阿姊。

不道归来鬓有丝，夕阳如旧也堪悲。门阑春水琉璃滑，犹忆前尘立少时。

豆瓣黄杨厄闰年，盆栽今日出聊檐。北人携去绒花子，萼绿苔梅许并肩。

对对子(《秋荔亭随笔》之八)

幼年不学诗。唯令属对。对有三四五七字之分，由三而渐展至七，亦课蒙之成规也。其先皆由两大人自课，其课本则吾母手抄。至光绪戊申，则附入塾中日程内。最初想尚不时倩人，继而师知余拙，每出一对，辄先自为之。若余对不出，则师径以其所预储者填入"课本"中，遂作为今日课毕而放学矣。近来虽仍须理书，对却不再对，以吾母固不知此中之弊端也。如"海棠无香"，余实不知所以对，师则曰，"山药不苦"。以"海棠"对"山药"甚工，虽至今日，余无以易也，而况当年乎。久之渐为两大人所知，约在庚戌之年，又复归内庭督课，而余遂无复书房中之优游矣。然吾父所出，余勉为幼稚之作，非若彼"海棠"者，故余亦渐喜之，亦颇有数句为两亲二姊所赏。余于作诗无所爱，若曰有之，此其是欤。入京师已十六岁，而其不解为诗则依然故我。寻书房对对，当颇有可资谈笑者，惜与竹马年光同为烟梦耳。一日，师出上联曰，"绿珠江上月"，绿，颜色，珠，珍宝"绿珠"美人名，而"绿珠江"又为地名。余当然照例对不出，而一听之吾师，以为吾师必将有以对付之如往日，而孰知其不然。师竟无以对，盖亦漫云尔，初不知"绿珠江"有如此之麻烦也。故至今课本中犹留出一行空白，偶然一见殆不殊昨日，然已匆匆阅三十年矣。顷阅淮阳百一居士《壶天录》卷上，有下列文字，"江宁贡院自癸酉科藩司梅公小岩提调院事，运水入闸，高屋建瓴，凿壁穿泉，免挑运之苦，受汲引之福，一生注水烹茶，拈'茶烹凿壁泉'五字，揣对久不属，良久大呼，五百年前已天造地设一对，明人笔记中不有'烟锁池塘柳'一句乎，五行各备。合号啧啧称赞，以为得未曾有云。"然则"绿珠江上月"即幸而有偶，当亦在五百年之后矣。

《三槐》序

舍下无槐（洋槐不算），而今三之。曰"古槐书屋"，
自昔勿槐，今无书。屋固有之，然弃而不居者又五年，
值归省，乍一顾其尘封耳。庭中有树，居其半，荫及
门；而宜近远之见，本胡同人呼以"大山"，不知其为
榆也，亦不知其为俞也。大树密阴，差堪享受，则知
堂师之言尔。榆也，谓之槐，其理由是不说。长忆垂
发读《左传》，至"不能辨菽麦故不可立"而为之一吓，
直不暇替古人担忧，盖自己先不得了也。然则今日触
槐而招笑，非独事理之宜，抑近谶矣。榆则有钱，槐
有钱乎？固未之前闻也，是辨菽麦难而辨槐榆易也，是
不辨菽麦者不必不辨槐榆也，而竟若终不能辨，则其中
乌得无天！又谁知畴昔之戏言，点点花飞在眼，而又
过之耶！此譬如大英阿丽思小姐之本不想为媚步儿而

忽然变为猪小儿也。"孤始愿不及此，虽及此，岂非天乎"，疑其兄平居之言而周子述之也。不然，记人之失也。且夫三槐者，高门积善之征也，小生不姓王，彼三榆出何典哉？大槐者梦邻也，曰"古榆梦遇""榆屋梦寻"则不词矣。不典不词，其为世所哂将弥甚于今也，其为凡猥不又将下于此日万万也。与其为猪，无宁为媚步，此固不必伫待通人之教者也。何况伦敦之酒不曰榆痕，则吾人解嘲之具，且方兴而未有艾，绰绰乎其有容也，泛泛乎未有所止也，譬彼舟流，不知所届已，且稍容与而序吾书。夫《三槐》个别之义既各有说矣，不书不槐不古之屋而师友同说之，彬矣郁矣，难复请矣，而《三槐》之所以为三槐者，唯虚耳，于是乎序。

二十三年除夕前三日。

罢课休课停课

月之二十五日，各校学生以"援绥"事罢课，此亦应节文字，非愚所欲申论。读翌日各新闻，则曰"休课"，旋于其又翌日改称停课。夫休是停，而停亦罢也。罢课，休课，停课，于文义似无别，然蒙窃有疑焉。疑彼秉笔诸公深明春秋大义，于定哀之间辞多微隐也。不然，何不用通行之语而辄变其文耶？

中国何国，言人人殊，或曰民治之国，或曰专制之国，或曰党国，皆非也，文字之国耳，既曰文字之国，则无往而非文字矣；既无往而非文字，则欲恃以与人之坚甲利兵抗，难矣。窃以为欲救中国，当莫先于废文字矣，而或者犹汲汲于使民众识字且视同救国之阶梯，蒙所未喻也。纵尽化全国之士为我辈之身，其无救于国甚明，直促其亡耳，而其亡必愈急，又不待夫菁蔡也。《诗》曰，"毋教猱升木，

309

如涂涂附",愿为今之谈教育者进一言焉。

及伏读国立北京大学本月二十六日布告之文,则又见有"罢课"字样是不乖夫名实,又中公文律令,忝属母校,与有荣施焉。虽然,报章文字既均为一字之褒,则文告之独仍故语,不稍假借,反似贬斥然,当非吾校主者之意,殆蒙之过疑耳,疑其所不当疑。彼书新闻者,书文告者,偶尔拈笔,任写一字,而无所容心焉,更何有于褒贬,未可知也,然蒙居实疑之,斯无可如何者也,读者诸君以为然乎?若曰不也,当为君庆,若曰其然,为君惜之,使曩不读书,或竟未识字,岂不安然就过去了。今顾多疑,又被世恼,身丁斯累,无可如何。谚曰:"庸人自扰也",又曰"疑心生暗鬼",殆为余咏也。尝闻仓颉造字而鬼夜哭,彼鬼也,宁有所布,直怜此可怜者耳。

一九三六年十一月二十七日。

夜游妙峰

　　二十五年五月二十六日友人约游妙峰。下午三时半以公车发清华园，四时一刻黑龙潭，三刻北安寨，五时一刻抵昌平县之晶各庄，是为北道。六时以舆西行，斜日衔山。三里车耳营，有圣母殿喜神殿。一里双泉，一名双水泉，渐登山。四里磨镰石河，石刻作牟尼石河，山容回合中见茶棚，遂在磐石上晚餐。天暝见新月。

　　八时复行，三里双龙岭，玻璃为棚，看花灯烛都丽。值有耍钢叉者，在此回香参驾。始秉烛行。自此每站必买烛。四里仙花洞，一名花洞子，记云"崇墉堆雪"而夜黑无所见。是游同行者二十四人，乘肩舆者十，步行者十四，火炬相连，摇曳明灭中觉攀跻渐峻。风来则火星飘堕暗中。

　　又四里抵大峰口，适十时。山高风急多寒，故一名大风口。小憩，食烤馒首蘸糖、稀粥颇佳。自此下坡，下而复上者屡。轿夫争取火把，余一舆独后。四里登磕头岭，一名叩头岭，殆以望见金顶，可遥瞻礼故名。其张设之盛，为北道冠。倦眼朦胧中电灯灿然，香烟浮动。前殿壮丽，院中搭棚，有喇嘛僧放莲花焰口，锣钹笙管俱全，后殿祀大士，尤严饰。下行四里苇子港，今书作贵子港，奉宽《琐记》谓无茶棚，今复有之，想见北道之渐盛也。

上行到顶已二十七日之一时一刻矣。大约上妙峰，舆行不过四小时，今几倍之者，以待步者同到耳。下院客满无止宿地。环勉在廊下支一行床，余则席地卧，江清伉俪效之。同人有携行床者则张之过道檐际，否则不寐，或在院中圆桌子上睡，或作"桥"戏，种种不一，不能详知，真风餐露宿矣。幸天气不冷，夜短即明。余得假寐片时，四时后即醒，人声嘈嘈，不能复睡。

起看山容晓色，复稍憩，偕环购红绒孔翎花各一，"带福还家"，俗例然也。六时三刻启行，从中北道下。昔壬申来游，曾于此道往返。下八里涧沟，上八里妙洼，已近八时，朝旭迎眸，俯临苍莽，眼界颇宽，而茶棚尘陋。迩年香市，以公车至北安窠为便，故中北道最繁，而沿道茶棚反不如北道之精治者，殆以财施有多寡耳。

待良久始行，自此直下，青嶂如屏，盘道如线，而山兜倒行，不能畅观，余最不喜。八里瓜打石，嘈杂甚于妙洼，遂不停。又下行五里至金仙庵，在茶棚又憩息久之。有五虎棍来参驾。朝山之人有步而拜者，有浑身赭衣而匍匐行者均见之。更有贯穿臂肉而悬香炉者，此则同游者云见，余未之见也。

近午渐热。一里朝阳院，东向下坡，三里响福观，即响墙，俱不停。四里抵北安窠，已十一时许，待人或不至，觅车又不得，援援久之。后余瞥见跟车人，始终村外大道傍得公车焉。下午一时车开，途遇阵雨，于二时一刻抵校。适大风，冒风返寓。自晨至此未进食，仅吃一橘耳。

此十二年前旧记也，从日记摘出。其词致简，聊可窥胜游之一二。今则村居寥落，生计凋零，如拈梦华之丛琐，观河上之清明，承平遗韵渺若云烟矣。丁亥寒食识于槐屋。

夜游妙峰

313

读书的意义

古人云："读万卷书，行万里路。"这不仅有关连，是一桩事情的两种看法而已。游历者，活动的书本。读书则曰卧游，山川如指掌，古今如对面，乃广义的游览。现在，因交通工具的方便，走几万里路不算什么，读万卷书的日见其少了。当有种种的原因，最浅显的看法，是读书的动机环境空气无不缺乏。

讲到读书的真意义，于扩充知识以外兼可涵咏性情，修持道德，原不仅为功名富贵做敲门砖。即为功名富贵，依目下的情形，似乎不必定要读书，更无须借光圣经贤传，甚至于愈读书会愈穷，这无怪喜欢读书，懂得怎样读的人一天一天地减少了。读书空气的稀薄，读书种子的稀少，互为因果循环。

现在有一些人，你对他说身心性命则以为迂阔，对他说因果报应则以为荒谬，对他说风花雪月则以为无聊。不错，是迂阔，荒谬，无聊。你试问他，不迂阔，不荒谬，不无聊的是啥？他会有种种漂亮的说法。但你不可过于信他，他只是要钱而已。文言谓之好利。有一个故事，不见得靠得住，只可以算笑话。乾隆帝下江南，在金山寺登高，望见江中大大小小多多少少的船，戏问随銮的纪晓岚，共有几只。这原是难题，拿来开玩笑的，若回答说不知道，那未免煞风景。纪回答得好，臣只见两条船，一条为名，一条为利。在那时，这故事讽刺世情已觉刻露，但现在看来，不免古色古香。意存忠厚，应该对答皇帝道，只有一条船。

好利之心压倒一切，非一朝一夕之故。古人说："不以利为利，以义为利也。"以义为利是遥远的古话。退一步说，以名为利。然名利双收，话虽好听，利必不大。唯有不恤声名的干，以利为利，始专而且厚。道德名誉的观念本多半从书本中来，不恤声名与不好读书亦有相互的关联。

在这一味好利的空气中寻求读书乐，岂不难于上青天，除非我们把两者混合。假如我们能够立一种制度，使天下之俊秀求官位利禄之途必出于读书，近乎从前科举的办法，这或者还有人肯下十载寒窗的苦功，严格说来，这已失却读书的真意义，何况这制度的确立还遥遥无期。

现在有一种情形，这十年以来，说得远一点，二三十年以来都如此，就是国文程度显著的低落，别字广泛的流行着，在各级学校任教的，人人皆知，人人皱眉头痛，认为不大好办的事情。这严重的光景，不仅象征着读书阶级的崩溃，并直接或间接影响到民族的前途，国家的生长。

文字教育好像不算得什么。文字原不过白纸上画黑道，一种形迹而已，但文化却寄托在这形迹上。我们常夸说神州立国几千年，华夏提封数万里，这种时空的超卓并不必由于天赋，实半出于人为，皆先民积久辛勤努力所致，我们应如何欢喜惭愧，却不可有恃无恐。方块字的完整，艰深，固定，虽似妨碍文化知识的普及，亦正于无形之中维护国家的统一与永久。从时间说，我们读古书如《论》《孟》，觉得孔子孟子似乎不太远，而杜工部苏东坡的诗文呢，他们两位活像我们的老前辈，这是方块文字不易变动之力。假如当初完全用音标文字，那不必提周秦两汉，就是唐宋，也就很遥远而隔膜，我们通解先民的情思比较困难，而华夏国本亦因而动摇不安。再从空间说，北自满洲，南迄岭海，虽分南北中三部，细分还有更多的区域，然而中国始终只是一个，譬如说广东话与北京话完全两样，而纸上文字完全一致。我国屡经外夷侵略，或暂被征服，而于风雨飘摇中始终屹立不失者，上面已表过是先民血汗的成绩，而在民族的团结上，文字确也帮忙不少。历史事实俱在，不容易否认的。

所以文字教育的失败，表面上看只是读书种子稀少，一般国文水准低落而已，骨子里已损害民族国家的前途，自非好作危言耸人听闻。废书不读可谓今日之流行病。用功的人难道没有？即有少数人的好学潜修也不足挽回这颓风。即以学校教育而论，听讲的时间每多于自修，而自修课业，有如太史公所谓好学深思心知其意者能有几人？我不敢轻量天下之士，武断地说或者不多吧。如何使人安心向学，对读书感到兴味，似是小事，却是牵连社会生计问题，譬如饿着肚子读书当然不成的，更有关于教育考试铨叙各制度的改革。我们从事教育写作文字的固责无旁贷，但已不仅是个人努力的事，而成为民族复兴国运重光的大业之一支了。

忆清华园谷音社旧事

久羁燕市,岑寂寡欢。昔赵景深兄在沪主编《戏曲》月刊，扶持雅奏，属写谷音社概况。而苦忆零星，不可重拾，譬之商飙起蘋末，履迹俄空焉。而欲以非童稚之心，渐远之年时，追寻其所以迹，事固稍难，意复甚痴也。无奈重违其命，为搜尘箧，勉赘燕词，而此刊旋停。顷《论语》有癖好专号，宠征及余，而寂寞穷居欢惊甚少，姑以此塞责。吾社旧侣各在天涯，或有寓目之缘，以之代缥缈鳞鸿，信编者之惠也。

欲书曲社之缘起，宜先明同人嗜曲之经由。昔既不能悉忆，今亦不可骤得，则仅可言吾一己之经由耳。然仆之事殆无足言者。余妻莹环之学曲，先于余者十六七载，犹在清之季世也，其所习则殊不多。余于乙卯北来，丙辰入学。丁巳秋成婚。偶闻音奏，摹其曲折，终不似也。后得问曲学于吴师瞿安，至己未春（八年四月）师于课外借红楼中教室开一歌曲班，从之者不多，余仅习得南吕宫绣带儿二支，且无是处，引吭发声，颇为特别，妻及许闲若弟常引以为笑也。其后萍踪江海，此调遂久置不弹。至甲子冬日重至京华，在蒋慰堂兄座上，识鸳湖陈延甫君，聘其拍曲。又获缔交于刘凤叔汪棣卿诸耆宿，遂滥竽京中曲社者有年。己巳夏陈君南归。庚午秋移居西郊清华园，癸酉夏（廿二年）集三五同好延何经海君拍曲，历时甚暂，而兴会弥佳，惜何旋病殁，犹忆其最后所授之曲为《双红记青门》也。其时住清校南院七号，即后所谓秋荔亭者是也，闲若方肄业于斯，昕夕为侣。时来游者则浦江清朱佩弦二兄，而朱君之夫人陈竹隐女士则能曲。又以江兄之介，得识汪健君陈盛可二兄，而唐佩金兄及其夫人汪胜之女士则住南院十一号，衡宇可望，时相过从焉。以何身后萧条，募赙送其孥归，是有公启，盖已具谷音社之雏形矣。文见《燕郊集》中，以概见何君之生平焉。

其年仲秋南归，至嘉兴访陈延甫，事见日记，亦存集中。至次年甲戌新正（二十三年），陈遂二次北来，住清校附近，浦唐汪陈及杨文辉兄均从之游。于春夏之交，发议结社，于某日夏晚在工字厅首次公开曲集，乙亥新正十四（二十四年）于同地二集，其时犹未有社之正式组织，而对外已用谷音社名义，以冀稍得学校之补助。二月十三日（廿四年三月十七日）在平寓所开成立会，作首一次同期。用二月十五为花朝之说，定为本社成立之日，以后每用旧历者以此。遂定社约，选职员，以平主其事，并通过同期细则，规模差具焉。其时社员十有四人，后来者二十，共三十四人。中有因事暂时离社者，实际曾在社度曲者二十有四人。

社约，"爱好昆曲者亦得入社"，以校中皆同事同学，又僻居西郊而嗜大调者不多，其限制不得过严也。是谷音社友不尽为曲家，与通常曲社稍异。复有名誉社员之目，以延致不在同地之曲友及校中之提倡昆曲者，凡十人，校外六，校内四。

成立之日即议聘吴瞿安先生为导师，同人校理曲谱每得就正。先生并寄赠手订《桃花扇·哭主》曲谱，于吾社颇致拳拳。二十五年夏余返吴门，晋谒于蒲林巷之百嘉室。先生约余夫妇及吴中曲友数人宴饮小集，其时已缘喉疾不能歌而精神弥健，不谓数年间，关山戎马，遽病殁于云南之大姚，竟不获刍酒之奠，发蒿薤之音，人天缘阻，怅恨如何。

丁丑之夏，社侣云散，延甫亦于次年春南归，社事陈实终始之。其人未多学问而持身朴拙，至饶古意。能剧三百余折，余等所肄习仅三之一而弱。陈于吹笛以外，鼓板金奏尤熟而老，口讲指画原原本本，且于曲文之音读曾有所受，有些殆明清以来三百余年相传之旧读，尤为难得。壬午年闻南中消息，云仍在禾，已老病矣。

据社中记录，甲戌丁丑四年之间，在学校公开曲集凡七次，同期十八次，在公园水榭宴集一次，曲目凡九十三折，以《琵琶记》为最多，得十二折，《长生殿》十折次之，《还灵记》七折又次之。

卢沟变后，南迁社友曾在昆明西山王瞻岩处聚会，到者五人，浦君江清有《沁园春》，其词曰："漫客天涯，如何不归，归又何为。向华山昆水，暂留我住，碧鸡金马，住亦堪悲。惟遣高歌，欣逢旧雨，心逐梁尘相伴飞。忘情处，命玉龙哀笛，着意狂吹。古今多少情痴，想小玉丽娘信有之，叹消魂桥畔，牡丹亭侧，琅玕刻遍，谁会相思。一曲霓裳，凄凉九转，劫后河山满眼非。承平梦，望吴宫燕阙，早感黍离。"

其居北平者仅六七人，全亦意趣阑珊，不再招集同期，曾有四绝句柬谷音同人曰："初按香檀拍未匀，酒边撅笛几辞频，谁知都似开天想，翻作淋铃夜雨新"。"鹤归城郭又如何，未必中年哀乐多。唱得《牡丹亭》一曲，寒花荒草总成窠（记社友谭君李龙语）。""虹桥东望水溅溅，小屋西窗人道边，三五闲纵灯晚聚，撞金伐鼓共喧阗。""自惜芹泥补垒痕，沙虫旷劫久难论。一从渡得桑干后，烟树年年绿蓟门。"

沦陷期间，曲集亦间有之，而谷音不复作矣。余曾有《鹧鸪天》柬许士箴君，其潜盦曲集，余每从之游，亦可见当时之心情矣。"顿老铃调不复闻，马头别调散秋云，独教梁魏风流远，歌咏承平四百春。稀旧赏，倦芳尊，藕丝孔里息闲身。玉龙吹彻寒消未，红药花时又访君。"此词社友汪健君兄以为可作一部昆曲史读也。

一九四六年二月修订稿。

独　语（十三则）

一

惟天为大，惟人为细。天曰天理，人曰人情。以人思天，理必不纯；复以所思之天转思人，则其情不至。故曰，明于天人之分可谓至人矣。不求知天，夫是之谓知天。不求知人，夫是之谓知人。求知者不知。两不相知，知矣。不知而知之，则无不知矣。

二

理者理也。天本无理，其曰理者何也？曰说也。说则竟似有，故曰说也。奈何说？是说也。谁说？曰人说。天说乎？曰不说也。"天何言哉，四时行焉，百物生焉，天何言哉！"此孔子说，非天说也。若天也说"天何言哉"，则是谆谆然命之乎之天，非四时行焉百物生焉之天矣。春花待描而开，秋叶待拂而落，不到四月而天已病矣。"使天地三年而成一叶，则物之有叶者寡矣。"

三

情不知所起而文人多喜言情，理不知所终而腐儒偏欲穷理，如抽刀断水而水更流也，以蠡测海而海有涯也。不言之情所以为情之至者，以情不可言也；不穷乎理而有信焉者，以理之不可终穷也。

四

苦生于乐，乐受其苦。凡言众苦，必以无常为先，岂非微生尽恋人间之乐。口虽不言，心常思之。若曰不思，盖强颜耳。故苦即是乐，乐即是苦，而苦不是乐，乐不是苦。若苦与乐等，则啼笑何分，若苦而不乐，则啼笑不作。是以不喜不惧，陶渊明之空言，子哭之恸，孔夫子之实事。托之空言，似难而亦易，见诸行事，似易而终难。

五

含德之厚比于赤子，何谓也？曰啼笑自然。何谓自然？曰饥而啼，饱则眠耳，梦中笑也。又问"夫大人者不失其赤子之心者也"，诚然乎？曰，我则安知，然孟子之言又岂可尽信。"尽信书则不如无书。"子不读《孟子》乎？寻"不失"二字实发前圣所未发，而后圣有所不能易，无所加焉耳。其另一说曰："求其放心而已矣。"其又一说曰："求则得之，舍则失之。"求亦无得只道物归原主，舍亦无失，还是楚弓楚得。天地之大，人无憾也。凡诸经典，尽为譬喻，虽于章句中见，不当于章句中求。其有见者意诚而辞达也，其无见者根尘识之异，圣哲犹无奈也。人能弘道，众生皆自度。非道弘人，佛不度众生。

六

古代生活是已解释的糟粕，近代生活是未解释的片段。我们对于已往无论如何留恋，总不免有褰裳去之之心，而对于来者，又不知香车系在谁家树也。

七

最好的话是不必向人说。自己失言，他人失人，皆不必也。

八

思终无得，不思无失。不想不错，一想就错。想非不想，实已想了，惟其已想，故曰不想。如经曰："应无所住而生其心。"心生所住，安得言无，若了无住，当亦无心。今既有心，明已住讫。于一切住，即无住境。若万缘俱忘，独字一念心为是矣，然而非也。此心即住，当急离。此心即障，当急扫。此心即成见，当即破。此心何名，名曰盗心，盗贼之盗非道德之道也。盗亦有道也而其为盗自若。

夫读书明理，所恃者万念，不在于一心。读昔贤书，辄为所误。纵谓万法统于一心，终非以一心废却万念也。

观其会通，孔子所谓一贯，胶柱调弦，孟子所谓执一也。孙卿子曰："不知贯，不知变。"夫贯者何也？串头绳也。串头绳虽只是一根，而其所串之物，则盈千累百而未有既也。若径认此串头绳为铜钱，认贼作舅矣，前哲殆不任其咎也。

　　况万法甚大而多也，一心甚细而少也，顾欲以一心通彼万法耶？未必然之数也。欲以之欺人，则人家似乎不来管你这闲事。以之自欺，却自家受用不得，怨谁！兹再设一譬，小儿牵大人衣角游玄妙观，无所见也，彼东则我亦东，彼西则随之而西耳，自得也。那人忽然回头，一点不认识，把手一甩，不顾自去。待此身已为亡羊方始恸哭于歧路，不亦晚乎。以一朝之患为终身之忧亦未免太不值得也。

九

　　夫求古贤之意，当以通心，不当以形迹求。将心比心，古人之心未必非今人之心，以形迹求形迹，则前人之迹决非后人之迹也。后来居上呢，反正也是瞎说，只我辈今日处境之艰难，却远过于古人，事实不可没也。古代文化隆在还够不上玩具，更无所谓悲哀。如发脚跑路，兽之走圹也。及夫服牛乘马，已稍稍衰矣。渐展为朱轮翠盖，八宝香车，便十足的玩意儿相，可是这玩意儿或者还不很大。驯至今日，飞机一只一只白鸭似的在天上飞，这才是地道的玩意儿呢，方可以说悲哀的。此种悲哀的玩具遂大费吾人之思索。譬如骨牌散摆在桌子本无问题，及小儿过来把他们当作瓦片叠成高厦，便有人替这小儿担心会不会"拍拉塔"。其实拍拉塔之后又怎么样，所以这个担心也只算好事，却正难怪。如江草江花亦本无问题，野火烧之使枯，春风吹之使荣，皆自然也，且非一日矣。及夫好事者创为园林，罗致其间，于是草犹芳草，花更名花，即有致其珍重与缠绵者不为过也，至于叹息而流泪当然更是感伤，我们也怪伊不成么？

十

万法无常，本来解脱，故欲求解脱，反为冗赘，虽未足相累，亦不必也。历溯前贤，能辞此类者实鲜。如陶公之赴莲社，引疾遽归，可谓善矣，而设为形影问答，以神释之，良亦未免俗累。"日醉或能忘，将非促龄具"，"立善常所欣，谁当为汝誉"，虽非了语，却中人情，至于"纵浪大化中，不喜亦不惧"，亦姑作是说耳，未可认为真实也。当知人生斯世，忽喜忽惧，所以遣也，若不喜惧，复何聊生。且事到来不自由，欲求平居暇日所谓不喜不惧之境，将渺乎不可得也。陶公达人，当无不解，而其言尚如此，固知风流所被，贤者不免也。

十一

西山真氏曰，渊明之学自经术中来。今按不喜不惧，即《论语》之不忧不惧也，而分是非于其间，非所谓知邻类者也。请引全文：

司马牛问君子。子曰："君子不忧不惧。"曰："不忧不惧，斯谓之君子已乎？"子曰；"内省不疚，夫何忧何惧。"

谨按"内省不疚"，即自反而缩；"夫何忧何惧"，即"虽千万人吾往矣"。直道而行，径情而致，贤者之素心，而大丈夫固当如是也。自与后人之高谈心性不同。不忧不惧与不喜不惧只换得一个字，而意义大差。忧与惧相邻而为一，喜与惧相反而为两端。否定其一犹恒言也；（如小孩子说，我不怕）并去其二，则成戏论，不这样，又不那样，到底怎么样？后之人疑之。况夫子之言固以答司马之问，非漫云尔也。果无忧也，君子奈何有终身之忧？果不惧也，何言临事而惧乎？然则此言也，切中司马氏之疾，聊慰其平昔忧谗畏议之苦耳，非有深义可求，亦非了义所托，与形影神之综论人生者迥别，若相提并论则拟不于伦矣。故知泉明此语并不从经术中来，而西山真氏之言亦非无见，未可执一以概其余也。

十二

倾西江水，不及干鳞，偃鼠饮河，不过满腹，吾生于无水之际为枯鱼宜也，奈何于有水时复为偃鼠耶。量腹节所受，养生之要也。欲以齐夸父之海量，饮耗子于黄河，岂可得乎。爱之欲其生，恶之欲其死，既欲其生，又欲其死，是感也，以死之道欲其生，惑之惑者也。

十三

　　"有酒学仙，无酒学佛。"学仙多忧，浇之以酒；学佛无忧，日食杞菊可也。然无所谓学，只是想到者回事耳。思其难，则戚戚然忧；思其易，释然喜矣。易者何，为吾辈下士说也。自然之死劳生息焉，而学仙者怃然，学佛者悯之，是岂人情耶，其另有一种人情耶？吾不得而知之矣。他生信有，小住为佳，若一暝不返，何必涅槃，则天下事之至易者莫学佛若也。彼痴慧之士，胸中有多少蜃气楼台，一经俗人喝破，自非乞援于杜康不可，此吕纯阳所以三醉岳阳楼也。

新年玩意

——"走马灯"和"牌九"的哑谜儿

《论语》编者来信为新年号索稿，我向来不惯做应节的文字，但感于盛情难却，不得已讲一段灯，一段牌九的故事，也算新年的顽意。虽然在这年头儿，讲起来未免有些那个。且留予哑谜儿等您自己猜一猜。

一

要讲的是走马灯。这灯不是事实上的，却有诗为证。姜白石的《观灯口号》我都喜欢，尤以这一首为最：

纷纷铁马小回旋，幻出曹公大战年。

若使英雄知此事，不教儿女戏灯前。

一个张飞，一个赵云，一个周瑜，一个曹瞒，被半寸长的小蜡烛轰得团团转。宋时人所见实和我们小时候所看见的差不多少，这且不提。这诗有点晦涩，寻思良久，恍然有悟，则未有不拍案惊奇者。

"若使英雄知此事，不教儿女戏灯前。"曹孟德，周公瑾，倘若亲眼看见了把他们的模样儿写入这伶仃可怜相的走马灯儿里，其怅然涕泪，殆属当然。但后世的儿女们要耍笑灯前，固一世之雄，而今安在哉，真奈何不得。说老实的，即使英雄知此事，如何能不教儿女戏灯前呢？这"不教"二字真怪！

虽然，你们要顽，我偏教你们顽不成，这办法在当时不见得就没有，有了也不很难，事到如今未免晚了些儿。就请您设身处地多想一想吧。

二

儿时喜欢押牌九，时在清光绪末年已通行铜元。赢了，一只毛绳织的口袋装得鼓鼓的回房睡觉，很有味。当然，不能输。却也不能没有输的时候。输了，大人总给我几十文，但决不会多，这只宝贝似的口袋便空空如也，或者还有几个铜板在那边晃浪晃浪的作响，虽是孩子的心，亦会有怅然如有所失。

这滋味犹如昨日，而眨眼已四十余年矣。语曰"胜既可欣，败亦可喜"，而我今不然，败仍不喜，胜亦无欣。所以不必"在理"戒赌，而近来对这玩意儿的趣味简直其淡如水，告人以"我爱押牌九"，谁信，偶尔看人家顽这个，应酬一下，依现在的法币下注五百或者一千，寒尘极矣，殊少有见猎心喜之感也。

牌九虽不在我的癖好里，却会见于我的梦。这梦非想非因，然而真实，信不信由你。吓！好一场热闹牌九，黑压压的一屋子人。谁坐庄不要提，他老人家的牌照例扣着的，态度沉吟，非凡幽默。上下两门的牌都已揭开了。上门一张人牌，一张锦屏，十八点。下门一张和牌，一张虎头，十五点。这两门虽也下着注，但都被不知谁何给"吃"到天门去，所以事实上还是空的。

一看天门却了不得，下注密密层层。筹码之外更有现钞支票，是否有金条钻戒夹着馅，则梦境恍惚，心忙记不真，反正够瞧的。有一个人在努力扳牌，一张露着的牌是二四。还有一张，被这二四遮着，因这位先生努力扳着扳着的结果，已露出一大半。一头明明白白并排两个黑点，以外一片空白什么都没有，只剩下一点点的头子了，关系着那些上赌场的先生的运命。您猜猜几点？红还是黑？是张什么牌？输赢当然得给庄家赌。不瞒您说，庄家的牌我原偷着瞅过的，实在不算出色，一张天牌，一张地牌，行话叫作"天地四"。但您想，他会赔这天门吗？

一九四七年岁除写于北平。

为《中外文丛》拟创刊词

国运到了危险的边际,世界的文明亦彷徨于歧路。我们感于当前形势的重大,从现实的视察里提出问题来。这些问题不必都有答案,有答案不必都对,但它们的重要性却不容否认的。因此引起公众的注意和讨论而得到较正确的回答,那当然更有意思了。

再试从根本上想,治乱本诸善恶,善恶先于人心。人好,世界自然好。但人如何能自然会好呢,有时须得同伴们去提醒他,这是"淑世"方法之一。我们何敢以此自期,但凛于"匹夫有责"之义,又不忍缄默;故由衷之言,如实而语,更出之以叮咛,申之以强聒。事功不必为我所成,风气不妨由我而开。

这淑世的流风远溯先秦诸子,所谓"各思以其道易天下"者。以今昔情殊,他们的治术我们或无从沿袭;

又才力不同，他们的造诣我们更望尘莫追；但他们的精神历久弥新，不仅今日我们应学，且我们应当继续的。

依他们的做法，原有两方面：其一得君，得君而行道，是间接的；其一化民，直接的行道；即宋钘尹文的上说下教也。以孔子为喻，周游列国，干谒诸侯，那是"上说"；有三千大弟子七十二贤人，这是"下教"。后之儒者热衷于事君得君，教民之泽微矣。百家之傅若墨翟宋尹者，尤微乎微。此盖环境使之然耳。

但我们的确无君，更无所谓事他与得他。若以民主共和国的领导者权宜地当作君看，那是顶严重的错误。说得诡辩些，民主共和国的"君"应该是"民"。于是，这上说下教原来分别的途径完全合一了。这事实虽很明白，我们却还要提出这"君"字来说，是很有苦心的。今日读书人若尚不能忘情于得君，则必陷于卑下而不自觉，又何行道之有！

我们何如"处士横议"。孔子说："天下有道，则庶人不议。"可见封建之时，无道，庶人也要议，何况处士，又何况共和国的基本法则，天下有道，庶人亦议。"处士横议"依孟子虽非美谈，但在这年头儿，做事说话不带点劲哪儿成。这"横"字的确不坏哩。

横议者无所不谈，它的范围，包括那最传统的，最古老的，最流行的，最时髦的。哪怕大家久认为毫无问题的，我们也许多问一声；大家公认为神圣不可侵的，我们也许碰它一下！若不如此，怎够这横劲儿。

有力才能有劲。力，指什么呢？若指常识，人人应当够的。若指良心，人人没有不够的，不够也没有办法的。若指学问，我们怕不够。但学问本无止境，没有一人自己以为够了的。若自己以为够，即无学问之可言了。

所以这虽很重要，却无法衡量的。要干就干，不要干算了，不必踌躇。一边走着一边瞧，上一回当学一回乖，冒失或者无妨；等着，待着，过于把细，反而会误事的。等毫无错误方才说话，你必将无话可说，等毫无错误方才做事，你必将无事可做。季文子三思而后行，他在踌躇；子曰，再思可矣，说他不必踌躇。

若说人数怕不够，那是实情。但今天人少，不妨明天的多。我们欢迎有人来给我们写文章，只要他认识而同意于上述的心情和态度，写作有完全的自由是不用说的。书店方面把这些文字用活页印出来，使篇章得自为起讫而又可成组，以行于世，不失为很恰当的办法。

旧话重提，"各思以其道易天下"，不可轻读这"各"字，道易天下虽同，其所以易则不必尽同，且或甚不同。辩驳则察理愈明，参校则见事愈的，我们期待着。唯纯朴的意念与诚实而严肃的态度，在我们之间则将毫无二致。

凡著为言文的都是同道，听言说看文章的我们希望渐渐的皆为同道，在广大的民众里，无分作者与读者，同声相应，同气相求，有着工作的快乐来抵偿它的辛苦。我们不愁无路，走着，走着，自然成路。我们又不怕黑暗，光明在前，那是一定的。

一九四七年二月北平。

吃在这个年头

吃的问题，在孩子群中，研究起来最有兴趣：那是因为孩子们对于吃的态度，十分认真之故。朋友 H 君曾和我谈过，记得他小时曾吃过苏州采芝斋的松子糖，以为是天下之至美，仿佛一直没有吃够过。其后久不得吃，想起来还觉得津津有味。大约在十多年之后吧，偶有机缘，又得把该处的松子糖畅吃一顿，觉得其味亦不过尔尔，失望之余，犹如失去了一个亲密的小友。假定糖不会变味的话，那一定是人渐渐地老了，舌头都近于麻木，对于好吃的东西，都感不出亲切的味道了。……不由地引起了一点淡淡的悲哀。我当时听了很觉同情。其后一想，悲哀似可不必，尤其不关舌头的事。大概还是人一年年的大了，遂逐渐高雅起来，不好意思单纯的表示好（去声）吃而已。久而久之，忘却了不好意思的动机，乃愈增加其叹老嗟衰的高雅了。其实呢，大人尽管笑话小孩子，试问"大人果能三日不食"乎？

不必说"大人"，便是"伟人""圣人"只要是人，长了嘴，便人人要吃，天天要吃。普遍是普遍极了；伟大是伟大极了；讨厌呢，也确实讨厌极了。古来不少聪明的人，自然早已有见及此。要打破这种讨厌劲儿，想方设法，不厌其多。辟谷轻身之外，譬如走过屠户的门，便动几下嘴巴，或者画个饼儿看着之类。皆主张以"空吃"为主，所谓精神的安慰是也。甚至于想到"秀色可餐"，直要吃到朱樱翠黛之间的一种美丽的光华，则更觉玲珑剔透，匪夷所思。可惜他们虽主张空吃，却不能根本不提起吃，情之所钟，正在我辈，奈何，奈何。而且"空吃"的调儿一面尽管高唱入云，一面却仍是要一日三餐，老老实实，实实在在地嚼了下去，尤其是无可奈何中之无可奈何者也。

人当徘徊瞻眺于有吃与没吃之间，必无暇再研讨爱吃与不爱吃之雅；然而天下之口，有同嗜焉，好吃的终究是好吃。或者在把窝头撑起了一半胃壁的时候，仍不免要做着一碗清蒸鲥鱼的梦，或一盘炒虾仁的梦，这实在更要不得,简直是"那还了得!"这不是"需要"了,不过是一种"偏好"或"癖嗜",殊有加以矫正的必要。然而忧时之士,似乎也可不必过于担心。这不过是个梦罢了。即令他们把虾仁鲥鱼,甚或樱桃荔枝,组成一个美丽的梦,在"空"中飘浮起来,只要碰着一点强硬的空气,把它碰得粉碎的时候,他一定愕然而止,任何偏嗜,都可消失无踪。就使你再三体贴,再四去垂询他的意见,他一定也是木木然,想都想不起来了。此则以吾家近事,可以为证:

在对虾初上市的时候,不要说吃,看着都颇有过瘾之感的。有一天吾母去买菜,看见对虾,忽然"飘起了美丽的梦";一步步挪到摊子跟前,嗫嚅问价,(买得成否,那是另一问题,梦的现实性,不是专家还没有研究出来吗?)摆摊的尚未答言,突由旁边闯过油晃晃的厨师一名,挺起装满法币的大口袋,伸出巨灵之掌,把我母一推,大声叱曰:"去,去!你买不起,别耽误事儿。"我母逡巡而归,回家一说,美梦一齐打破,全家静默三分钟。阿门!

我生的那一年

《兔爰》诗曰："我生之初，尚无为，我生之后，逢此百罹，尚寐无吡。"诗固甚佳，可惜又被他先做了去。我生在光绪己亥十二月，在西历已入一九〇〇，每自戏语，我是十九世纪末年的人，就是那有名的庚子年。追溯前庚子，正值鸦片战争，后庚子还没来，距今也只有十二个寒暑了。故我生之初恰当这百年中的一个转关，前乎此者，封建帝制神权对近代资本帝国主义尚在作最后的挣扎，自此以后便销声匿迹，除掉宣布全面投降，无复他途了。这古代的机构毁灭了，伴着它的文化加速地崩溃了，不但此，并四亿苍生所托命的邦家也杌陧地动摇着。难道我，恋恋于这封建帝制神权，但似乎不能不惦记这中国（文言只是个"念"字），尤其生在这特别的一年，对这如转烛的兴亡不无甚深的怀感，而古人往矣，异代寂寥，假如还有得可说的，在同时人中间，我又安得逢人而诉。

咱们还来谈谈这拳匪，史乘上的小喜剧，身受者却啼笑俱非，这个年头儿谁还对这义和团有兴味，那才怪。百分之九十九的神话，却有一分的真，值得我们注意的，这排外的心。我不说"排外"一定对，我也不说一定不对，当然更不会说像拳匪这办法对。但排外这事情自有它的真实性，不因其面貌的荒唐而有所消灭。且未必不是民意，虽然我那时候才一岁。不然，当朝的老太后和文武百官们不至于对那"神拳"这样恭而敬之地。民意的可用与否是另一问题。韩非子说过，"民智之不可用犹婴儿之心也"。我刚刚听见咱们北平的街坊口里叨叨，怀念过去的"友邦"，又有人低低告诉我说"人心思汉"。我正在考虑他有无出席国民代表大会的资格。

排外这事情自然会发生的，假如真来欺侮咱们。谁能断言帝国主义者不像这隔壁阿三不曾偷那本来没有的三百两？我记得在这回北平沦陷期间，日本人及其同侪曾再四提出火烧圆明园这一案，来唤起我们对大英帝国的敌忾。我不好说啥。纵说，也不好说他们错。

何以？这是事实。但由他喊"大东亚"喊得口干，咱们对这西洋朋友总特别地亲，真叫人没奈何。谁叫咱们有不念旧恶的泱泱大国之风。

又是闲话幽默，赶快回头傍岸。我并不赞成怀仇报复，若人们的歧视至于相斫，我也不想灭低拳匪的荒谬名声。我却敢明白地说，这抵抗的心不能算错。错在哪里？错在它的过程。最明显的，以方法言，如以符咒避火器，可谓荒谬矣。但视为荒谬之顶点则可，说此谬种后来绝响，则不可。恁未免太性急乐观哩。譬如用关王的大刀、猴子的行者棒来抵御枪炮算错：那以大刀队来抵挡机关枪呢？你怎么说？以机关枪来抵挡原子炸弹呢？你又怎么说？岂非我们今日犹沉溺于此荒谬的巨渊中并不曾自拔，却无端以成败论人去讪笑那大师兄二师兄。此笑无乃近乎多事。有人说，以机关枪打来，我们以机关枪打回去，这不错了吧。却也难说，推而言之，原子弹来，必以原子弹往，你意以为如何？这问题牵涉得太广，题亦太远，不好再拉扯了。

决心的排外，招来了八国联军，以后虽也曾排外，却没有这般大规模的。如清季的抵制美货，现在听这名词，似乎够新鲜。五卅事件的抗英，只昙花一现，连香港九龙的索还，今亦置之度外了。抗日心情虽比较长久点，然亦似疟疾间歇而作，收梢在北平结了个大倭瓜。庚子以前有戊戌年，后有辛亥年，戊戌之于庚子，正反成文，庚子之于辛亥，江河直下。到和议成，赔款定，清社之屋已为定局，只剩时间问题了，辛丑辛亥本相连续也。说清亡于民变，远不如它亡于外患更为的确。戊庚辛三个年头，维新不成即守旧，守旧失败复维新，鏊中翻饼，此后遂有民国，其实民和国都已吃了大亏，这中华民国从头就是三灾八难的。谁都知道，戊戌有清而辛亥无清，但事实上并不如是简单，远比这个重要，不仅关爱新觉罗一姓之兴亡也。也无暇为满洲人暗伤亡国，咱们的眼泪总有地方哭去的。不如说戊戌政变多少还有点自主的力，辛亥革命，于汉族虽为光荣一面倒的局面，我知准有多少同志不大爱听哩。

　　经过庚子辛丑之变，由极端排外斗转而为彻底媚外，也不知九十度呢，还是一百八十度，向着对面点走去的吧。刚在神权夷酋面前爬起，又向帝国主义膝下跌倒。爬起也者还有点儿含蓄，事实上是就地打个滚而已。此即所谓百姓怕官，官怕洋人。这出戏自我堕地以来演到如今没有闲着，虽袍笏朱绯逐场换彩，而剧情一死儿不变，真有点吃勿消哩。洋大人的脸色，或者和蔼了些，（有人说，未必。）官儿们的派头，或更神气活现了，我纵有南亭亭长的笔墨，亦不知这新官场现形记，允许出版么？至于百姓怕官，更一直的原封弗动。看这情形，要官儿不怕洋人大概不很容易，百姓不怕官么，难说。到百姓不怕官又怎么样呢？那真的大时代就到了。是革命，不好听点也就是乱。本来么，咱们不会让百姓们老怕着官么，这办法妙极，我先前为什么倒不曾如此想过呵。

诤 友

> 以能问于不能，以多问于寡，有若无，实若
> 虚……昔者吾友尝从事于斯矣。
>
> ——《论语》

佩弦兄逝世后，我曾写一挽词，寥寥的三十二个字："三益愧君多，讲舍殷勤，独溯流尘悲往事；卅年怜我久，家山寥落，谁捐微力慰人群。"《论语》上的"益者三友，友直，友谅，友多闻"，原是普通不过的典故，我为什么拿它来敷衍呢。但我却不这么想，假如古人的话完全与我所感适合，我又何必另起炉灶？严格地说，凡昨天的事，即今日之典故，我们哪里回避得这许多。

"直""谅"（信）"多闻"这三样看起来似乎多闻最难。今日谓之"切磋学术"。人有多少知识那是一定的，勉

强不来的，急不出的。所以古人说过，"深愧多闻，至于直谅不敢不勉"，言外之意，似乎为多闻之友比做个直而信的朋友更难些。这所谓"尽其在我"，在个人心理上当然应这般想。虽没知识，难道学做个好人还不会么？但那只得了真理的一面。

若从整个的社会看，特别当这年月，直谅之友岂不远较多闻之友为难得，至少我确有这感觉。前文所云"直谅不敢不勉"，乃古人措辞之体耳。因为不如此想，即属自暴自弃了。虽努力巴结，并非真能办到的意思，或竟有点办不到哩。总之，直谅之友胜于多闻之友，而辅仁之谊较如切如磋为更难，所以《论语》上这"三益"的次序，一直，二谅，三多闻，乃黄金浇铸，悬诸国门，一字不可易的。

我们在哪里去找那耿直的朋友，信实的朋友，见多识广的朋友呢？佩弦于我洵无愧矣。我之于他亦能如此否，则九原不作后世无凭，希望如此的，未必就能如此啊。我如何能无惭色，无愧词呢？

以上虽似闲篇，鄙意固已分明，实在不需要更多的叙述。佩弦不必以多闻自居，而毕生在努力去扩展他的知识和趣味，这有他早年的《海阔天空与古今中外》

一文为证（见《我们的六月》，一九二五年）。他说：

　　人生如万花筒，因时地的殊异，变化不穷，我们要能多方面的了解，多方面的感受，多方面的参加，才有真趣可言，……但多方面只是概括的要求，究竟能有若干方面，却因人的才力而异——我们只希望多多益善而已！（页三—四）

　　但是能知道"自己"的小，便是大了，最要紧是在小中求大！长子里的矮子到了矮子中，便是长子了，这便是小中之大。我们要做矮子中的长子，我们要尽其所能地扩大我们自己！（页八）

　　能够"知他"才真有"自知之明"……所知愈多，所接愈广，将"自己"散在天下，渗入事事物物之中看它的大小方圆，看它的轻重疏密，这才可以剖析毫芒地渐渐渐渐地认出"自己"的真面目呀。俗语说："把你烧成了灰，我都认识你！"我们正要这样想：先将这"我"一拳打碎了，碎得成了灰；然后随风飚举，或飘茵席之上，或堕溷厕之中，或落在老鹰的背上，或跳在珊瑚树的梢上，或藏在爱人的鬓边，或沾在关云长的胡子里，……然后再收灰入掌，抟灰成形，自然便须眉毕现，光彩照人，不似初时"浑沌初开"的情景了！所以深的我即在广的我中，而无深的我，广的"我"亦无从立脚，这是不做矮子，也不吹牛的道地老实话，所谓有限的无穷也。（页十一—十一）

　　文作于民国十四年五月，好像一篇宣言，以后他确实照这个做法，直到他最后。（本年七月二十三日，《中建》半月刊在清华工字厅开座谈会，这大概是他出席公开会集的最后一次，也是我和他共同出席的最后一次，他病已很深，还勉强出来，我想还是努力求知的精神在那边发热，他语意深重而风趣至佳，赢得这会场中唯一的笑声（见《中建》半月刊三卷五期）。

　　多闻既无止境，他不肯以此自居，但他确不息地向着这"多闻"恐已成为天下之公言。返观我自己，却始终脱不了孤陋寡闻的窠臼。佩弦昔赠诗云，"终年兀兀仍孤诣"，虽良友过爱之词，实已一语道破，您试想，他能帮助我，我能够帮助他多少呢！再举一个实在的例：《古诗十九首》，我俩都爱读，我有些臆测为他所赞许。他知搜集了许多旧说，允许我利用这些材料。我尝建议二人合编一《古诗说》，他亦欣然，我只写了几个单篇，故迄无成书也。

　　"以文会友，以友辅仁"，虽属老调，而朋友之道八字画之。我只赋得上一句，下一句还没做，恐怕比上句更重要些。辅者夹辅之谓，如芝兰之熏染，玉石之攻错，又云"蓬生麻中不扶而直"，吾今方知友谊之重也。要稍稍做到一些，则尔我之相处必另有一番气象，略拟古之"诤友""畏友"，至少亦心向往之，即前所谓"直谅不敢不勉"也。

诤，大概释为信。信是交友的基本之德，所谓"朋友有信"，但却不必是最高的，或竟是最起码的条件，所谓"人而无信不知其可"，即泛泛之交亦不能须臾离也。所以"信"虽然吃紧，却换了个"谅"字，摆在第二位。第一位只是直。又云，"人之生也直"，又云，"斯民也，三代之所以直道而行也"。这个直啊，却使我为了难。直有时或须面净，我不很习惯，倒不一定为怕得罪人（这顾忌当然有点），总觉得不大好意思。又想着："说亦恐怕无用吧！"自己知道这是一种毛病。佩弦表面上似乎比我圆通些，更谙练世情，似乎更易犯这病，但偏偏不犯，这使我非常惊异而惭愧。人之不相及如此！（恕我套用他的话，他于十三年四月十日的信上说："才之不相及如此！是天之命也夫！"那封信上还有我一点光荣的记录，他说："兄劝弟戒酒，现已可照兄办法，

352

谢谢，勿念！"）

他的性格真应了老话，所谓"和而介，外圆而内方"。这"内方"之德在朋友的立场看来，特别重要。他虚怀接受异己的意见，更乐于成人之美，但非有深知灼见的决不苟同，在几个熟朋友间尤为显明。我作文字以得他看过后再发表，最为放心。例如，去年我拟一期刊的发刊词，一晚在寓集会，朋辈议论纷纷，斟酌字句，最后还取决于他；他说"行了"。又如我的五言长诗，三十四年秋，以原稿寄昆明，蒙他仔细阅读三周。来信节录：

要之此诗自是功力甚深之作，但如三四段办法，在全用五言且多律句之情形下，是否与用参差句法者（如《离骚·金荃》）收效相同，似仍可讨论也。兄尝试如此长篇实为空前，极佩，甚愿多有解人商榷。

后来我抄给叶圣陶兄看，附识曰："此诗评论，以佩公所言为最佳。诗之病盖在深入而不能显出也。"

这些诤议还涉多闻，真的直言，必关行谊。记北平沦陷期间，颇有款门拉稿者，我本无意写作，情面难却，酬以短篇，后来不知怎的，被在昆明的他知道了，他来信劝我不要在此间的刊物上发表文字，原信已找不着了。我复他的信有些含糊，大致说并不想多做，偶尔敷衍而已。他阅后很不满意，于三十二年十一月二十二日又驳回了。此信尚存，他说："前函述兄为杂志作稿事，弟意仍以搁笔为佳。率直之言，千乞谅鉴。"标点中虽无叹号，看这口气，他是急了！非见爱之深，相知之切，能如此乎？当时曾如何的感动我，现在重检遗翰，使我如何的难过，均不待言。我想后来的人，读到这里，也总会得感动的，然则所谓"愧君多"者，原是句不折不扣的老实话。

《中建》编者来索稿，我虽情怀恶劣，心眼迷茫，而谊不可辞，只略叙平素交谊之一端，以为补白。若他的"蓄道德，能文章"，力持正义凛不可犯的精神，贯彻始终以至于没世，则遗文具在，全集待编，当为天下后世见闻之公之实，宁待鄙人之罗缕。且浮夸之辞，为先友平生所怯，今虽邃有人天之隔，余何忍视逝者为已遥，敢以"面谀"酬净友畴昔之意乎！

一九四八年八月二十四日，北平。

无眠爱夜

睡是怪难讲的，假如说"不睡"便容易得多。这个理由很好懂，我们平常说"不什么"照例属负性，说是什么，或不说"不"才是正。但讲起睡来恰好相反。不睡属正面，睡反而是负的。您想睡着了什么都不知道，非负而何？

这种想法也稍有因由的。当我小时候老想注意"怎么样才会睡着了呢？"然而不知怎的，老失败，不是清醒白醒地困弗着，便迷迷糊糊地已经困着了。一瘄（音忽）天亮，叫声啊呀。

又作这般想，睡与梦通，假如说梦，这文章大概也比较好写点。梦虽把捉不定，总有些微的内容也。这个乍头说了做梦，也许无碍吧——虽然我不想谈梦，因为万一碰着了心分析者如弗洛德老爹之徒，梦也不会轻易被饶过的呵，如《古槐梦遇》《槐屋梦寻》,我诚自悔其"少作"也。

睡的特色为空白，为没有内容，有了内容便非纯正的睡。古人说，"至人其寐无梦"，正是这个境界。此境虽高，但须问如何可说？可说的或在它的上下左右，所谓烘云托月，或在它的反面，又岂所谓背面傅粉欤。

睡虽然没的可说的，但不睡您受得了吗？

假如睡成为问题，人对于睡的问题，真够伤脑筋的，而且对它的态度亦非常特别。在一端看来，似乎对它非常的关切，以至于贪得无厌，仿佛越睡得多，得便宜愈多哩。有人把这八小时的睡眠，一死儿咬住不放，缺了一点半点钟的觉，来朝便将以失眠的态度出现，带着一脸严肃沉郁毫不幽默的神情。

眠食常言也，问人好，总说"眠食如何！伏维万福！"但咱们对付这两桩大事，态度却不很同。吃虽够重要的，而我们至少已进步到不至于勉强自己或勉强他人吃的程度，当自己或他人实在吃不下的时候（请客殷勤布菜，劝酒至于吵嘴打架，那算例外），虽然离杨朱还很远很远。

我们对于睡却不然了。勉强他人去睡，固力不从心。但我们的确每天，大约每天在那边暗暗地勉强自己睡，你快睡吧！你快睡吧！诱导之不足继之以逼迫，逼迫之无效乞灵于"蒙汗"。这又是什么道理呢？那"不睡您受得了吗？"

这句话在那边作怪呀。所以与其说贪睡之利，不如说害怕这不睡，尤为的确。

这是一极端。其另一端，虽然抱这意见的究属少数，而真能实行的或仅有绝无其人，但这总不失为人类的古老幻想之一，这样的奢侈而又这样俭省的。试想百年只三万六千天，而古稀之说无端又打了个七扣。长生方剂古今尽多，而成效难期，离"人寿二百年"还差得很哩。其实最简单的延年益寿法便是不睡。以八小时计，当二十四小时的三分之一，质言之一个人假如不睡而能活到一百岁，即等于活了一百三十三岁零四个月。我们实在把好好地光阴白白困斯蒙董里给糟践了。《古诗》云："昼短苦夜长，何不秉烛游。"夜长须秉烛，不言不睡者，岂古人未达一间，乃措辞之微妙也，今语所谓幽默殆近之。

在这睡得愈多愈好，愈少愈妙，两端之间，我们对付它的态度如何的微妙而尴尬，您也可以想象出来了。

夫睡即眠，眠即睡也，我们不常常说睡眠吗？这和睡觉不同，睡与觉对待成文，犹之长短快慢也。但睡眠虽异文同义，如各按上一个"不"字，其义即不尽同，不睡者，不想不需要睡，或者干脆，不睡就是不睡。不眠就是困不着，即失眠的另一种说法。在此二者之间则有无眠。

　　为什么要拉扯上这语文上的顽意呢？这关于我的身边琐事，觉得这无眠两字怪有意思的，曾取作室名"无眠爱夜两当二乐之轩"。因太长了，刻个图章太贵，做斋匾更了不起，而且这样狭长的匾，蜗居也容它不下，只好说说算数。

　　是的，"无眠爱夜"。夜是很好的境界，可惜被我们的眠哩梦哩给耽搁了。睡为何必在晚间呢？我也想不出所以然来，只好说是人的一种习惯或者运命了。在这儿，我想对那些"俾昼作夜"的人们表示敬礼，可惜他们在那时候多半开了烁亮的灯，加倍地活跃着，这好像又差了点。我只想在这黑暗里悄悄地呆着，不睡么？也不。我是想睡的，而且想早点睡，故有句云，"寒夜虽长宜早睡"。但也要睡得着呵。假如眠不着呢，那真不如无眠爱夜了。盖无眠者果然不是一定不要睡，也不是纯粹的睡不着，不知因不要睡而睡不着呢，还不知因睡不着而索性不睡了呢，反正有点像狐狸之于葡萄，又好像小孩子摔了跤就地打个滚。我们生长在夜晚上，您想，我如何能不爱这夜哩？

　　由睡说到夜，已有点添枝添叶了，若再扯上别的，罪过罪过。

　　　　　　　　　　一九四八年六月四日，于北平。

知识分子今天的任务

　　我想继续袁先生（编者按：前一个发言者袁翰青）的话说几句。第一，知识分子的解释。知识分子就是人民里面比较有知识的人，他并不是特殊的人或优越的人，只是比较有知识的人罢了。第二，知识分子的任务，总不能离开岗位，譬如做医生的或教书的工作不同。第三,所谓"今天的任务"当有时代的意义，即所谓"天下兴亡，匹夫有责"，这问题是很严重的。我想了很久，也想不出多少话，今天时间又很宝贵，也不想多说，我只提出两点：

　　知识分子的前身是"士"，士预备升为大夫，是做官的。中国知识分子是从士大夫而来。在封建时代，他们服务的对象是统治阶级和贵族。说得好一点是做清客、军师，说得坏一点是做走狗。在我们这时代要改为为民众服务，这话虽很好听，却很空泛。如何为民众服务呢？在象牙塔中空想着和在十字街头徘徊着，都是没有用的。为民众服务这意思总不错，尽忠于老百姓很好，但尽忠于民众和忠于统治阶级就不一样。例如吹牛拍马，去侍奉统治阶级是很有用的，对民众却用不着。因此现在我们要检讨我们自己的行为态度，看哪些应该改，哪些应该保留。我是很保守的，我觉得古代有许多地方仍然很好，可以保留的，譬如气节，虽然是一种封建的遗留，还是可以保留的。

第二点我想到的是：在过去所谓士大夫有两种情形，一种是散漫、孤立，所谓君子不党；另一种是朋党之争，这两种极端情形都不大好，党争在历史上没有好的例子。古代先贤所提倡的思想，不讲争只讲让，他不曾定下争的规则，礼让不成，必致混乱。现在民主政治离不开政党，而政党的竞争，必须有规则，古书上讲争的道理很少，在《论语》上只有"君子无所争，必也射乎"这一句。党争在中国历史上表现得很坏，正因为不知道守君子之争的规则。知识分子的如何联合，同这个是很有关系的。这是我想到的第二点。

回顾与前瞻

"三十年为一世"，从民八"五四"到现在，时间不为不久，但我们住在北京的人觉得人民无恙，城郭依然，回想起来仿佛如同昨日。每逢"五四"，北京大学的同学们总来要我写点纪念文字，但我往往推托着、延宕着不写，因为我虽曾参加了一点儿的"五四"，却不过一名马前小卒，实在不配谈这光荣的故事。况且过去的已过去了，又有什么可说的呢。

今年却不然了。大大的不同了，非但三十年为一世值得纪念，大时代的确已到了。马前小卒还是马前小卒，或者更小了　些，但挨着这大时代的边缘：仿佛亦很有光彩的，老话所谓"与有荣焉"，这"五四"的精神也在突变的、雄伟无前的革命中发扬光大起来。这是从民八以来最可纪念，最促人民反省的一回。纵我虽不懂什么，也不得不就想到的说一点儿。

民国八年的五月四日，这个青年学生的运动，从表面上看，因为抗争辱国的外交以直接行动打击北府的官僚们，是政治性的，但它的根底却非常广泛，是社会家庭的改革、文化的鼎新、思想的解放等，……简直可以说包罗万象，不过在尖端上作一个政治性的爆发而已。所以这个运动发生在北京以后，立刻风靡全国，展开了如火如荼的阵容。在今年全国大解放以前，这三十年中很少有过这种伟大令人感动的场面，就是民十七的北伐成功，也还差一点。

再说一句，这两个划时代的转变，实只是一桩事情的延长引申，不妨当作一本戏看。这很有点像做截搭题的文章，但我的确如此想的。例如共产思想已在那时萌芽。李守常先生一面做"五四"的斗士，一面又是共产主义的先觉和殉道者。鲁迅先生的《呐喊》也大部分在那时候写的。科学和民主可不是还是那科学和民主？就思想的轮廓上看，新民主主义以至于共产主义，和三十年前的"五四"那时所倡导的没有很大的不同，最重要的在它的实行。"五四"当时气势虽然蓬勃，但不久内部在思想上起了分化作用，外面又遭逢反动残余势力的压迫，这些人们虽然想做，要做、预备做，却一直没有认真干（当然在某一意义上亦已做了一部分），现在被中共同志们艰苦卓绝地给做成了。这大时代之所以大，大在它的实行上。思想领导的正确性当然是根本的，不待言。好比在民国八年五月四日开了一张支票，当时看来很像空头支票，却在三十年后的今天给兑了现，像我在北京约略住了半辈子不曾移动的人，坐着等光明的到来，自然很像奇迹。

但我信"五四"的根本精神以至口号标语等原都很正确的，至少在那时候是这样。如"内除国贼"不就是"反封建"、"惩办战犯"吗？如"外抗强权"不就是"打倒帝国主义"吗？可有一层，这三十年中却几度迷了路途。尤其在这古城的大学里，虽亦年年纪念"五四"，但很像官样文章，有些朋友逐渐冷却了当时的热情，老实说，我也不免如此。甚至于有时候并不能公开热烈地纪念它。新来的同学们对这佳节，想一例感到欣悦和怀慕吧，但既不曾身历其境，总不太亲切，亦是难免的。再说句老实话，近年来各校同学们这些反抗强力，争取光明的活动，已迈过了"五四"的成绩远甚，只是民八的五月正当时代转捩的关键而已。北大的精神只有一个，何必"五四"，又何必不是"五四"。

旧路虽迷，忽然找着了，前景更有新开展，惊喜惭愧的心情如何可言，我们总应当好好地走着吧。也正剩得这"开步走"的问题。革命的前途，犹艰难而遥远。俗语不说吗，"路遥知马力，日久见人心"，唯其艰难，唯其遥远，那才更有意思哩。最所欣幸的，光明在前，咱们从今不怕再迷失路途了。

三十八年五月北平，北京大学。

祝京市文代会

北京是历代的名都，去年十月一日中央人民政府成立，定都北京，这意义是深长重大的。它不但吹响了新生中国的号角，并且充分表现出北京新生的气象和光明的前景。再说，自中共中央移到这儿以来，那时北京虽未改名，事实上已为人民的首都了。在去年七月间开了中华全国文代大会，这是文艺发展史上的崭新纪录，誉为空前毫不夸大。从文代大会中即产生了全国文联，又在它领导下，全国各地已将次第组织区域性的分会。咱们北京既成为人民的首都，说句老话，即"首善之区"，自更应当赶快把本市文联组织起来。所以这次北京市文代会的召开，它的工作原十分明白：第一，集合许多有代表性的文艺工作者，把这大会开好。第二，有效率地把这市文联组织好，更把它以后工作的路线明确地规定了。我相信，有这许多朋友们聚首一堂，必然能够胜利完成的。

为这京市的文代会致祝，却也很有些话好说。咱们中国以往的文艺不能说没有很高的造诣，这无可疑惑的。除当时的进步文艺以外，一般的文艺都是为反动统治阶级服务的，即不想为它服务，至少文艺的果实也被统治阶级的人们抢来吃了，囫囵吞了，糟践了。我常怀着一个妄念，觉得所有货真价实的文艺，没有不是开明的，前进的，为人民的。反过来说，假如它不开明，不前进，不为人民，那必是冒牌。不过却有一层，即为真实的文艺，成分也有种种差别，程度有深浅之别，表现有明暗之异，个性有强弱之分，所以我们必须用马列主义的观点批判地去接受它，一面找出那时代的意义，同时也还他一个本来面目。这工作说来容易，做却很难。虽然很难，但这本账总归是要结的。不然，咱们的新文艺便没有根，也就不容易为工农大众所喜闻乐见。

几千年来封建社会有一公共的格局，即统治阶级跟人民敌对。所以当时文艺工作者要讨好当前的权贵，即不能不歪曲了自己正当立场，向恶势力投降。如果有心申说人民的痛苦，发扬自己的正义感，亦不能不多多少少或明或暗，叛变了这统治阶级。二者必取其一。又是两难，所以他们的心理始终是矛盾的，动摇的，痛苦的。从今以后呵，却直角地拐弯，和以前根本不同了。政府是人民的，人民必须拥护政府。然而旧的观念积得实在够深，形势变化亦太骤，社会上恐怕还有些人不容充分把捉这新观点，这必须用事实和其他种种方法慢慢地去争取。

我们文艺工作者不必再在夹缝里讨生活，自然觉得无限的轻松愉快，可是旧的包袱不太容易抛弃，同时又感到新的肩担非常重大。就算有了正确的观点跟立场，没有工作也是枉然。再从自己的岗位上看，用文字来做媒介要发挥它的普及功能，比依靠声音颜色形状等等特别困难。我们也必须努力去克服它。

我们的文学艺术原是很广大的，有传统的古典文艺，有"五四"以来的欧化新文艺，有解放出来的土生土长的人民文艺。这次北京市文代会的召开，实在要把这三方面都结合起来，进一步指明以后发展的正确方向。代表们，朋友们，这是多么令人感奋的一桩大事。我们应该有信心地预祝它的成功。我生长江南，在北京为侨寓，却不知不觉已过了三十多年，侥幸能参加这个会，不但很快活，而且觉得我也算个北京人了。

一九五〇年五月二十五日。

一年来的感想

中华人民共和国开国已一周年了。一年的光阴很容易过去，对中国的前途却有了划时代的转变，就中国的历史看可以说是空前的。我们生当这伟大的时代，又住在这人民的首都里，照理说来总该有些很清楚的认识了。事实上能够这样么？这变革的幅度建设的规模实在太宏大了，不容易一下子抓住它的全貌。所以即有感想也很凌乱，我们除掉感激得欢欣鼓舞，对自己的工作格外觉着不够以外，还能说什么呢。

一九五〇年应该是很艰难的年头儿，但我们已度过了四分之三，如军事、外交、政治、经济都有很重大的成功，发生过的大事也很多，我直觉地感到三桩事情的意义最为深长。（一）中苏友好同盟互助条约的订立。（二）全国在分区实行土改，又做得这样细密公平。

（三）中国共产党诚意地展开了批评与自我批评，以及最近在各地实行整风。为什么意义深长，原无须我多说的。中国正在逐渐进行着反帝反封建的大业，稳步走向社会主义建设的大道，可谓人人心中事，也是人人共有的感觉了。

我自己的工作岗位在文教方面，在这儿略说我的所感。文教的工作是很难做的。是否顶难做，我不敢说。因为别方面的工作也很巨大很艰难啊，或者更辛苦。话虽如此说，文教工作反正很难，所以困难，自有好些原故，详细讲来，可作长篇文字，我只说我暂时想到的这两点罢了。

第一，中国的人民大众，受了过去统治阶级的压迫，一般的文化水平低，咱们这些人实在也没有多大能耐，所以文教工作的进行只好慢慢儿来，无法使它快。古语说，"十年树木，百年树人"，正是这话了。譬如去年夏天开了全国文代大会，成立了全国文联；今年春天开了北京市文代会，跟着成立北京市文联（现在上海、天津各地也都召开了文代会），我们这些会开得都很好，文联、文协组织得很完善，工作进行得很认真（在我们这儿，尤其是市文联成立以后），有些文艺界的朋友们已实行下乡下厂了。这都可以乐观，使人兴奋。普及第一的指针已被确认了，能做到多少呢，却是一问题。咱们自然应当力戒急躁。这也是急不出来的事情呵。

第二，这里情形比较复杂，不容易摸着头脑。苏州人有句土话叫作"碰着鼻头转弯"，我们的工作就算碰着壁也不容易知道的。即以上举文化普及一例而论，就有"提高"在那边并行着。自然，在普及的基础上提高，这原则性的指示是十分正确的，而事实上并不简单。在目今的阶段里，普及应当先于、重于提高，不成问题，但另一方面想，有时不提高也会妨碍了普及。譬如变戏法老这么一套，说鼓书老这么一段词，提高固然谈不上，但也何尝能够普及呢。陈陈相因，也未必为人民大众所喜闻乐见。所以虽然思想路线必须把握得牢，但技术上的推陈出新也是推行这思想的手段，也是必要的。就以写作而论，难道必须写得雕琢艰深晦涩使人听不懂看不明，才算提高吗？这也不必然的。我感觉到老在理论上形式上打圈子并吃不开，打不通，要紧的是有力量能够干，能够打破这圈子，好比大将在重围中杀出一条血路来。这可不是一个人两个人的事，也不是一朝一夕之功，只好说大家努力吧。

我的意思原很明白的，文艺的下乡下厂，和教育的门向着工农大开，这是一年来文教工作的两桩大事，可说"双管齐下"，也可以说"双喜临门"。在中国文明史上，地道说来是空前，不易恰当形容。在这古老的园地要开出怎样新鲜的花来，也没人能够预测的。再说，从前封建的统治阶级原不断地在老百姓里头（特别是农民）吸收新的分子，抽出新的血液来以补充他的零落的阵线，复活他的枯竭的生命，却跟现在情形无法比拟。从来是要把工农的优秀分子提升为士大夫使他们为统治阶级尽忠服务，现在却直接教育工农，积极诚意地开发民智，直接使人民站起来，这是根本不同的，所以我说这个影响会大得无法形容，也无法预测的。

对于最广义的政治，我也是个外行，但也想稍微说两句话。帝国主义到了末期，便格外凶恶，积极备战，但和平的力量也一天一天地在增大。即以帝国主义的魁首美国而论，在和平宣言上签名的已超过二百万人。拿美国的人口数来比，原不算个很大的数目。我们却不要忘记，这是在反动派、战争贩子们重重压迫下的成绩，比苏联所发表的一亿多的巨大数字，意义上自有不同。我们能够说美国人民不跟咱们一样的热爱和平吗？不能！即以数字而论，较朝鲜战争开始时，四十万人的签名已超过了三倍。所以这危机必须克服，也是一定能够克服的。咱们的中央人民政府正在稳步积极进行建设的工作，咱们要衷心拥护它，更相信它的工作明年后年会做得更好。

一九五〇年九月十六日，北京。

伟大的诗人——屈原

端午节到了。

在这一天，有的人吃粽子，有的地方还划龙船。这到底是怎么回事呢？为什么在这天要吃粽子？要划龙船呢？

一

原来故事是这样的：在二千二百多年以前，那还是在中国所谓战国时代的时候，就出现了一个伟大的诗人——屈原。

战国时候的中国，共有七个强大的国家：秦、楚、齐、韩、魏、燕、赵，这七个国家后来叫作七雄。屈原便是当时南方的楚国人。

他生在楚国一家与楚王同姓的贵族家庭里，不过他们这一支早就没落了，当屈原出生的时候，他的家庭已相当的穷苦，在他二十四五岁的时候，因为他有过人的才能，便被政府看中了，叫他去做"左徒"的官（"左徒"是一个高级文官，用现在的话说，就好比政府的秘书长）。

那时候，野心的秦王正运用阴谋挑拨六国间的关系，想将这六个国家一个一个地灭亡。屈原是个正直、进步、有眼光的政治家，他看穿了秦王的阴谋，因之，他主张联合齐国和其他的国家，共同抵御秦国。他认为只有这样，才能使自己的国家不受秦的压迫，才可以使自己的国家更富强。可是当时朝廷里却有很多奸臣主张亲秦。

当时楚国国王楚怀王，本来对屈原特别信任，所有国家内外的大事，差不多都交给他去办。这一来，那些亲秦的奸臣，可更气得眼红了。有一次，怀王叫屈原起草一部强盛楚国的方案——"宪令"，亲秦的奸臣就借了这个机会，造谣陷害他：说他目无楚王，别有企图。怀王原是个拿不定主意的人，听了这话，就撤掉他原来的官职，叫他去做一个有名无实，可有可无的官。

屈原一失势，奸臣们当了权。秦王表示，只要楚国同齐国绝交，他愿意送六百里土地给楚国。在奸臣们的怂恿下，怀王同意了。但等到楚国真的和齐国绝交以后，秦国马上就不承认这笔账，却说答应赠送楚国的土地只是六里。这一来，怀王大怒，带兵去打秦国。因为失掉了盟国，两次都被秦国打败。从此，楚国的力量，就大大地削弱了。

这时，怀王才又想起屈原，把他重新找回来，并派他到齐国去充当使臣，但不久又疏远了他。没多时，怀王又受了秦国的骗，亲自到秦国去，却被扣留住了。照说，在这个时候，屈原是可以回来，被政府重用，能重新振作一番的。但由于奸臣们在新王面前说他的坏话，所以尽管屈原作了不屈不挠的斗争，并得到一部分人的拥护，但最后依然被赶到大江以南的陵阳去。

以后，秦国屡次来攻打楚国，楚国连打败仗，国势更弱了。屈原眼看到这种情形，真是悲愤万分，他在写下不少伟大的诗篇后，终于在夏历的五月五日投在汨罗江里自杀了。他生在纪元前三四〇年，死在纪元前二七八年，死的时候，已是六十二岁的老人了。

后来的人，为了纪念他，就在这天包粽子，并把粽子投到河里去，据说是为着喂河里的蛟龙，要它们吃粽子，而不要吃屈原的尸体。赛龙船这个仪式，则据说是为了救屈原而开头的。从这里，也可见人民对于他的同情和热爱了。

二

屈原为什么自杀呢？这是由于他的理想和楚国当时的现实相差得太远，因而不能不使他失望。他和一般奸臣，如靳尚、南后郑袖等，作了不屈不挠的斗争。他希望能把祖国治理得更好；可是奸臣们却随时随地在陷害他，造谣言来中伤他，使得他的计划、理想都不能实现。加之，怀王的昏聩糊涂，听信了奸臣们的话，这样，楚国终被秦国灭亡了。你说，屈原怎能不悲愤呢！

其次，他虽和楚王是同姓，是一个贵族，但由于他出世的时候，家里已经相当的穷苦，因之，他对老百姓的疾苦，也是知道的。他对于人民有深厚的同情。

这样，他一方面忠于君王，爱他自己的国家，一方面又同情老百姓的疾苦，于是他的对内对外的政治措施也就比较进步，这也就是那些代表贵族利益的奸臣们恨他切骨，一定要陷害他的原因。

三

屈原被放逐以后，用悲愤的心情写下的诗，现在都包括在《楚辞》一书中。其中公认是屈原做的，有《离骚》《天问》《九歌》《九章》，以及《招魂》等。

《离骚》是一篇自叙体的长诗，从他自己的生长、家世讲起，说到他的政治主张和当时的政治斗争。这篇诗，有的地方还保留着宗教的色彩。但值得注意的，是在这篇诗里，已有不少地方，歌唱出老百姓的苦痛了，这可以算是屈原的代表作。

从《天问》一篇里，可以看出屈原大胆怀疑和追求真理的精神。从开天辟地以来，一直问到他自己，把他对于宗教信仰上的、神话传说上的、历史记载上的以及人生道德上的各种各样的怀疑，都痛痛快快地表示出来。

《九歌》共有十一章，这些诗是屈原吸收了民间的艺术，加工写成的极美的抒情诗歌，这些诗，是为着当时祭神用的。

《九章》一共有九篇，有的是写他被放逐的悲愤的心情，有的是写他被放逐后对于祖国的怀念，有的是记述他在旅途的情况，有的是叙述国破家亡的情感。其中有一篇叫着《惜往日》的，那便是他自杀以前写的最后一首诗。而《招魂》一篇，则是为追悼楚怀王而写的，因为怀王被骗到秦国之后，后来就死在秦国了。

以上是将屈原的作品，从内容上简单介绍了一些。撇开内容不谈，单从形式上说，他的这些诗，也打破了以前四字一句的格律。他的诗没有字数的限制，有长有短，而且大都运用了当时人民的口语。这种诗歌形式上的革命，给后来的诗带来了很大的影响。

四

两千多年以前，就出现了像屈原这样伟大的诗人，这是多么值得骄傲的事呢。我们年年来纪念他，不正是应该的事吗？

今年的五月五日，是他逝世的二千二百三十周年纪念日。同时，世界和平理事会所决定今年举行的国际四大文化名人纪念，其中之一，就是屈原（其他三个人，一个是法国作家拉伯雷；一个是波兰天文学家哥白尼；一个是古巴作家、民族独立运动领袖何塞·马蒂）。因之，趁这个机会，把他介绍给大家，就特别有意义了。

学习宪法草案的感想

中华人民共和国宪法草案公布了，六万万人欢腾鼓舞着，这真是天大的喜事。经过全国人民代表大会通过以后，这将成为中国有史以来第一部人民的宪法。我荣幸地曾参加中国人民政治协商会议所组织的宪法草案初稿座谈会，很早就得到认识它、研究它的机会，愿意谈一谈我自己学习的感想。

我初步认识了真正的民主。我不是学政治法律的，对于资本主义国家的代议制度那一套所知本来很少。一九一一年辛亥革命，我不过十一二岁，到一九一九年"五四"运动，不过十八九岁，那时所憧憬的是资本主义革命的口号："平等自由"。大家嚷嚷着的"德先生"，他的全名便叫"德摩克拉西"。从这名称里，也就看出了当时一般的知识分子、青年学生的倾向。虽然那时俄国的十月革命已震动了全世界，马克思列宁主义的研讨和实践已在中国的土地上萌芽了，对我个人说来还是比较生疏的。

宪法草案初稿的座谈会，每星期都有两次，地点离我住处很近，携带着文件去开会，仿佛儿时夹着书包上学一般，心里非常高兴。这是真的学习。会上充满了"畅所欲言"的民主精神，而所学习的，不是别的，乃是即将在全国人民代表大会上讨论通过的国家的根本大法，像我这样对政治社会的知识向来很浅的人，得益自然特别的多。

不但学习文件而已，大家还充分讨论，提出意见来，以备宪法起草委员会的参考。这就我来说，极兴奋，极感动。自己惭愧，实在懂得太少了。像我这样懂得很少的人也来参加宪法草案的讨论，事情虽似微沤般的渺小，但从意义上说，却像沧海一般，非常深长的。翻开历史，几时有过呵！

在我们这小组里，同志们大都是文艺工作者，对于法制不怎么内行。但会场上做到了"知无不言，言无不尽"，说对了固然好，说错了也没人笑话。大家都努力地学习和钻研。

　　中华人民共和国宪法草案是马克思列宁主义和中国历史的发展及最近的实在情况高度的结合；它巩固了中国人民革命已经取得的伟大成绩，并为新中国更伟大的建设和全国人民过渡到社会主义社会指出了明确的方向。它是中国近代革命的宏伟的一篇史诗。它只有一百多条，这样的简单明了，而对于中国的政治、法律、经济、文化却无所不包，对于兄弟民族、妇女、青年、儿童，也无不照顾，真所谓"巨细不遗，毫发无憾"的了。那真是一首史诗。

　　虽然依我们看来，这般的完美了，但是中央人民政府还广泛地在全国范围内征集大家的意见，预备将来提交全国人民代表大会讨论，使它更加完善，使它成为六万万人民的集体创作。像这样彻底民主的宪法，在中国历史上是空前未有的；它在国际上也是非常有意义的一件大事，因为它也给了世界和平人类以莫大的鼓舞。

漫谈百家争鸣

党所提出的"百家争鸣"的方针，思想性很强，比以前的"百花齐放"更进了一层；也因为这样，社会上对于这方针的理解较多分歧。咱们不是以马克思列宁主义做我们的指导思想吗？怎么又要百家争鸣起来？这回听到毛主席在扩大的最高国务会议上的讲话，我得益处很多，非常兴奋。

首先必须承认在社会主义的社会有矛盾存在着，而且是发展中应该有的现象。认清楚这点，对我们会有好处。这些矛盾主要在人民内部；解决这些矛盾，必须明辨是非，以"理"来说服人，不用"力"来压服人。"百家争鸣"这个方针，不仅为发见真理，发展科学的重要途径，也是在社会主义社会建设过程中，知识分子和广大人民改造思想的中心环节。

关于"百家争鸣"，我以为不必，也不应当在文学上兜圈子。"百花齐放"，"百家争鸣"，都不过是一种比喻。拿花儿来比方文艺是很显明的。"百家争鸣"，似稍不同，其实也是一样。"百家争鸣"的原义指所谓"处士横议"。战国时期思想情形相当的混乱，跟我们的时代显然两样。毛主席的讲话里也说，不止百家，可能有一千家，根本上又只有两家。从这里看出"百家"云云显然是个比方。"争鸣"也不应仅从文字看。有些做科学研究的埋头苦干，能够不说他在争鸣？

咬文嚼字总归没有很多的意义，我们必须看这句话的实质。寻求真理为什么要走这"百家争鸣"的道路？马克思列宁等的经典著作在那里，我们照着它说，照着它做，不就是符合了真理吗？像这类的看法已先认了真理是永恒的、不变的。这是不合于辩证唯物论和马克思列宁主义的。俗语说："真金不怕火来烧。"真理也因经过辩论争执而愈加明白。世上哪有害怕批评的真理！依我的看法，"百家争鸣"的提出，不仅为了应付当前的需要，而是建设社会主义社会的百年大计，意义十分重大，我们不要先去限制它，提出若干清规戒律来，怕它会出乱子。"百花齐放"中可能有毒草，"百家争鸣"里可能有人乱嚷胡说。但是否要防患于未然呢？我想，不必。即使有了错误，通过批评和自我批评，也能得到及时和适当的纠正。

说起批评来，我过去还有一个想法可以一谈。既然叫"百家争鸣"，批评家当然是百家之一，还应该是很重要的一家。但批评家之所以为家，跟其他诸家稍有不同。当然没有不让他叫的道理。但批评这一家，假如鸣得响彻云霄，那就会把其他各家的声音一起压下去，结果依然一家在那边独唱，不是"百家争鸣"了。批评家在这情形下应保持怎样一个尺度才对？最近听了毛主席的讲话：从团结的愿望出发，经过批评斗争，得到进一步的团结。指示得十分明确，就把上面所提问题圆满地解决了。

我们需用积极的行动来响应这正确的号召，不必畏缩地顾虑到自己是否像朵鲜花，或者配不配称为专家。

谈谈古为今用

中国古代专门搞理论批评的很少，批评家差不多都是创作家，他们自己懂得创作的甘苦，因而也知道别人的甘苦。例如刘勰的《文心雕龙》，它不但是很好的理论批评，而且本身就是很好的文章。又如刘知几的《史通》，是史学的重要著作，文采虽然不及《文心雕龙》，文字也是很讲究的。创作和理论批评相结合很重要，这样才能抓着痒处，有说服力量；这样，将更有利于百家争鸣。当然，专门的理论批评也决不可废。

怎样古为今用，怎样把古代文艺和理论的遗产运用在今天的创作研究工作上，这的确是一个很复杂的问题。"五四"时代全盘否定古典文学遗产，斥之为"选学妖孽，桐城谬种"，把过去和现在割断，这自然是不对的，但当时之所以这样做，也有它的进步意义。

运用古典文艺遗产，也有困难。有些古典文艺的技巧，我看对现代文学不能完全适用，例如古典文艺理论很强调炼字，这是有传统的。对白话文来说，并非没有意义，但白话以流利通畅为主，怎样使它和"凝练"相结合，这是一个问题。

文言和口语的差别是古来就有的。《论语》上说："子所雅言，诗书执礼，皆雅言也。"可见孔夫子讲学、行礼，用的是雅言，平时可能说山东土话。所谓雅言就是比较凝练的语言，或者也就是后来的文言。因"文"、"白"的区分，就使古代文学与现代文学发生了一种距离。如何跨过这条鸿沟，是解决古为今用问题的一个环节。

现在我们的诗歌是用白话写的，如采用旧诗的方法来炼字，就会变成半文不白的东西。我觉得，散文传统、戏剧传统还比较容易为我们所接受，诗歌传统就比较难一些。但工作做得也很不够。原来中国诗歌从唐杜甫以来就开了一条新路，通向白话。这条线没有断，还在继续发展。到了元曲，诗歌和戏剧相通，就更向白话方面发展了。我觉得宋代诗词、南北曲、弹词唱本、民歌……这些创作，在当时虽不曾标榜、宣传为新诗，事实上走的是新的道路。曲子用在戏剧里，更从原来的"诗意"以外，加上一种戏剧性；所以有些戏曲，如把它当作诗来读，似乎并不见得怎样好，但唱起来、演起来却有动人的力量。这个方面更是新的。这些都很值得我们来做进一步的探讨。

忆振铎兄

古人说："朋友之墓有宿草而不哭焉。"因为随着时光的过去，那悲哀的颜色就会日趋于黯淡了。正唯其如此，所怀念的四周的轮廓虽渐渐的有点模糊，而它的中心形象便会越发的鲜明；也唯其历久而动人思念，这才是更值得追怀的。

北京的秋光依然那样清澈，红旗焕彩，映照晴空，木樨尚有余芳，黄菊已在吐艳。有朋友提起郑振铎先生逝世三周年快到了，我们应该有些文字来纪念他。我仿佛吃了一惊。真格的有三年么？可不是已有三年。时光真是过得好快呵。

文章虽短，说起来话也长。我最初认识他在上海，约当一九二一年（"五四"时期，我们虽同在北京上学，却还不认识）。他住在上海闸北永兴路的小楼上，后来他搬走了，我就住在那里，约也有不足一年的光景。振铎那时经济情况并不宽余，但他却很好客，爱买书，爱喝酒，颇有"座上客常满，樽中酒不空"之风。他的爱交朋友和好搜求异书，凡是和他熟一点的朋友，大概没有不知道的。他为人天真烂漫，胸无城府，可谓"善于人同"，却又毫不敷衍假借，有时且嫉恶甚严。他也不是不懂得旧社会里有那么一套的"人情世故"，从他写的杂文小说里就可以知道；他却似乎有意反对那一套，他常常藐视那些无聊的举动。虽后来阅历中年，饱经忧患，解放后重睹光明，以至他最后的一刹那，这耿介的脾气却始终没有变。

我于一九二四年年底来北京。后来发生"五卅"事变，我已不在上海了。对我说来，有很大的损失。在这以后，我和振铎曾打过一场笔墨官司，文章已找不着了，大意还可以记得。我那时的看法，认为必先自强，然后能御侮；振铎之意恰相反，他认为以群众的武力来抵抗强暴才是当务之急、切要之图。现在想起来，当然，他是对的。他已认清了中国的敌人是帝国主义，而我其时正在逐渐地沉没在资产阶级学者们的迷魂阵里。振铎的一生，变化很多，进步也很快，到他的晚年，是否已站稳了无产阶级的立场，掌握了马列主义的理论和实践，自尚有待于后人论定；但从我一方面看来，他始终走在我的前面，引导着我前进，他是我的"畏友"之一。

上文说过他"善于人同"，却并不肯"苟同"。他如意谓不然，便坚决的以为不可。有时和熟朋友们争执起来，会弄得面红耳赤的。一九五二年我到文学研究所工作，他是所长，我们还是从前老朋友的关系。昨天我过北海固城，不禁想起振铎来了。一九五三年的晚秋，比现在还稍晚一点，黄昏时候，我从固城他的办公室，带回来两大包的旧本《红楼梦》，其中有从山西新得的乾隆甲辰梦觉主人序本，原封未动，连这原来的标签还在上面。……他借给我这些珍贵的资料，原希望我把校勘《红楼梦》的工作做得更好，哪知到后来我不能如他的期望。无论为公为私，我是这样的愧负呵！

再记得一九五八年的春天，我到他的黄化门寓所，片刻的谈话里，他给我直率的规箴，且真诚地关怀着我，这是我至今不能忘怀的。当时只认为朋友相逢，亦平常事耳，又谁知即在那年的秋天，我们就永远失去了他！

　　眼看重阳节又快到了。从前上海的老朋友们现都在北京，虽然年纪都增加了若干，精神倒还是年青的。有时聚会，总不免想起振铎来。这悲感不必一定强烈，何况又隔了一些时间，你虽尽可坦然处之，但它却有时竟会蓦然使你"若有所失"。这就很别扭，又难于形容。不由得想起前人的诗句，所谓"亡书久似忆良朋"。像振铎平素特别爱好书籍，借来抒写这淡而悲的感触，似乎也是适当的。

略谈杭州北京的饮食

不懂烧菜，我只会吃，供稿于《中国烹饪》很可笑。亦稍有可说的，在我旧作诗词中有关于饮食，杭州西湖与北京的往事两条。

一　词中所记

于庚申、甲子间（1920—1924），我随舅家住杭垣，最后搬到外西湖俞楼。东面一小酒馆曰楼外楼，其得名固由于"山外青山楼外楼"的诗句，但亦与俞楼有关。俞楼早建，当时亦颇有名，酒楼后起，旧有曲园公所书匾额，现在不见了。

既是邻居，住在俞楼的人往往到楼外楼去叫菜。我们很省俭，只偶尔买些蛋炒饭来吃。从前曾祖住俞楼时，我当然没赶上。光绪壬辰赴杭，有单行本《曲园日记》，于"三月"云：

> 初八日，吴清卿河帅、彭岱霖观察同来，留之小饮，买楼外楼醋溜鱼佐酒。

更早在清乾隆时，吴锡麒《有正味斋日记》说他家制醋缕鱼甚美，可见那时已有了。"缕""溜"音近，自是一物。"醋缕"者，盖饰以彩丝所谓"俏头"，与今之五柳鱼相似，"柳"即"缕"也。后来简化不用彩丝，名醋溜鱼。此颇似望文生义，或"溜"即"缕"、"柳"之音讹。二者孰是，未能定也。

于二十年代，有《古槐书屋词》，许宝骢写刻本。《望江南》三章，其第三记食品。今之影印本，乃其姊宝驯摹写，有一字之异，今录新本卷一之文：

> 西湖忆，三忆酒边鸥。楼上酒招堤上柳，柳丝风约水明楼，风紧柳花稠。鱼羹美，佳话昔年留。泼醋烹鲜全带冰，（"冰"，鱼生，读去声。）乳莼新翠不须油。芳指动纤柔。

（《双调望江南》之第三）

此词上片写环境。旧日楼外楼，两间门面，单层，楼上悬店名旗帜，所云"楼上酒招堤上柳"，有青帘沽酒意。今已改建大厦，辉煌一新矣。

下片首两句言宋嫂鱼羹，宋五嫂原在汴京，南渡至临安（今杭州），曾蒙宋高宗宣唤，事见宋人笔记。其鱼羹遗制不传，与今之醋鱼有关系否已不得而知，但西湖鱼羹之美，口碑流传已千载矣。

第三句分两点。"泼醋烹鲜"是做法。"烹鱼"语见《诗经》。醋鱼要嫩，其实不烹亦不溜，是要活鱼，用大锅沸水烫熟，再浇上卤汁的。鱼是真活，不出于厨下。楼外楼在湖堤边置一竹笼养鱼，临时采用，我曾见过。"全带冰（柄）"是款式，醋鱼的一部分。客人点了这菜，跑堂的就喊道："全醋鱼带柄（？）"，或"醋鱼带柄"。"柄"有音无字，呼者恐亦不知，姑依其声书之。原是瞎猜，非有所据。等拿上菜来，大鱼之外，另有一小碟鱼生，即所谓"柄"。虽是附属品，盖有来历。词稿初刊本用此字谐声，如误认为有"把柄"之意就不甚妥。后在书上看到"冰"有生鱼义，读仄声，比"柄"切合，

395

就在摹本中改了。可惜读时未抄下书名，现已忘记了。

尝疑"带冰"是"设脍"遗风之仅存者，"脍"字亦作"鲙"，生鱼也。其渊源甚古。在中国烹饪有千余年的历史。《论语》"脍不厌细"即是此品，可见孔夫子也是吃的。晋时张翰想吃故乡的莼鲈，亦是鲈鲙。杜甫《姜七少府设鲙》诗中有"饔人受鱼鲛人手，洗鱼磨刀鱼眼红。无声细下飞碎雪，有骨已剁觜春葱"等句，说鱼要活，刀要快，手法要好，将鱼刺剁碎，洒上葱花，描写得很详细。宋人说鱼片其薄如纸，被风吹去，这已是小说的笔法了。设鲙之风，远溯春秋时代，不知何年衰歇。小碟鱼冰，殆犹存古意。日本重生鱼，或亦与中国的鲙有关。

莼鲈齐名，词中"乳莼新翠不须油"句说到莼菜，在江南是极普通的。苏州所吃是太湖莼。杭州所吃大都出绍兴湘湖，西湖亦有之而量较少。莼羹自古有名。"乳莼"言其滑腻，"新翠"言其秀色，"不须油"者是清汤，连上"烹鲜"（醋鱼）亦不须油。此二者固皆可餐也。《曲园日记》三月二十二日云：

> 吾残牙零落，仅存者八，而上下不相当，莼丝柔滑，入口不能捉摸，……因口占一诗云："尚

堪大嚼猫头笋，无可如何雉尾莼。"

公时年七十二，自是老境，其实即年青牙齿好，亦不易咬着它，其妙处正在于此。滑溜溜，囫囵吞，诚蔬菜中之奇品，其得味，全靠好汤和浇头（鸡、火腿、笋丝之类）衬托。若用纯素，就太清淡了。以前有一种罐头，内分两格，须两头开启，一头是莼菜，一头是浇头，合之为莼菜汤，颇好。

以上说得很啰嗦。却还有些题外闲话。"莼鲈"只是诗中传统的说法，西湖酒家的食单岂限于此。鱼虾，江南的美味。醋鱼以外更有醉虾，亦叫炝虾，以活虾酒醉，加酱油等作料拌之。鲜虾的来源，或亦竹笼中物。及送上醉虾来，一碟之上更覆一碟，且要待一忽儿吃，不然，虾就要逬起来了，开盖时亦不免。

还有家庭仿制品，我未到杭州，即已尝过杭州味。我曾祖来往苏、杭多年，回家亦命家人学制醋鱼、响铃儿。醋鱼之外如响铃儿，其制法以豆腐皮卷肉馅，露出两头，长约一寸，略带圆形如铃，用油炸脆了，吃起来花花作响，故名"响铃儿"。"儿"字重读，杭音也。《梦粱录》曰："中瓦子前谓之五花儿中心。"三字杭音宛然相似，盖千年无改也。后来在杭尝到真品，方知其差别。即如"响铃儿"，家仿者黑小而紧，市售者肥白而松，盖其油多而火旺，家庖无此条件。唐临晋帖，自不如真。但家常菜亦别有风味，稍带些焦，不那么腻，小时候喜欢吃，故至今犹未忘耳。

二　诗中所记

一九五二壬辰《未名之谣》歌行中关于饮食的，杭州以外又说到北京，分列如下，先说杭州。

> 湖滨酒座擅烹鱼，宁似钱塘五嫂无？
> 盛署凌晨羊汤饭，职家风味思行都。

这里提到烹鱼、羊汤饭。吴自牧《梦粱录》曰：

> 杭城市肆各家有名者，如……钱塘门外宋五嫂鱼羹，……中瓦前职家羊饭。
>
> （卷十三"铺席"）

钱塘是临西湖三城门之一，非泛称杭州。瓦子是游玩场所，中瓦即中瓦子。

"羊汤饭"，须稍说明。这个题目原拟写入《燕知草》，后因材料不够就搁下了。二十年代初，我在杭州听舅父说有羊汤饭，每天开得极早，到八点以后就休息了。因有点好奇心，说要去尝尝，后来舅父果然带我们去了，在羊坝头，店名失忆。记得是个夏天，起个大清早，到了那边一看，果然顾客如云，高朋满座。平常早点总在家吃，清晨上酒馆见此盛况深以为异，食品总是出在羊身上的，白煮为多，甚清洁。后未再往。看到《梦粱录》《武林旧事》，皆有"羊饭"之名，"羊汤饭"盖其遗风。所云"职家"等等疑皆是回民。诗云"行都"，南渡之初以临安为行在，犹存恢复中原意。

北来以后，京中羊肉馆好而且多，远胜浙杭。但所谓"爆、烤、涮"却与羊汤饭风味迥异，羊汤饭盖维吾尔族传统吃羊肉之法，迄今西北犹然，由来已久。若今北京之东来顺、烤肉宛的吃法或另有渊源，为满、蒙之遗风欤。

说到北京，其诗下文另节云：

杨柳旗亭堪系马，欲典春衣无顾藉。

南烹江腐又潘鱼，川闽肴蒸兼貊炙。

首二句比拟之词不必写实。如京中酒家无旗亭系马之事。次句用杜诗"朝回日日典春衣"，我不曾做官，何"典春衣"之有？且家中人亦必不许。"无顾藉"，不管不顾，不在乎之意，言其放浪耳。

但这两句亦有些实事作影，非全是瞎说。在上学时，我有一张清人钱杜（叔美）的山水画，簇新全绫裱的。钱氏画笔秀美，舅父夙喜之，但这张是赝品，他就给了我，我悬在京寓外室，不知怎的就三文不当两文地卖给打鼓儿的了。固未必用来吃小馆，反正是瞎花掉了，其谬如此，故云"无顾藉"也。如要在诗中实叙，自不可能。至于"杨柳旗亭堪系马"，虽无"系马"事，而"杨柳旗亭"，略可附会。

北京酒肆中有杨柳楼台的是会贤堂。其地在什刹前海的北岸。什刹海垂杨最盛，更有荷花。会贤堂乃山东馆子，是个大饭庄，房舍甚多，可办喜庆宴会，平时约友酒叙，菜亦至佳。夏日有冰碗、水晶肘子、高丽莲花、荷叶粥，皆祛暑妙品。冬日有京师著名的山楂蜜糕。我只是随众陪坐，未曾单去。大饭庄是不宜独酌的。芦沟桥事变后，就没有再到了，亦不知其何时歇业。在作歌时，此句原是泛说，非有所指。现在想来，如指实说，却很切合，谁也看不出有什么差错来。可见说诗之容易穿凿附会也。

我虽久住北京，能说的饮馔却亦不多，如下文纪实的。"南烹江腐又潘鱼"，谓广和居。原在宣外北半截胡同，晚清士夫觞咏之地。我到京未久，曾随尊长前往，印象已很模糊。其后一迁至西长安街，二迁至西四丁字街，其地即今之同和居也。

"南烹"谓南方的烹调，以指山东馆似不恰当，但山东亦在燕京之南，而下文所举名菜也是南人教的。"江豆腐"传自江韵涛太守（以上三条所记人名，俱见夏孙桐（闰枝）《观所尚斋诗存·广和居记事诗》注，其言当可信。——作者原注），用碎豆腐，八宝制法。潘鱼，传自潘耀如编修，福建人（俗云潘伯寅所传，盖非），以香菇、虾米、笋干作汤川鱼，其味清美。又有吴鱼片汤传自吴慎生中书，亦佳。以人得名的肴馔，他肆亦有之，只此店有近百年的历史，故记之耳。我只去过一次，未能多领略。

北京乃历代的都城，故多四方的市肆。除普通食品外，各有其拿手菜，不相混淆，我初进京时犹然。

最盛的是山东馆，就东城说，晚清之福全馆，民初之东兴楼皆是。若北京本地风味，恐只有和顺居白肉馆。烧烤，满蒙之遗俗。

"川闽肴蒸兼貊炙。"说起川馆，早年宣外骡马市大街瑞记有名，我只于一九二五年随父母去过一次。四川菜重麻辣，而我那时所尝，却并不觉得太辣。这或由于点菜"免辣"之故，或有时地、流派的不同。四川菜大约不止一种。如今之四川饭店，风味就和我忆中的瑞记不同。又四十年代北大未迁时，景山东街开一四川小铺，店名不记得。它的回锅肉、麻婆豆腐，的确不差，可是真辣。

闽庖善治海鲜，口味淡美，名菜颇多。我因有福建亲戚，婶母亦闽人，故知之较稔。其市肆京中颇多。忆二十年代东四北大街有一闽式小馆甚精，字号失记。那时北洋政府的海军部近十二条胡同，官吏多闽人，遂设此店，予颇喜之。店铺以外还有单干的闽厨（他省有之否，未详），专应外会筵席，如我家请教过的有王厨（雨亭）、林厨。某厨之称，来源已久，如宋人记载中即有"某厨开沽"之文，不止一姓，以厨丁为单位，较之招牌更为可靠。如只看招牌，贸贸然而往，换了"大师父"，则昨日今朝，风味天渊矣。"吃小馆"是句口头语，却没有说吃大馆的，也是同样的道理。

貉炙有两解，狭义的可释为"北方外族的烤肉"，广义借指西餐。上海人叫大菜，从英文译来的，亦有真赝之别，仿制的比原式似更对吾人的胃口。上海一般的大菜中国化了，却以"英法大菜"号召，亦当时崇洋风气。北京西餐馆，散在九城，比较有地道洋味的，多在崇文门路东一带（路西广场，庚子遗迹），地近使馆区。

西餐取材比中菜简单些。以牛肉为主，羊次之，猪为下。"猪肉和豆"是平民的食品。我时尝戏说，你如不会吃带血的牛排，那西洋就没有好菜了。话虽稍过，亦近乎实。西餐自有其优点，如"桌仪"、肴馔的次序装饰等等，却亦有不大好吃的，自然是个人的口味。如我在国内每喜喝西菜里的汤，但到了英国船上却大失所望。名曰"清汤"，真是"臣心如水的汤"，一点味也没得，倒有些药气味。西洋例不用味精，宜其如此。英国烹调本不大高明，大陆诸国盖皆胜之。由法、意而德、俄，口味渐近东方，我们今日还喜啜俄国红菜汤也。

又北京的烤肉，远承毡幕遗风，直译"貊炙"，最为切合。但我当时想到的却是西餐里的牛排。《红楼梦》中的吃鹿肉，与今日烤肉吃法相同，只用鹿比用牛羊更贵族化耳。

我从前在京喜吃小馆，后来兴致渐差，一九七五年患病后，不能独自出门就更衰了。一九五〇年前《蝶恋花》词有"驼陌尘踪如梦寐"，"麦酒盈尊容易醉"等句，题曰"东华醉归"，指东华门大街的"华宫"，供应俄式西餐，日本式鸡素烧。近在西四新张的西餐厅遇见一服务员，云是华宫旧人，他还认识我，并记得吾父，知其所嗜。其事至今三十余年，若我初来京住东华门时，数将倍焉。韶光水逝，旧侣星稀，于一饮一啄之微，亦多枨触，拉杂书之，辄有经过黄公酒垆之感，又不止"襟上杭州旧酒痕"已也。

一九八二年五月一日北京。

纪念何其芳先生

初与其芳先生相识，是一九五二年的事。那年筹建文学研究所，其芳任副所长，我自北大中文系调至该所。据他自己讲，三十年代初，曾在清华大学听过我的课。尽管以后他一直用"俞先生"的敬称，但说他是我的学生，却不敢当。与其芳几十年的交往，他既是我的领导，又是我从事研究工作的知己。他给我的帮助很多，是我非常感谢的。

我到文学所的第一件事，便是校点《红楼梦》八十回本。郑振铎与何其芳供给我许多宝贵的资料，所里并派王佩璋女士协助。一九五八年"八十回校本"出版时，其芳助我写前言。一九六三年我开始编辑《唐宋词选释》，拟写前言，斟酌选目，亦有其芳的协力。选本中苏轼、李清照的作品较多，也有其芳的意见。这是我从事研究工作的两件事，均因得他相助，而得完成。

"文化大革命"期间，他并未因担任所长而免灾难；反之，所受的苦难更甚。一九七〇年，其芳与我同在河南息县东岳集干校。当时我在菜园班，他在猪圈喂猪。记得我还到过那里，帮他驱赶那些不听话的猪。其芳在"文化大革命"中的所谓"罪状"很多，重用我自然也是其中之一。以内行的身份，从事领导工作，尊重知识，选拔人才，方使文学所在一九五三年以来的基础上，有了很大的发展。其芳先生的贡献和功绩，是不可磨灭的。

他在晚年，曾研究李义山《锦瑟》诗，又曾翻译德国海涅的诗。惜他早逝，非常痛惜！为录旧作二首，以志纪念：

昔曾共学在郊园，喜识"文研"创业繁。
晚岁耽吟怜《锦瑟》，推敲陈迹怕重论。

习劳终岁豫南居，解得耕耘胜读书。
犹记相呼来入苙，云低雷野助驱猪。

附何夫人牟决鸣和诗：

昔曾同步延河岸，光景依稀似昨天。

如水年华流不息，惟余悲痛在人间。

杂谈曼殊诗《简法忍》

一

欣赏与了解不可偏废，相互为用，孰先孰后亦很难说。一般地说，了解为先，不了解又怎能欣赏。这是常情，却不尽然。欣赏亦可先于了解。

诗词写法稍异散文，更有这样的情况，虽不完全懂得，也能引起喜悦，这是常有的。如我幼年翻看词集，每不能断句，却很喜欢，不知是何原故。这仿佛有些神秘，其实不然。大凡名作皆具有一种吸引人的力量，如逢佳丽，一见倾心，正不待其言说耳。

虽似戏言，非无正意。如义山《锦瑟》、渔洋《秋柳》，众说纷歧，未妨其为名作。即白傅之诗，又岂必句句老妪能解哉。若待见知于人人而后可，则文章之传世难矣。以近代言，七言绝句通行易晓，却亦有些风神摇曳不易捉摸的，姑举记得的一首为例。清末冯煦（梦华）《秦淮杂诗》：

枣花芦子望盈盈，一抹梨云浸玉笙，
灯影似人人似月，十分圆处不分明。

分开来看，"灯影似人"，"人似月"，都好懂。连成七字句，便是一片迷离境界。灯、人、月三者毕竟是怎么一回事呢，却说不上来。其妙处正在似懂非懂，似通非通。如果说煞，便成黑漆断纹琴了。还有一首，非冯作，名字不记得了，亦录如下。

丝雨蒙蒙湿九州，碧阑干外迥生愁，
人间若有琼霄恨，不遣沧波入海流。

我也很喜欢，却至今不大懂。如一定要把它讲通，恐不免穿凿附会，落入"甚解"的窠臼，于了解未必有好处。

二

以下谈到本题，诗很有名，见《燕子龛遗诗》，题曰《简法忍》。

来醉金茎露，胭脂画牡丹，
落花深一尺，不用带蒲团。

短句有风趣。我看见人写我亦给人写过。当时并不觉得不好懂，然而回想，却不大好懂。只有第一句邀客饮酒是明白的。以下三句都似乎有问题。如第二句、第三句相连么？牡丹和落花有关系么？画的自不会落。且牡丹名贵，花落亦不会深至一尺。就三、四句说，即使庭院花深盈尺，为什么就不带蒲团，难道打坐在满地残红上么？诗人之言固不宜呆看，而总觉不明。虽是不明无碍其好，否则我们何以既读又写呢？

必当有个解释，其情况与前引两绝句不同。前诗乍读似不甚明，细看尚可意会。如"琼霄"之恨，殆即"流水落花春去也，天上人间"意。这诗相反，乍看好像没有什么，细味依然不解。盖有虚实之别也。

近读《知堂回想录》卷二《日本的衣食住》（下），

引黄公度《日本杂事诗》，有关于"画牡丹"的解释，录如下：

自天武四年（公元 676 年）因浮屠教禁食兽肉，非饵病不许食。卖兽肉者隐其名曰药食，复曰山鲸。所悬望子，画牡丹者豕肉也，画丹枫落叶者鹿肉也。

下文周说："四十多年前，我在三田地方确实还看见过山鲸的招牌，这是卖猪肉的。画牡丹枫叶的却已不见。"（引文均见原书一八五页）

周氏未见画牡丹的幌子，那么，黄公度、苏曼殊是否见过呢？即或曼殊未见，无碍其知此故事用来对"金茎露"，以喻饮酒食肉，固亦文从词顺。只为用了一个日本典故梗在中间，遂使读者不明。如打破这一关三、四句就迎刃而解了。于落樱深处饮酒，摆出和尚的蒲团来，无乃煞风景。且画牡丹为酒家望子，即宴客之地，仿佛说道"来喝酒吧，到这里来！"口吻宛然。风流倜傥，尽此篇矣。

曼殊治梵文，通禅理，而其早年披剃，盖缘身世崎零，后遂还俗，未及中岁而卒。尹默挽诗所谓"大嚼酒案旁，呆坐歌筵侧，寻常觉无用，当此见风力。……于今八宝饭，和尚吃不得"是也。至此将近尾声，拟示叶圣陶兄，而他方游烟台，先之以诗：

> 兄曾瞻弘一，我未识曼殊；
>
> 艺苑双国士，空门复何如？

后呈初稿，六月十日复书云："胭脂画牡丹，原来有如此讲究"；又说，《知堂回想录》虽有过，未注意及此。

徐思此文，窃自未惬。问题不仅在于是否猜着，讲对了，更在于解释后是否比未解释时好一些，无好歹，或反而差些。这是问题的所在。以诗言之，五言贵浑穆，一气呵成，最是高格，若此近之。其传诵抄写良非偶然。依上文所说，酒、肉、落花、蒲团，句句有交代，可不呆了？且酒肉气亦太重。我在起草时非无此感，故于柬圣陶诗中提起弘一师。

<h1 style="text-align:center">三</h1>

现在回看原诗。首句用李义山："侍臣最有相如渴，不赐金茎露一杯"，本未直说酒。二句画牡丹接三句樱花，一句假，一句真，令人联想到温庭筠《更漏子》词："惊

塞雁，起城乌，画屏金鹧鸪"，两句真，一句假。假真、真假，其次序相反。曼殊想到未，不得而知，我们自不妨比较观之。

此词调一片两节，每节三句蝉联而下。温词真假对比分明，故选家有"欢戚不同"之说。诗却不然，跨节为桥。二句虽亦相连，而一在上节之末，一在下节之首，中含界划，转换无痕，藕断丝连，融成一片。如说画花不落，合于常情，无可非议，不如己将原诗浑融之美暗地里给碰着了。当初虽"囫囵吞"而觉其好，及今分别清爽了，而不觉其更好者，其故倘在斯欤？此其一也。

再回看史料。黄公度诗注中强调一点，以佛教禁食兽肉，遂想出种种回避之法。给病人滋补，故曰药食；指肉为鱼，复曰山鲸；或画牡丹，或绘枫叶，招牌躲躲闪闪，晃子花花草草。自六世纪以来，历千数百年而遗风犹在。以社会上平素的避忌，反映于诗歌中，即为隐喻。水到渠成，自然合拍。质言之，作者借外国典故，暗示本地风光者，正由于不想说破；说破了恍然，也就少余味。所以把这诗讲对了，不等于讲好了，意会胜于言传。

　　十九日黄君坦兄来书，评曰"隐语调侃"，最为警策，妙得诗情。苟无轻灵之笔，婉约之辞，纵使条分缕析，一字无差，奈其不解人颐何。此风趣之说也。玄瑛此篇艳冶而超脱，措语极有斟酌。如同一禁忌也，同为用典也。醉酒显而食肉隐。写出落英缤纷，结以不带蒲团，调侃方外之情，寄诸言外，正不必过于认真。若把他看作俗传之济颠和尚，则毫厘千里，失之远矣。

　　自己不满意于终篇之故，大概已说明了。补作亦未必佳。前面的闲话与后文，似有矛盾之嫌。欣赏诗词，当听任自然与仔细分析，二者孰是，我亦答不上来。但从前说过，诗不能讲，或是偏见，而至今未变。有讽刺意味的是，几十年来，我写了若干解释诗词的文字，上海还要搜辑重印，闻有十万言之多，言行相谬，何其远哉。我在家中并不讲诗，妻常埋怨我，无以应之，至今悔焉。这且不谈。

　　为什么不能讲？诗自明故。较真地说，不明是诗之病，自有特殊的情况不在此例的。当然可以加注，但不宜多。多了便喧宾夺主，反而增加读者的负担，甚至于引起迷惑。故古人诗不自注。即偶有之，亦只寥寥数语，规范俱在。即如曼殊此篇，次句似当有注，而竟无之。岂失照耶？殆非也。"胭脂画牡丹"，即作为酒家一般的描写亦未为不可，何必定规说是卖肉的招牌呢？语在显隐之间，不即不离，恰当好处，正不必斤斤于东瀛旧俗也。若"放庸音而足曲"，夫岂作者之意乎！

诗本自明，尤贵简要，流传名句，每只数字耳。回环密咏，思过半矣。如曰不然，求诸诠表，亦只"略通一线"，俗语所谓"言多必失"也。而我实犯多言之病，上面已说过了。先友朱公于《燕知草》序中曾借赵心余说我"下笔千言，离题万里"，又说，"所好者，能从万里外一个筋斗翻了回来"。玩"所好者"三字，可见翻不回来是危险的。以文家之谠论，为良友之微言，斯人不作，难问九原。于今抽思失绪，旧井泉枯，顾乃无端饶舌，强作解人，钵上安柄，其可得乎。

一九八二年六月三十日北京。

关于治学问和做文章

一

关于治学问，现在想来，司马迁所讲的"好学深思，心知其意"的道理是颠扑不破的。做学问，其一要博，其二要精。学问这东西看上去浩如烟海，实际上不是没有办法对付它的，攻破几点就可以了。荀子说，"真积力久则入"，从一点下手，由博返约，举一反三，就都知道了，何在乎多？喝一口水，便知道了水的味道；吃一口梨，便知道了梨的味道。诗词歌赋，都是能一通百通的。

首先要好学深思，更重要的是心知其意，要能够发现问题、解决问题。在好学深思的基础上自然就能发现问题了，不是为了找问题而找问题。

以《红楼梦》研究为例,就能说明一些问题,我看"红学"这东西始终是上了胡适之的当了。胡适之是考证癖,我认为当时对他的批判是击中其要害的。他说的"少谈些主义,多谈些问题",确实把不少青年引入歧路;"多谈些问题"就是讲他的问题。现在红学方向就是从"科学的考证"上来的;"科学的考证"往往就是烦琐考证。《红楼梦》何须那样大考证?又考证出什么了?一些续补之作实在糟糕得不像话,简直不能读。

"好学深思,心知其意"的原则在这里也是适用的。对《红楼梦》,既不好学,又不深思,怎么能心知其意呢?《红楼梦》说到天边,还不是一部小说?它究竟好到什么程度,不从小说的角度去理解它,是说不到点子上的。

自学之法,当明作意。要替作者设想,从创作的情形倒回来看,使作者与读者之间发生联系。作者怎么写,读者怎么看,似乎很简单。然于茫茫烟雾之中欲辨众说之是非,以一孔之见,上窥古人之用心,实非易事。

二

我小时候还没有废科举,虽然父亲做诗,但并不给我讲诗，也不让我念诗；平时专门背经书，是为了准备参加科举考试。在我八九岁时废除了科举，此后古书才念得少了。不过小时候背熟了的书，到后来还是起了作用。我认为记诵之学并非完全不可行，而且是行之有效的。

记诵之学不足以为人师，因为读书是要解决问题的；但这并不是说不要背诗。好诗是一定要背的。我当初念书没念过《唐诗三百首》，不过好诗我总是背下来，反反复复地吟味。诗与文章不同，好文章也是要背的，讲诗则是非背不可。仅仅念诗是不成的，念出的诗还是平面的；翻来覆去地背，诗就变得立体了，其中的味道也就体会出来了。

三

古典文学的研究和创作当然也有关系，研究诗词的人最好自己也写一写诗词；做不好没关系，但还是要会做，才能体会到其中一些甘苦。诵读，了解，创作，再诵读，诗与声音的关系，比散文更为密切。杜甫说，"新诗改罢自长吟"，又说，"续儿诵文选"，可见他自己做诗要反复吟哦，课子之方也只是叫他熟读。俗语道，"熟读唐诗三百首，不会吟诗也会吟"，虽然俚浅，也是切合实情的。

我治学几十年，兴趣并不集中。在北大初期写一些旧体诗，到新文化运动时又做新诗。从一九一八年到一九二〇年没有做旧诗。以前跟老师学骈文，新文学运动开始后，这些也不学了。但这些对于我研读古人的文学作品却很有帮助。的确，创作诗词的甘苦亲身体验一下，与没有去尝试、体验大不相同。如词藻的妙用，在于能显示印象，从片段里表现出完整。有些境界可用白描的手法，有些则非词藻不为工。典故往往是一种复合，拿来表现意思，在恰当的时候，最为经济、最为得力，而且最为醒豁。有时明明是自己想出来的话，说出来不知怎的，活像人家说过的一样；也有时完全袭旧，只换了一两个字，或竟一字不易，古为我用，反而会像自己的话语。必须体验这些甘苦，才能了解用典的趣味及其需要。

四

我曾想做一组文章，谈谈做文章的问题，就叫《文章四论》。一是文无定法：文章没有一定之法，比如天上之云，地上之水，千姿百态，就像行云流水。别人问我"文法"，我说我不懂文法。二是文成法立。行云流水看来飘逸不可捉摸，实际上有一定之规，万变不离其宗。

后两句我认为更重要。其三是声入心通。《诗大序》："情动于中而形于言，言之不足，故嗟叹之（《礼记》作"故长言之"）；嗟叹之不足，故永歌之。"长言、嗟叹、咏歌，皆是声音。《虞书》："诗言志，歌永言。"六字尤为概括。上文言诗，亦通于散文。于诗曰诗情，文曰文气。如曹丕《典论·论文》曰："文以气为主。气之清浊有体，不可力强而致。譬诸音乐，曲度虽均，节奏同检，至于引气不齐，巧拙有素，虽在父兄不能以移子弟。"古人做文章时，感情充沛，情感勃发故形之于声。作者当日由情思而声音，而文字；今天的读者要了解当时的作品，也只有遵循原来轨道，逆溯上去。作者当时之感既托在声音，今天凭借吟哦背诵，同声相应，来使感情再现。念古人的书，借以了解、体会古人的心情。

其四是得心应手。文章事业的圆成本有一个通例，就是"求之不必得，不可求自得"。古人论文往往标一

"机"字,概念的诠表虽伤于含混,却也说明了一些道理。陆机《文赋》说,"故时抚空怀而自惋,吾未识夫开塞之所由",这是对文思的很好的描写。得之心,则应于手;与一切外物相遇,不可著意,著意则滞;不可绝缘,绝缘则离,那种况味正在不离不著之间。

这四篇文章我并没有作成,而且恐怕永远也作不成了。不过这是自己写文章的一点体会,也是研读古人作品的必由之路。创作和研究两者原本是相通的。

总之,文史哲三大类中还有好多问题,多年来仍没有解决。书虽然不少,但往往不能解决问题。作文艺批评,一在能体会,二在能超脱。必须身居局中,局中人知甘苦;又须身处局外,局外人有公论。《人间词话》论诗人之素养,以为"入乎其内,故能写之;出乎其外,故能观之"。我于论文艺批评亦云然。

五

再谈几句题外的话。这就是现在出版的一些书籍的质量问题。比如古籍的整理点校,这是一项十分重要的工作,但一些校点本,在校勘、标点上错误多得异乎寻常，有时甚至出现一些常识性错误，这不仅给我们的文史研究带来极大的不便，而且还要误人子弟。另外，还有许多书籍的问题出在印刷上，造成了许多不必要的麻烦。如此等等，都亟待解决。因而想借此机会呼吁一下。